M.V.

BIBLIOTHEK DER WELT-LITERATUR

Alexander Puschkin

Romane und Novellen

Gesamtausgabe in zwei Bänden

Zweiter Band

Alexander Puschkin

Die Erzählungen Belkins

Pique-Dame

Der Mohr Peters des Grossen

Moewig Verlag KG
Rastatt

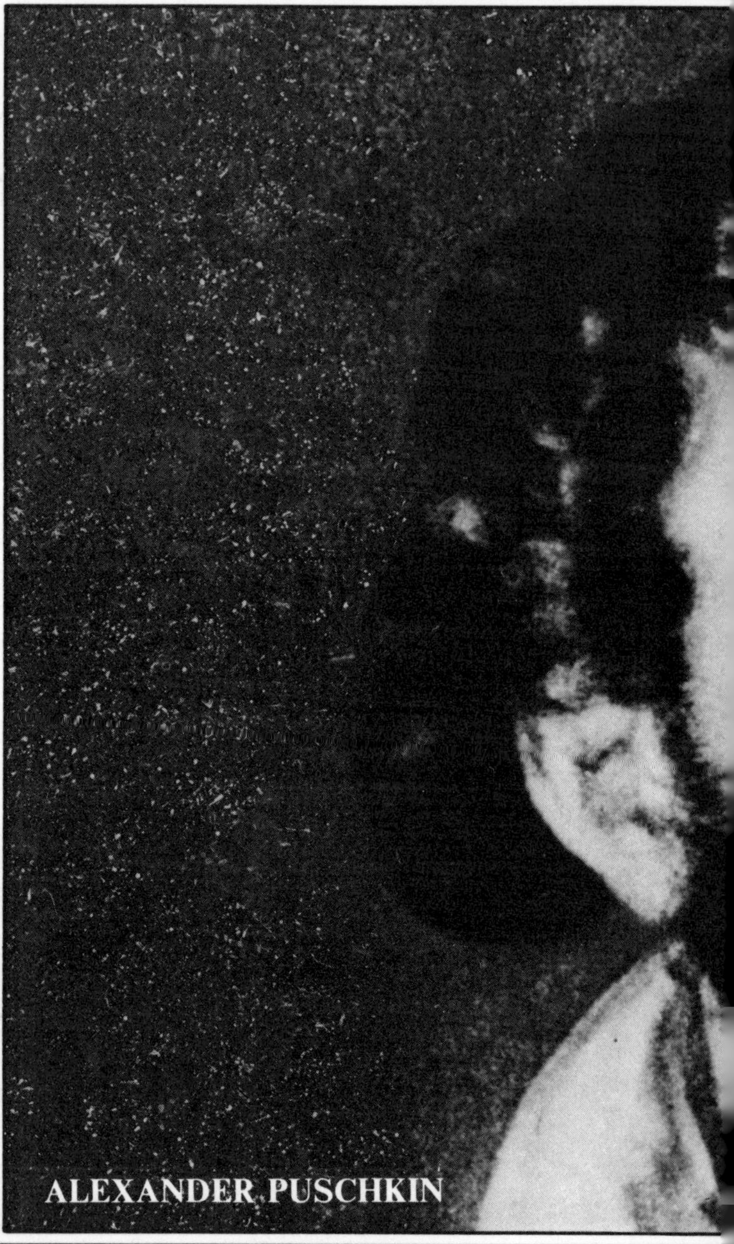
ALEXANDER PUSCHKIN

Neubearbeitung früher deutscher Ausgaben unter Hinzuziehung russischer Originalausgaben. Titel der Originalausgaben: »Povesti Belkina«, 1831 - »Pikovaja dama«, 1833 - »Arap Petra Velikogo«, 1827

Neuausgabe 1978
Moewig Verlag KG Rastatt

Satz: Knauers Layoutsatz, Stuttgart
Druck und Bindung: Ebner, Ulm
Printed in Germany
ISBN 3-8118-0071-X

Inhaltsverzeichnis

Die Erzählungen des seligen Iwan Petrowitsch Belkin

Prostakowa:	Von Kindheit an fand er Gefallen an Geschichten, Väterchen.
Skotinin:	Ja, Mitrofan ist wohl nach mir geraten.
	Der Landjunker

Vom Herausgeber

Als wir es übernommen hatten, eine Ausgabe der Erzählungen von I. P. Belkin zu besorgen, die wir nun dem Publikum vorlegen, wollten wir eine, wenn auch nur kurze, Lebensbeschreibung des verstorbenen Autors beifügen und damit die berechtigte Neugierde der Liebhaber der vaterländischen Literatur zum Teil wenigstens befriedigen. Zu diesem Zweck wandten wir uns an Maria Alexejewna Trafilina, die nächste Verwandte und Erbin Iwan Petrowitsch Belkins. Aber leider konnte sie uns über ihn gar keine Auskunft geben, da sie den Verstorbenen nicht gekannt hatte. Sie riet uns, in dieser Angelegenheit einen früheren Freund von Iwan Petrowitsch zu befragen, der ein ehrenwerter Herr sei. Wir folgten diesem Rat und erhielten auf unseren Brief die unten folgende gewünschte Antwort. Wir drucken sie ohne jede Änderung oder Anmerkung ab als ein kostbares Dokument edler Gesinnung und rührender Freundschaft und zugleich auch als eine ziemlich ausreichende biographische Auskunft.

Sehr geehrter Herr!

Ihr geschätztes Schreiben vom 13. dieses Monats hatte ich die Ehre, am 23. des Monats zu empfangen. Sie sprechen darin den Wunsch aus, über die Geburts- und Todesdaten, über den Dienst und die häuslichen Umstände, auch über die Beschäftigung und den Charakter des verstorbenen Iwan Petrowitsch Belkin, meines gewesenen aufrichtigen Freundes und Gutsnachbarn, ausführliche Auskunft zu erhalten. Ich erfülle diesen Ihren Wunsch mit dem größten Vergnügen und übermittle Ihnen alles, was ich aus seinen Gesprächen und meinen eigenen Beobachtungen im Gedächtnis behalten habe.

Iwan Petrowitsch Belkin wurde im Jahre 1798 als Kind ehrlicher, edler Eltern im Pfarrdorf Gorochino geboren. Sein seliger Vater, der Sekondemajor Peter Iwanowitsch Belkin, war mit dem Fräulein Pelageja Gawrilowna aus dem Hause Trafilin vermählt. Er war ein nicht reicher, aber sehr mäßiger und in der Wirtschaft sehr gewandter Mann. Der Sohn erhielt den Anfangsunterricht von dem Dorfmesner. Eben diesem würdigen Mann verdankte er, wie es scheint, seine Lust zum Lesen und zur Beschäftigung mit der russischen Literatur. Im Jahre 1815 trat er in das Infanterie-Jägerregiment – an die Nummer erinnere ich mich nicht – ein, in dem er bis zum Jahre 1823 blieb. Der Tod seiner Eltern, der fast gleichzeitig erfolgte, zwang ihn, seinen Abschied zu nehmen und in das Pfarrdorf Gorochino auf sein angestammtes Gut zurückzukehren.

Als er die Verwaltung des Gutes übernahm, vernachlässigte Iwan Petrowitsch in kurzer Zeit aus Unerfahrenheit und Weichherzigkeit seine Wirtschaft und lockerte die von seinem verstorbenen Vater eingeführte strenge Ordnung. Nachdem er den tüchtigen und flinken Schulzen, mit dem die Bauern, ihrer Gewohnheit gemäß, unzufrieden waren, abgesetzt hatte, übergab er die Verwaltung des Guts seiner alten Beschließerin, die sein Vertrauen durch die Kunst, Geschichten zu erzählen, erworben hatte. Diese dumme Alte konnte einen Fünfundzwanzigrubelschein von einem Fünfzigrubelschein nicht unterscheiden. Die Bauern, deren aller Gevatterin sie war, fürchteten sie ganz und gar nicht. Der von ihnen gewählte Schulze, der in betrügerischem Einverständnis mit ihnen war, verwöhnte sie derart, daß Iwan Petrowitsch gezwungen war, die Fronarbeit abzustellen und statt dessen sehr mäßige Abgaben einzuführen. Aber auch hier hatten sich die Bauern, die seine Schwäche ausnutzten, gleich im ersten Jahr eine ansehnliche Erlassung erwirkt. In den folgenden aber bezahlten sie mehr als zwei Drittel der Abgaben mit Nüssen, Preiselbeeren und dergleichen mehr, aber auch hierbei gab es Rückstände.

Da ich ein Freund des verstorbenen Vaters von Iwan Petrowitsch war, hielt ich es für meine Pflicht, auch dem Sohn mit Rat beizustehen, und bot mich mehrmals an, die von ihm zerrüttete frühere Ordnung wieder herzustellen. Zu diesem Zweck verlangte ich, als ich einmal zu ihm kam, die Wirtschaftsbücher, rief den Schelm von einem Schulzen herbei und ging in Iwan Petrowitschs Gegenwart an die Durchsicht. Der junge Wirt folgte im Anfang mit dankbarster Aufmerksamkeit und Fleiß. Da sich aber aus den Rechnungen ergab, daß in den letzten zwei Jahren die Zahl der Bauern gewachsen war, wogegen sich der Geflügel- und Viehbestand ansehnlich vermindert hatte, so begnügte sich Iwan Petrowitsch mit dieser Feststellung und hörte nun nicht mehr zu, und in dem Augenblick, als ich mit meinen Untersuchungen und strengem Verhör den Schelm von einem Schulzen in äußerste Verwirrung gebracht und zu vollkommener Sprachlosigkeit gezwungen hatte, hörte ich zu meinem größten Ärger Iwan Petrowitsch auf seinem Stuhl laut schnarchen. Seitdem hatte ich es aufgegeben, mich in seine wirtschaftlichen Anordnungen zu mischen und überließ – ganz wie er – seine Geschäfte der Verwaltung des Allerhöchsten.

Das hatte übrigens unsere freundschaftlichen Beziehungen nicht im geringsten gestört, denn während ich seine Schwäche und die verderbliche Untüchtigkeit bedauerte, liebte ich Iwan Petrowitsch aufrichtig, und man konnte auch nicht umhin, diesen jungen Mann, der so sanft und ehrenhaft war, zu lieben.

Seinerseits erwies Iwan Petrowitsch meinem Alter die schuldige Ehrerbietung und war mir herzlich zugetan. Bis zu seinem Ende sah er mich fast täglich, schätzte meine einfache Unterhaltung, obgleich wir weder in den Gewohnheiten noch in der Denkungsweise miteinander übereinstimmten.

Iwan Petrowitsch führte ein durchaus bescheidenes Leben und mied jede Art von Ausschweifung. Niemals habe ich ihn auch nur angeheitert gesehen, was in unserer Gegend als ein unerhörtes Wunder gelten kann. Für das weibliche Geschlecht hegte er große Neigung, war aber von wahrhaft mädchenhafter Schamhaftigkeit.[1]

Außer den Erzählungen, die Sie in Ihrem Brief erwähnen, hatte Iwan Petrowitsch eine Menge Handschriften hinterlassen, die sich teils bei mir befinden, teils aber von seiner Beschließerin zu verschiedenen häuslichen Zwecken verwendet worden sind. So waren im vorigen Winter alle Fenster ihres Flügelgebäudes mit dem ersten Teil eines von ihm nicht beendeten Romans verklebt. Die oben erwähnten Erzählungen waren, glaube ich, seine ersten Versuche. Sie sind, so erzählte Iwan Petrowitsch, meistenteils wahre Begebenheiten, die ihm von verschiedenen Personen erzählt wurden.[2] Indessen sind fast alle Namen von ihm selbst erfunden, die Namen der Dörfer und Siedlungen aber unserer Gegend entnommen, weshalb auch mein Dorf irgendwo erwähnt ist. Dies geschah nicht infolge einer bösen Absicht, sondern einzig aus Mangel an Einbildungskraft.

---

[1] An dieser Stelle des Briefes folgt eine Anekdote, die wir nicht abdrucken, weil wir es für überflüssig halten. Jedoch versichern wir den Leser, daß sie nichts für das Andenken Iwan Petrowitsch Belkins Anstößiges enthält. (Anmerkung Puschkins.)

[2] Tatsächlich steht im Manuskript des Herrn Belkin über jeder Erzählung in der Handschrift des Autors: vernommen von der und der Person (Titel oder Beruf und die Anfangsbuchstaben des Vor- und Zunamens). Wir führen sie hier für die neugierigen Forscher an: „Der Posthalter“ wurde ihm von dem Titularrat A. G. P. erzählt; „Der Schuß“ vom Oberstleutnant I. P. L.; „Der Sargtischler“ vom Dorfverwalter B. W.; „Der Schneesturm“ und „Das Edelfräulein als Bäuerin“ von Fräulein K. J. T. (Anmerk. Puschkins.)

Iwan Petrowitsch erkrankte im Herbst an einem Erkältungsfieber, das sich in eine Entzündung verwandelte, und starb trotz der unermüdlichen Bemühungen unseres Kreisarztes, eines besonders in der Heilung von vernachlässigten Krankheiten, wie Hühneraugen und dergleichen, sehr geschickten Mannes. Er starb in meinen Armen im dreißigsten Lebensjahr und wurde in der Kirche des Pfarrdorfes Gorochino neben seinen Eltern bestattet.

Iwan Petrowitsch war von mittlerem Wuchs, hatte graue Augen, blondes Haar und eine gerade Nase. Sein Gesicht war weiß und mager.

Dies, mein Herr, ist alles, was ich von dem Leben, der Beschäftigung, dem Charakter und dem Äußeren meines verstorbenen Nachbarn und Freundes weiß. Aber falls Sie sich entschließen sollten, meinen Brief irgendwie zu verwenden, so bitte ich Sie ergebenst, meinen Namen keinesfalls zu erwähnen, denn obschon ich die Schriftsteller sehr liebe und achte, so halte ich es doch für mich für überflüssig und in meinem Alter für unpassend, in diesen Stand zu treten.

Mit aufrichtiger Hochachtung usw.

1830, November den 16., Dorf Nenaradowo.

Indem wir es für unsere Pflicht halten, den Willen des ehrwürdigen Freundes unseres Autors zu respektieren, bringen wir ihm den tiefsten Dank für die uns zur Verfügung gestellten Auskünfte entgegen und hoffen, daß das Publikum ihre Aufrichtigkeit und gültige Gesinnung nach Gebühr zu schätzen verstehen wird. A. P.

Der Schuß

> Wir schossen uns.
>
> Baratynskij
>
> Ich schwor, ihn nach Duellrecht zu erschießen.
> Er war mir noch einen Schuß schuldig.
>
> Abend im Biwak

Wir standen im Marktflecken … in Garnison. Das Leben eines Armeeoffiziers ist bekannt. Am Morgen Exerzieren und Reitbahn, Mittagessen beim Regimentskommandeur oder im jüdischen Gasthaus, abends Punsch und Karten. In … gab es kein einziges gastfreies Haus, keine Braut, um die man sich bewerben konnte. Wir pflegten uns nur beieinander zu versammeln, wo wir außer unserer Uniform nichts zu sehen bekamen.

Nur ein Mensch gehörte unserer Gesellschaft an, ohne Militär zu sein. Er war ungefähr fünfunddreißig Jahre alt, und wir hielten ihn deshalb für einen alten Mann. Er war seiner größeren Erfahrung wegen uns gegenüber im Vorteil. Auch machte sein finsteres Wesen, sein unbeugsamer Charakter und die böse Zunge einen starken Eindruck auf unsere jungen Gemüter. Sein Schicksal war von etwas Geheimnisvollem umwittert. Er schien ein Russe zu sein und trug einen fremdländischen Namen. Er hatte einst bei den Husaren und sogar mit Erfolg gedient, niemand kannte den Grund, der ihn gezwungen hatte, den Abschied zu nehmen und sich in dem erbärmlichen Marktflecken niederzulassen, wo er ärmlich und verschwenderisch zugleich lebte. Er ging stets zu Fuß, in einem abgetragenen schwarzen Rock, hielt aber offene Tafel für alle Offiziere unseres Regiments. Freilich bestand sein Mittagessen nur aus zwei, drei Gerichten, die von einem abgedankten Soldaten zubereitet waren, aber der Champagner floß dabei in Strömen. Niemand wußte Bescheid über sein Vermögen, über seine Einnahmen, und niemand wagte es, ihn danach zu fragen. Er hatte zuweilen Bücher, meistenteils Kriegsbücher und Romane. Er gab sie gern zum Lesen und verlangte sie nie wieder. Dafür aber gab auch er nie ein Buch zurück. Seine Hauptübung bestand im Pistolenschießen. Die Wände seines Zimmers waren alle von Kugeln zernagt, alle durchlöchert wie Bienenwaben. Eine reiche Pistolensammlung war der einzige Luxus der ärmlichen Lehmhütte, in der er wohnte. Die Kunst, die er erreicht hatte, war unglaublich, und wenn er sich erboten hätte, einen von uns mit der Kugel eine Birne von der Mütze herunterzuschlagen, es hätte niemand von unserem Regiment gezögert, ihm den Kopf hinzuhalten. Unsere Unterhaltung berührte oft den Zweikampf. Silvio – so will ich ihn nennen – mischte sich nie ein. Auf die Frage, ob er sich geschlagen habe, antwortete er trocken, daß es vorgekommen sei, ließ sich aber nicht auf Einzelheiten ein, und es war offensichtlich, daß solche Gespräche ihm unangenehm waren. Wir nahmen an, daß er irgendein Opfer seiner schrecklichen Kunst auf dem Gewissen habe. Im übrigen aber kam es uns nicht in den Sinn, in ihm etwas, das der Feigheit gleicht, zu vermuten. Es gibt Menschen, deren Äußeres allein solchen Verdacht ausschließt. Ein unerwarteter Vorfall versetzte uns alle in Staunen.

Einmal speisten etwa zehn unserer Offiziere bei Silvio zu Mittag. Man trank wie gewöhnlich, das heißt, sehr viel. Nach dem Mittagessen versuchten wir den Hausherrn zu überreden, eine Bank aufzulegen. Lange weigerte er sich, denn er pflegte fast nie zu spielen. Schließlich ließ er sich Karten reichen, schüttete etwa ein halbes Hundert Dukaten auf den Tisch und begann auszuteilen. Wir umringten ihn, und das Spiel begann. Silvio hatte die Gewohnheit, während des Spiels völliges Schweigen zu bewahren, stritt nicht und ließ sich auf keine Auseinandersetzungen ein. Wenn ein Spieler sich zuweilen verrechnete, so pflegte er sofort entweder das demselben noch zukommende Geld auszuzahlen oder aber das überschüssige anzuschreiben. Wir kannten dies schon und ließen ihn in seiner Art gewähren. Es war aber unter uns ein Offizier, der vor kurzem erst zu uns versetzt worden war. Er bog, während er spielte, aus Zerstreutheit eine Ecke zu viel ein. Silvio nahm die Kreide und glich nach seiner Gewohnheit die Rechnung aus. Der Offizier, der glaubte, daß Silvio sich geirrt hätte, erhob Einwendungen. Silvio fuhr fort, Bank zu halten. Der Offizier verlor die Geduld, nahm die Bürste und löschte aus, was er zu viel notiert fand. Silvio nahm die Kreide und schrieb nochmals auf. Der Offizier, vom Wein, Spiel und Lachen der Kameraden erregt, fühlte sich schwer gekränkt, ergriff in der Wut einen Messingleuchter und warf ihn nach Silvio, der dem Schlag kaum auszuweichen vermochte. Wir waren bestürzt. Silvio erhob sich, bleich vor Zorn, und sagte mit funkelnden Augen: „Mein Herr, verlassen Sie uns sofort, und danken Sie Gott, daß es bei mir im Hause geschehen ist."

Wir zweifelten nicht an den Folgen und sahen unseren neuen Kameraden schon als getötet an. Der Offizier entfernte sich mit der Bemerkung, er sei bereit, für die Beleidigung Genugtuung zu geben, wie es dem Herrn Bankhalter beliebe. Das Spiel wurde noch einige Minuten fortgesetzt. Da wir aber fühlten, daß der Hausherr nicht mehr aufgelegt war, so hörten wir nacheinander auf und zerstreuten uns in unsere Quartiere, wobei wir uns über den bevorstehenden Urlaub unterhielten.

Am nächsten Tag fragten wir bereits in der Reitbahn, ob der arme Leutnant noch am Leben sei, als er selbst unter uns erschien. Wir richteten an ihn dieselbe Frage. Er erwiderte, daß er von Silvio noch keinerlei Nachricht habe. Wir wunderten uns. Wir begaben uns zu Silvio und fanden ihn im Hof, wie er in ein am Tor befestigtes As eine Kugel nach der andern schoß. Er empfing uns wie sonst und sprach kein Wort von der gestrigen Begebenheit. Es vergingen drei Tage. Der Leutnant lebte noch immer. Wir fragten mit Staunen: „Wird denn Silvio sich wirklich nicht schlagen?" Silvio schlug sich nicht. Er begnügte sich mit einer oberflächlichen Erklärung und versöhnte sich.

Das schadete ihm in der Meinung der Jugend außerordentlich. Mangel an Kühnheit wird von den jungen Leuten am wenigsten verziehen, die in der Tapferkeit den Gipfel der menschlichen Tugenden und die Entschuldigung aller möglichen Laster sehen. Dennoch war allmählich alles vergessen, und Silvio gewann seinen früheren Einfluß wieder.

Einzig ich vermochte nicht mehr, mich ihm zu nähern. Von Natur mit einer romantischen Phantasie begabt, war ich früher diesem Menschen, dessen Leben ein Rätsel war und der mir als Held einer geheimnisvollen Geschichte erschien, am stärksten von allen verbunden. Er hatte mich gern, wenigstens unterließ er nur in der Unterhaltung mit mir seine gewohnte, schroffe Art zu lästern und sprach von allerlei Dingen mit Treuherzigkeit und ungemeiner Liebenswürdigkeit. Doch nach jenem unglückseligen Abend wollte mich der Gedanke nicht mehr verlassen, daß seine Ehre befleckt und infolge seines eigenen Verschuldens nicht reingewaschen sei, und das hinderte mich, mit ihm so wie früher umzugehen. Ich genierte mich, ihn anzusehen. Silvio war zu klug und erfahren, um es nicht zu bemerken und den Grund nicht zu erraten. Es schien, daß es ihn betrübe. Jedenfalls bemerkte ich etwa zweimal an ihm den Wunsch, sich mit mir auszusprechen. Aber ich vermied solche Gelegenheiten, und Silvio zog sich von mir zurück. Seitdem sah ich ihn nur in Gegenwart von Kameraden, und unsere früheren offenherzigen Gespräche hörten auf.

Die an Zerstreuung gewöhnten Bewohner der Residenz haben keinen Begriff von vielen Eindrücken, die dem Dorf- und Kleinstadtbewohner so wohlbekannt sind, wie zum Beispiel die Erwartung des Posttages. Dienstags und freitags pflegte unsere Regimentskanzlei voll von Offizieren zu sein. Der eine wartete auf Geld, der andere auf Briefe, wieder ein anderer auf Zeitungen. Die Pakete wurden gewöhnlich gleich hier entsiegelt, die Neuigkeiten ausgetauscht, und die Kanzlei bot ein sehr belebtes Bild. Silvio bekam seine Briefe an unser Regiment adressiert und pflegte an diesen Tagen ebenfalls hinzukommen. Einmal wurde ihm ein Paket gereicht, das er mit dem Ausdruck größter Ungeduld öffnete. Während er den Brief durchflog, funkelten seine Augen. Die Offiziere, jeder mit seinen Briefen beschäftigt, bemerkten nichts.

„Meine Herren", sagte Silvio zu ihnen, „die Umstände erfordern meine unverzügliche Abreise. Ich reise heute nacht. Ich hoffe, daß Sie es mir nicht abschlagen, zum letztenmal bei mir zu essen. Ich erwarte auch Sie", fuhr er zu mir gewandt fort, „ich erwarte Sie unbedingt!"

Damit ging er eilig hinaus. Wir machten aus, uns bei Silvio zu treffen, und entfernten uns, jeder in seiner Richtung.

Ich kam zur bestimmten Stunde zu Silvio und fand bei ihm unser Regiment fast vollzählig. Seine ganze Habe war bereits eingepackt. Es blieben nur die kahlen, durchschossenen Wände. Wir setzten uns zu Tisch, der Hausherr war ungewöhnlich aufgeräumt, und bald wurde die Ausgelassenheit allgemein. Die Pfropfen knallten alle Augenblicke, die Gläser schäumten und zischten, und wir wetteiferten miteinander, dem Abreisenden gute Reise und sonst alles Gute zu wünschen. Es war bereits später Abend, als wir von der Tafel aufstanden. Während jeder seine Mütze suchte, ergriff Silvio, der von allen Abschied nahm, mich bei der Hand und hielt mich zurück, gerade in dem Augenblick, als ich im Begriff war, hinauszugehen.

„Ich muß mit Ihnen sprechen", sagte er leise. Ich blieb.

Alle waren fortgegangen. Wir blieben zu zweit, setzten uns einander gegenüber und zündeten schweigend die Pfeifen an. Silvio schien besorgt. Von der krampfhaften Ausgelassenheit war keine Spur mehr an ihm. Finstere Blässe, funkelnde Augen und der dicke Rauch, der seinem Munde entquoll, gaben ihm das Aussehen eines richtigen Teufels. Es vergingen einige Minuten, und Silvio unterbrach das Schweigen.

„Wir werden uns vielleicht nie mehr wiedersehen", sagte er zu mir, „vor der Trennung wollte ich mich mit Ihnen aussprechen. Sie hatten Gelegenheit, zu bemerken, daß ich die fremde Meinung wenig achte. Sie aber habe ich gern und fühle, es wäre mir peinlich, in Ihrem Geist einen falschen Eindruck zu hinterlassen."

Er hielt inne und stopfte seine ausgebrannte Pfeife. Ich schwieg mit gesenkten Augen.

„Sie fanden es seltsam“, fuhr er fort, „daß ich von diesem betrunkenen Tollkopf R. keine Genugtuung gefordert habe. Sie müssen zugeben, da ich die Möglichkeit hatte, die Waffe zu wählen, so war sein Leben in meinen Händen, meines dagegen fast ungefährdet. Ich könnte meine Mäßigung der Großmut allein zuschreiben, aber ich will nicht lügen. Wenn ich R. hätte bestrafen können, ohne mein Leben der Gefahr auszusetzen, so würde ich ihm keinesfalls verziehen haben.“

Ich sah Silvio mit Staunen an. Ein solches Geständnis verwirrte mich vollends. Silvio fuhr fort: „Jawohl, ich habe nicht das Recht, mich dem Tode auszusetzen. Vor sechs Jahren habe ich eine Ohrfeige bekommen, und mein Feind lebt noch!“

Meine Neugier war sehr erregt. „Sie haben sich mit ihm nicht geschlagen?“ fragte ich. „Die Umstände haben Sie wohl getrennt?“

„Ich habe mich mit ihm geschlagen“, antwortete Silvio, „und hier ist das Andenken an unseren Zweikampf.“

Silvio erhob sich und holte aus einem Karton eine rote, betreßte Mütze mit einer goldenen Quaste – die Franzosen nennen sie bonnet de police –, er setzte sie auf, sie war einen Zoll über der Stirn durchschossen.

„Sie wissen“, fuhr Silvio fort, „daß ich in einem Husarenregiment diente. Mein Charakter ist Ihnen bekannt: ich bin gewohnt, der Erste zu sein, schon in der Jugend war dies eine Leidenschaft bei mir. Zu unserer Zeit waren Angeberei und Raufen in Mode. Ich war der Wüsteste in der Armee. Wir prahlten mit dem Trinken: ich trank den berühmten Burzow, den Denis Dawydow besungen hat, unter den Tisch. Duelle kamen in unserem Regiment alle Augenblicke vor. Ich war bei allen dabei, entweder als Zeuge oder als handelnde Person. Die Kameraden vergötterten mich, die Regimentskommandeure, die alle Augenblicke abgelöst wurden, betrachteten mich als ein unvermeidliches Übel.

Ich genoß ruhig – oder unruhig – meinen Ruhm, als ein junger Mann aus einer reichen, vornehmen Familie, deren Namen ich nicht nennen will, bei uns in den Dienst trat. Seit ich lebe, bin ich einem solchen Glückspilz nicht begegnet! Stellen Sie sich Jugend vor: Geist, Schönheit, tollste Ausgelassenheit, sorgloseste Tapferkeit, einen klangvollen Namen, ungezähltes Geld, das ihm nie ausging, und Sie können sich denken, welchen Eindruck er mitten unter uns machen mußte. Meine Stellung als Erster war erschüttert. Von meinem Ruhm angelockt, suchte er meine Freundschaft. Ich aber begegnete ihm kühl, und er zog sich ohne jedes Bedauern von mir zurück. Ich begann ihn zu hassen. Seine Erfolge im Regiment und bei den Frauen brachten mich zur völligen Verzweiflung. Ich begann Streit mit ihm zu suchen. Auf meine Epigramme erwiderte er mit Epigrammen, die mir stets unerwarteter und schärfer als die meinigen schienen und die natürlich unvergleichlich lustiger waren. Er scherzte, während ich gehässig war. Endlich einmal auf einem Ball bei einem polnischen Gutsbesitzer, wo ich ihn als Gegenstand der Aufmerksamkeit aller Damen und besonders der Hausherrin, mit der ich ein Verhältnis hatte, sah, flüsterte ich ihm eine abgeschmackte Grobheit ins Ohr. Er flammte auf und versetzte mir eine Ohrfeige. Wir stürzten zu unseren Säbeln. Die Damen fielen in Ohnmacht. Man trennte uns, und noch in derselben Nacht fuhren wir hinaus, um uns zu schlagen.

Es war beim Morgengrauen. Ich stand an der verabredeten Stelle mit meinen drei Sekundanten. Mit unaussprechlicher Ungeduld wartete ich auf meinen Gegner. Die Frühlingssonne war bereits aufgegangen, und die Hitze war im Steigen. Ich erblickte ihn aus der Ferne. Er kam zu Fuß, in Uniform mit Säbel, von einem Sekundanten begleitet. Wir gingen ihm entgegen. Er näherte sich, die mit Kirschen gefüllte Mütze in den Händen. Die Sekundanten maßen zwölf Schritt ab. Ich sollte als erster schießen. Aber die Erregung der Wut war so stark in mir, daß ich der Sicherheit meiner Hand nicht traute, und um mir Zeit zum Abkühlen zu lassen, bot ich ihm den ersten Schuß an. Mein Gegner lehnte es ab. Man beschloß zu losen.

Die erste Nummer zog er, der ständige Liebling des Glücks. Er zielte und durchschoß meine Mütze. Die Reihe war an mir. Sein Leben war endlich in meiner Hand. Ich sah ihn gierig an, bemüht, auch nur einen Schatten von Unruhe an ihm wahrzunehmen. Er stand vor der Pistole, klaubte sich die reifen Kirschen aus der Mütze und spuckte die Kerne aus, die bis zu mir flogen. Sein Gleichmut machte mich rasend. Was nützt es, dachte ich, ihn des Lebens zu berauben, wenn er sich nichts daraus macht? Ein böser Gedanke flog durch meinen Sinn. Ich senkte die Pistole. ‚Es scheint, daß Sie jetzt für den Tod keine Zeit haben', sagte ich, ‚Sie belieben zu frühstücken, ich will Sie nicht stören.' ‚Sie stören mich nicht im geringsten', erwiderte er, ‚bitte, schießen Sie, übrigens, wie es Ihnen beliebt. Ihr Schuß bleibt Ihnen gut bei mir, ich bleibe stets zu Ihren Diensten.'

Ich wandte mich zu den Sekundanten und erklärte, daß ich heute nicht die Absicht habe zu schießen, und damit war der Zweikampf zu Ende ...

Ich nahm meinen Abschied und zog mich in diesen Marktflecken zurück. Seitdem ist kein Tag vergangen, ohne daß ich an Rache dachte. Jetzt ist meine Stunde gekommen. Ich habe lange auf sie gewartet."

Silvio zog den am Morgen von ihm erhaltenen Brief aus der Tasche und gab ihn mir zu lesen. Irgend jemand, vermutlich sein Bevollmächtigter, schrieb ihm aus Moskau, daß die bewußte Person im Begriff sei, sich mit einem herrlichen jungen Mädchen zu verheiraten.

„Sie erraten wohl, wer diese bewußte Person ist. Ich reise nach Moskau. Wir wollen sehen, ob er vor seiner Hochzeit den Tod ebenso ruhig hinnehmen wird wie damals, als er ihm beim Kirschenessen entgegensah."

Bei diesen Worten erhob sich Silvio, warf seine Mütze auf den Boden und begann im Zimmer wie ein Tiger im Käfig auf und ab zu gehen. Ich hörte ihm unbeweglich zu. Seltsame und entgegengesetzte Gefühle erregten mich.

Der Diener trat ein und meldete, daß die Pferde bereit

seien. Silvio drückte mir fest die Hand. Wir küßten uns. Er stieg in das Wägelchen, in dem zwei Koffer untergebracht waren, einer mit den Pistolen, der andere mit seiner Habe. Wir verabschiedeten uns, und die Pferde jagten davon.

II

Es vergingen einige Jahre, als Familienverhältnisse mich zwangen, mich in einem armseligen Dorf des N...schen Kreises niederzulassen. Während ich mich mit der Wirtschaft befaßte, hörte ich nicht auf, heimlich nach meinem früheren lärmenden und sorglosen Leben zu seufzen. Am schwierigsten war es für mich, mich daran zu gewöhnen, die Frühlings- und Winterabende in völliger Einsamkeit zu verbringen. Bis zum Mittagessen zog ich die Zeit noch mit Mühe und Not hin, indem ich mich mit dem Schulzen unterhielt oder die neuen Einrichtungen inspizierte. Sobald es jedoch zu dämmern begann, wußte ich durchaus nicht, was ich mit mir anfangen sollte. Die wenigen Bücher, die ich unter den Schränken und in der Vorratskammer fand, hatte ich bereits auswendig gelernt. Alle Märchen, die die Beschließerin Kirilowna kannte, waren mir auch schon erzählt worden. Die Lieder der Bauernweiber machten mich krank. Ich versuchte mich an die ungezuckerten Schnapsaufgüsse zu halten, aber davon bekam ich Kopfschmerzen. Ja, ich gestehe, daß ich Angst hatte, Trinker vor Bitternis, das heißt ein bitterer Trinker zu werden, wofür es viele Beispiele in unserem Kreise gab.

Nachbarn gab es in meiner nächsten Nähe keine, mit Ausnahme von zwei, drei solchen Trinkern, deren Unterhaltung nur noch aus Schlucken und Seufzen bestand. Da war die Einsamkeit noch erträglicher. Endlich beschloß ich, möglichst früh schlafen zu gehen und möglichst spät zu Mittag zu essen. Auf diese Weise kürzte ich den Abend ab und verlängerte den Tag, und siehe, es war gut.

Vier Werst von mir entfernt befand sich ein reiches Gut, das der Gräfin B. gehörte. Es lebte aber nur der Verwalter dort, die Gräfin jedoch hatte ihr Gut nur einmal im ersten Jahr nach ihrer Verheiratung besucht und war auch damals nicht länger als einen Monat geblieben. Im zweiten Jahr meines Einsiedlerlebens aber verbreitete sich das Gerücht, daß die Gräfin mit ihrem Gemahl im Sommer auf ihr Gut kommen würde. Sie trafen in der Tat im Anfang des Monats Juni ein.

Die Ankunft eines reichen Nachbarn ist ein wichtiges Ereignis für die Landbewohner. Die Gutsbesitzer und ihr Hofgesinde unterhalten sich zwei Monate vorher und drei Jahre nachher darüber. Was mich betrifft, so gestehe ich, daß die Nachricht von der Ankunft der jungen schönen Nachbarin stark auf mich wirkte. Ich brannte vor Ungeduld, sie zu sehen, und begab mich darum am ersten Sonntag nach ihrer Ankunft auf ihr Gut, um mich dem gräflichen Paar als nächster Nachbar und alleruntertänigster Diener vorzustellen.

Ein Diener führte mich in das Arbeitszimmer des Grafen und entfernte sich, um mich zu melden. Das geräumige Arbeitszimmer war mit denkbar größtem Luxus ausgestattet. An den Wänden standen Schränke mit Büchern, und auf jedem eine bronzene Büste. Über dem Marmorkamin hing ein breiter Spiegel. Der Boden war mit grünem Tuch ausgeschlagen und mit Teppichen belegt. Ich, der ich in meinem ärmlichen Winkel an Pracht nicht mehr gewöhnt war und seit langem auch fremden Reichtum nicht mehr gesehen hatte, wurde befangen und wartete auf den Grafen mit einer Art Furcht, wie ein Bittsteller aus der Provinz auf das Erscheinen des Ministers. Die Tür öffnete sich, und es erschien ein Mann von etwa zweiunddreißig Jahren, schön von Angesicht. Der Graf näherte sich mir mit dem Ausdruck der Offenheit und Freundlichkeit. Ich bemühte mich, Fassung zu gewinnen, und wollte mich vorstellen, aber er kam mir zuvor. Wir setzten uns. Seine Unterhaltung, frei und liebenswürdig, zerstreute bald meine verwilderte Schüchternheit. Ich hatte mich beinahe in meinem gewohnten Zustand gefunden, als die Gräfin plötzlich eintrat und die

Verlegenheit sich meiner noch mehr als früher bemächtigte. In der Tat, sie war eine Schönheit. Der Graf stellte mich vor. Ich wollte mich unbefangen geben, aber je mehr ich mich bemühte, ungezwungen zu erscheinen, um so verlegener fühlte ich mich. Um mir Zeit zu geben, mich zu fassen und mich an die neue Bekanntschaft zu gewöhnen, begannen sie eine Unterhaltung miteinander, wobei sie mich wie einen guten Nachbarn und ohne Umstände behandelten. Unterdessen ging ich auf und ab und betrachtete die Bücher und Bilder. Ich bin kein Kenner von Bildern, aber ein Bild zog meine Aufmerksamkeit auf sich. Es stellte irgendeine Ansicht aus der Schweiz dar. Aber nicht die Malerei setzte mich in Erstaunen, sondern der Umstand, daß das Bild von zwei Kugeln durchbohrt war, die offenbar nacheinander auf denselben Punkt abgegeben worden waren.

„Das ist ein guter Schuß", sagte ich zum Grafen gewandt.

„Ja", erwiderte er, „der Schuß ist sehr bemerkenswert. Und Sie, schießen Sie gut?" fuhr er fort.

„Recht ordentlich", erwiderte ich und war froh, daß das Gespräch endlich einen mir vertrauten Gegenstand berührte. „Auf dreißig Schritt werde ich eine Karte nicht verfehlen, aus Pistolen, die ich kenne, natürlich."

„Wirklich?" sagte die Gräfin mit dem Ausdruck großer Aufmerksamkeit, „und du, mein Freund, kannst du eine Karte auf dreißig Schritt treffen?"

„Wir wollen es einmal versuchen", erwiderte der Graf. „Seinerzeit habe ich nicht übel geschossen. Aber es sind schon vier Jahre her, daß ich keine Pistole mehr in der Hand hatte."

„Oh", bemerkte ich, „in diesem Fall wette ich, daß Eure Durchlaucht eine Karte auch auf zwanzig Schritt nicht treffen. Die Pistole verlangt tägliche Übung. Ich kenne es aus Erfahrung. In unserem Regiment galt ich als einer der besten Schützen. Einmal kam es, daß ich einen ganzen Monat keine Pistole anrührte, meine waren in Reparatur. Was meinen also Euer Durchlaucht? Das erstemal, als ich wieder zum Schießen kam, schoß ich viermal hintereinander fehl auf eine Flasche, die zwanzig Schritt entfernt war. Wir hatten einen Rittmeister, einen Witzbold und Spaßmacher. Er war gerade zugegen und sagte zu mir: ‚Deine Hand, Freund, traut sich wohl nicht, sich gegen die Flasche zu erheben?' Nein, Durchlaucht, man darf diese Übung nicht vernachlässigen, sonst verlernt man es am Ende. Der beste Schütze, dem ich je begegnet bin, übte jeden Tag mindestens dreimal vor Tisch. Das war ihm zur Gewohnheit geworden wie ein Gläschen Schnaps."

Der Graf und die Gräfin waren froh, daß ich ins Sprechen kam.

„Und wie schoß er?" fragte mich der Graf.

„So zum Beispiel, Euer Durchlaucht, es kam vor, daß er eine Fliege auf der Wand erblickte – Sie lachen, Gräfin? Bei Gott, es ist wahr – es kam vor, daß er eine Fliege erblickte und schrie: ‚Kusjka, die Pistole her!' Kusjka brachte ihm die geladene Pistole. Paff – und die Fliege war in die Wand gedrückt!"

„Das ist erstaunlich", sagte der Graf, „und wie hieß er?"

„Silvio, Euer Durchlaucht!"

„Silvio?" rief der Graf und sprang auf. „Sie kannten Silvio?"

„Wie sollte ich ihn nicht kennen, wir waren Freunde, er war in unserem Regiment wie ein Kamerad aufgenommen. Aber es sind etwa fünf Jahre, daß ich nichts mehr von ihm hörte. Also kannte Euer Durchlaucht ihn ebenfalls?"

„Ja, ich kannte ihn sogar gut. Hat er Ihnen nicht eine sehr seltsame Begebenheit erzählt?"

„Die Ohrfeige am Ende, Euer Durchlaucht, die er von einem jungen Tollkopf bekommen hatte?"

„Hatte er Ihnen den Namen dieses Tollkopfs genannt?"

„Nein, Euer Durchlaucht, er hat ihn nicht genannt ... Ach, Euer Durchlaucht", fuhr ich, die Wahrheit erratend, fort, „verzeihen Sie ... ich wußte nicht ... sind Sie es am Ende?"

„Ich selbst", erwiderte der Graf mit dem Ausdruck tiefer Betrübtheit, „und das durchschossene Bild ist das Andenken an unsere letzte Begegnung."

„Ach, mein Lieber“, sagte die Gräfin, „um Gottes willen, erzähl nicht, ich fürchte mich zuzuhören.“

„Nein“, erwiderte der Graf, „ich will alles erzählen. Er weiß, wie ich seinen Freund gekränkt habe. Mag er nun erfahren, wie Silvio sich an mir gerächt hat.“

Der Graf schob mir einen Sessel hin, und ich vernahm mit der lebhaftesten Neugierde folgende Erzählung.

„Vor fünf Jahren habe ich geheiratet. Den ersten Monat, the honey-moon, verbrachte ich hier auf diesem Gut. Diesem Hause verdanke ich die schönsten Augenblicke meines Lebens und eine meiner schwersten Erinnerungen. Einmal ritten wir zusammen aus. Das Pferd meiner Frau wurde störrisch, sie erschrak, überließ mir die Zügel und ging zu Fuß. Ich ritt voraus. Auf dem Hof sah ich ein Reisefuhrwerk. Man sagte mir, in meinem Arbeitszimmer sitze ein Mann, der seinen Namen nicht nennen wolle und der nur sage, er habe ein Anliegen an mich. Ich trat in dieses Zimmer und erblickte im Dunkel einen staubbedeckten und unrasierten Mann. Er stand hier am Kamin. Ich trat zu ihm, bemüht, mich an seine Züge zu erinnern. ‚Du erkennst mich nicht, Graf?‘ fragte er mit bebender Stimme. ‚Silvio!‘ rief ich aus, und ich gestehe, ich fühlte, wie meine Haare sich plötzlich sträubten. ‚Jawohl, der Schuß gehört mir. Ich bin gekommen, meinen Schuß loszuwerden. Bist du bereit?‘ Die Pistole ragte aus seiner Seitentasche. Ich maß zwölf Schritte ab, stellte mich dort im Winkel auf und bat ihn, rasch zu schießen, bevor meine Frau zurückkam. Er zögerte, er bat um Licht. Kerzen wurden hereingebracht. Ich verschloß die Tür und bat ihn nochmals, zu schießen. Er zog die Pistole und zielte ... Ich zählte die Sekunden ... ich dachte an sie ... Eine schreckliche Minute verging! Silvio ließ den Arm sinken. ‚Ich bedauere, daß die Pistole nicht mit Kirschkernen geladen ist ... die Kugel ist schwer. Mir ist so, als sei es kein Duell, sondern ein Mord. Ich bin nicht gewohnt, auf einen Unbewaffneten zu zielen. Fangen wir von neuem an. Losen wir, wer zuerst schießen soll.‘ Mein Kopf drehte sich ... Ich glaube, ich wollte nicht einwilligen ... Schließlich luden wir noch eine

Pistole. Wir rollten zwei Zettel zusammen. Er legte sie in die Mütze, die ich einst durchbohrt hatte. Ich zog wieder die Nummer Eins. ‚Du hast verteufelt Glück, Graf', sagte er mit einem Lächeln, das ich nie vergessen werde. Ich verstehe nicht, was mit mir vorging und wie er mich dazu gezwungen hatte ... aber ich schoß und traf dieses Bild."

Der Graf zeigte mit dem Finger auf das durchschossene Bild. Sein Gesicht brannte wie Feuer. Die Gräfin war bleicher als ihr Taschentuch, ich konnte einen Aufschrei nicht unterdrücken.

„Ich schoß", fuhr der Graf fort, „und, Gott sei Dank, ich fehlte. Da begann Silvio – in diesem Augenblick war er wirklich schrecklich – nach mir zu zielen. Plötzlich öffnete sich die Tür, Mascha stürzte herein und warf sich aufschreiend mir um den Hals. Ihre Gegenwart gab mir meinen ganzen Mut zurück. ‚Liebste', sagte ich ihr, ‚siehst du denn nicht, daß wir scherzen? Wie bist du erschrocken! Geh, trink ein Glas Wasser und komm zu uns zurück, ich will dir meinen alten Freund und Kameraden vorstellen.' Mascha glaubte es mir noch immer nicht. ‚Sagen Sie mir, spricht mein Mann die Wahrheit?' sagte sie zu dem furchteinflößenden Silvio. ‚Ist es wahr, daß Sie beide scherzen?' – ‚Er scherzt immer, Gräfin, einst hat er scherzend mir eine Ohrfeige versetzt, scherzend hat er mir diese Mütze mit der Kugel durchbohrt, scherzend hat er eben an mir vorbeigeschossen. Jetzt ist die Reihe an mir, zu scherzen.' Mit diesen Worten wollte er nach mir zielen – in ihrer Gegenwart! Mascha warf sich ihm zu Füßen. ‚Steh auf, Mascha, schäme dich!' schrie ich in der Raserei, ‚und Sie, mein Herr, werden Sie aufhören, eine arme Frau zu verhöhnen? Werden Sie schießen oder nicht?' – ‚Ich werde es nicht tun', erwiderte Silvio, ‚ich bin zufrieden, daß ich deine Verwirrung, deine Furcht gesehen habe. Ich habe dich gezwungen, auf mich zu schießen. Das genügt mir. Du wirst an mich denken. Ich überlasse dich deinem Gewissen.' Damit wollte er hinausgehen, blieb aber in der Tür stehen, sah sich nach dem durchschossenen Bild um, feuerte nach ihm, fast ohne zu zielen, und verschwand. Meine

Frau lag in Ohnmacht. Die Dienerschaft wagte es nicht, ihn aufzuhalten und sah ihm entsetzt nach. Er ging auf die Rampe hinaus, rief den Kutscher herbei und fuhr ab, bevor ich zur Besinnung zu kommen vermochte."

Der Graf schwieg. Auf diese Weise erfuhr ich den Schluß der Geschichte, deren Anfang mich einst so erschüttert hatte. Ihrem Helden bin ich nie mehr begegnet. Man erzählt, daß Silvio im Aufstand des Alexander Ypsilanti eine Truppe angeführt habe und in der Schlacht bei Skuljany gefallen sei.

Der Schneesturm

Dreigespann eilt durch die Nacht,
Sucht im Schnee die Spuren,
Fern die kleine Kirche steht
Einsam auf den Fluren ...
Plötzlich bricht ein Sturmwind los
Wirbelt hoch die Flocken,
Und ein schwarzer Rabe kreist
Um den weißen Schlitten.
Unheil kündet sein Gekrächz!
Und die Pferde eilen,
Blicken ängstlich in die Nacht
Mit gesträubten Mähnen.

Jukowskij

Ende des Jahres 1811, in der für uns so denkwürdigen Zeit, lebte auf seinem Landsitz Nenaradowo der gute Gawrila Gawrilowitsch R. Er war in der ganzen Umgegend wegen seiner Gastfreundlichkeit und Gutherzigkeit berühmt. Die Nachbarn kamen häufig zu ihm, um gut zu essen und zu trinken, um mit seiner Frau Prasskowja Petrowna eine Partie Boston zu spielen und manche kamen auch deshalb, um das Töchterchen Maria Gawrilowna zu bewundern, ein siebzehnjähriges, schlankes, blasses junges Mädchen. Sie galt als reiche Braut, und viele dachten sie sich selber oder ihren Söhnen im stillen zu.

Maria Gawrilowna lebte dank ihrer Erziehung in französischen Romanen und war folglich verliebt. Der von ihr Erwählte war ein armer Linienfähnrich, der zu jener Zeit in seinem Dorf auf Urlaub weilte. Es versteht sich von selbst, daß der junge Mann von gleicher Leidenschaft entbrannt war und daß die Eltern, als sie ihre gegenseitige Neigung bemerkten, ihrer Tochter verboten hatten, an ihn auch nur zu denken, und ihn schlechter zu behandeln pflegten als einen abgedankten Assessor.

Unsere Verliebten standen im Briefwechsel miteinander und trafen sich täglich unter vier Augen im Kiefernwäldchen oder an der alten Kapelle. Dort schworen sie einander ewige Liebe, klagten über das Schicksal und machten allerhand Pläne. Im Briefwechsel und in Gesprächen dieser Art kamen sie, was ganz natürlich war, zu folgender Überlegung: „Wenn wir ohne einander nicht atmen können, der Wille der grausamen Eltern aber unserem Glück im Wege ist, könnten wir da nicht auf ihre Zustimmung verzichten?“ Selbstverständlich kam dieser glückliche Gedanke zuerst dem jungen Mann, und natürlich gefiel er der romantischen Phantasie Maria Gawrilownas sehr wohl.

Der Winter kam und machte ihren Zusammenkünften ein Ende. Um so lebhafter wurde ihr Briefwechsel. Wladimir Nikolajewitsch flehte sie in jedem Brief an, die seine zu werden, schlug ihr vor, sich heimlich mit ihm trauen zu lassen, sich eine Zeitlang verborgen zu halten, um sich dann den Eltern zu Füßen zu werfen. Diese seien von der heroischen Standhaftigkeit und dem Unglück der Liebenden sicherlich so gerührt, daß sie gewiß mit dem Ausruf: „Kinder, kommt in unsere Arme!“ beide in Gnaden aufnehmen würden.

Maria Gawrilowna schwankte lange. Eine Menge Fluchtpläne wurde verworfen. Endlich willigte sie ein: an dem festgesetzten Tag sollte sie nicht zur Nacht essen und sich unter dem Vorwand von Kopfschmerzen auf ihr Zimmer zurückziehen. Ihre Zofe war in die Verschwörung eingeweiht; beide sollten durch den hinteren Ausgang das Haus verlassen, den vor dem Garten wartenden Schlitten besteigen und nach dem fünf Werst von Nenaradowo entfernten Dorf Schadrino fahren, geradenwegs zur Kirche, wo Wladimir sie erwarten würde.

Die ganze Nacht vor dem entscheidenden Tag schlief Maria Gawrilowna nicht. Sie packte ihre Sachen, Kleider und Wäsche, schrieb einen langen Brief an ihre Freundin, ein empfindsames junges Mädchen, und einen zweiten an die Eltern. Sie nahm in den rührendsten Ausdrücken Abschied von ihnen, entschuldigte ihre Tat mit der unüberwindlichen Gewalt der

Leidenschaft und schloß damit, daß sie für den seligsten Augenblick ihres Lebens den halten würde, an dem es ihr erlaubt wäre, sich ihren teuersten Eltern zu Füßen zu werfen. Nachdem sie die beiden Briefe mit einem Petschaft in Tulasilber, auf dem zwei flammende Herzen mit einer entsprechenden Inschrift eingraviert waren, versiegelt hatte, warf sie sich kurz vor Morgengrauen aufs Bett und schlief ein. Aber auch da wurde sie fortwährend von Angstträumen geweckt. Bald schien es ihr, daß in dem Augenblick, da sie sich in den Schlitten setzen wollte, um in die Kirche zu fahren, der Vater ihr Halt gebot, sie mit qualvoller Geschwindigkeit durch den Schnee schleifte und in eine dunkle abgründige Höhle warf. Sie stürzte kopfüber hinein unter unaussprechlicher Pein des Herzens. Bald sah sie Wladimir im Grase liegen, bleich, blutüberströmt. Er beschwor sie sterbend mit durchdringender Stimme, sich zu beeilen und sich mit ihm trauen zu lassen. Andere häßliche, sinnlose Visionen zogen nacheinander an ihr vorüber. Endlich erhob sie sich, blasser als sonst und mit Kopfschmerzen, die sie nicht zu heucheln brauchte. Vater und Mutter bemerkten ihre Unruhe. Ihre zärtliche Besorgtheit und die unaufhörlichen Fragen: „Was ist mit dir, Mascha, bist doch nicht etwa krank, Mascha?“ zerrissen ihr das Herz. Sie bemühte sich, heiter zu erscheinen und sie zu beruhigen, vermochte es aber nicht. Der Abend kam. Der Gedanke, daß sie zum letztenmal den Tag zu Hause verbringe, bedrückte ihr das Herz. Sie war halbtot. Heimlich nahm sie Abschied von den Menschen, von den Gegenständen, die sie umgaben. Das Abendessen wurde angerichtet. Ihr Herz begann heftig zu schlagen. Mit zitternder Stimme erklärte sie, daß sie nicht zur Nacht essen möchte und verabschiedete sich von Vater und Mutter. Sie küßten und segneten sie, wie es ihre Gewohnheit war. Sie weinte fast. Als sie in ihr Zimmer kam, warf sie sich, in Tränen aufgelöst, in einen Sessel. Die Zofe redete ihr zu, sich zu beruhigen und Mut zu fassen. Alles war bereit. In einer halben Stunde sollte Mascha das Elternhaus, ihr Zimmer, ihr stilles Mädchenleben für immer verlassen ... Draußen tobte ein Schneesturm. Der Wind heulte, rüttelte an den Fensterläden und ließ sie klappern. Alles schien ihr eine Drohung und ein böses Omen zu sein.

Bald wurde es still im Hause, und alles schlief ein. Mascha wickelte sich in einen Schal, legte einen warmen Überwurf um, nahm eine Schatulle in die Hand und begab sich auf die hintere Rampe des Hauses. Die Magd trug ihr zwei Pakete nach. Sie stiegen in den Garten hinunter. Der Schneesturm wollte sich nicht legen. Der Wind blies ihnen entgegen, als wäre er bemüht, die junge Verbrecherin zurückzuhalten. Mit Anstrengung erreichten sie das Ende des Gartens. Auf dem Weg wartete ein Schlitten. Die durchfrorenen Pferde wollten nicht stillhalten. Wladimirs Kutscher ging vor den Deichselstangen hin und her, bemüht, die unruhigen Tiere zum Stehen zu bringen. Er half dem Fräulein und ihrer Zofe, Platz zu nehmen und Pakete und Schatulle unterzubringen, nahm die Zügel in die Hand, und die Pferde sprengten davon.

Während wir nun das Fräulein der Obhut des Schicksals und der Kunst des Kutschers Tereschka überlassen, wenden wir uns unserem jungen Verliebten zu.

Den ganzen Tag war Wladimir unterwegs gewesen. Am Morgen war er beim Priester von Schadrino. Mit Mühe und Not wurde er mit ihm handelseinig. Dann begab er sich auf den Weg, um unter den benachbarten Gutsbesitzern Zeugen zu suchen. Der erste, zu dem er kam, der vierzigjährige Drawin, willigte gern ein. Dieses Abenteuer, versicherte er, erinnere ihn an seine früheren Husarenstreiche. Er überredete Wladimir, zum Mittagessen zu bleiben, und versicherte, daß es an den zwei anderen Zeugen nicht fehlen würde. In der Tat erschienen gleich nach dem Mittagessen der Feldmesser Schmitt, mit Schnurrbart und Sporen, und der Sohn des Kreishauptmanns, ein Bürschlein von etwa sechzehn Jahren, das vor kurzem bei den Ulanen eingetreten war. Sie nahmen nicht nur Wladimirs Anerbieten an, sondern schworen ihm sogar, notfalls für ihn das Leben zu opfern. Wladimir umarmte sie und fuhr nach Hause, um die nötigen Anstalten zu treffen.

Es dämmerte schon lange, als er seinen zuverlässigen Tereschka mit dem Dreigespann und mit einer umständlichen Weisung nach Nenaradowo schickte. Für sich selbst befahl er, einen kleinen Schlitten mit einem Pferd vorzuspannen, und fuhr allein ohne Kutscher nach Schadrino, wo etwa zwei Stunden nach ihm auch Maria Gawrilowna eintreffen sollte. Der Weg war ihm bekannt, und die Fahrt konnte nur zwanzig Minuten dauern.

Kaum aber hatte Wladimir die Dorfumfriedung verlassen und war ins freie Feld hinausgefahren, als ein Wind losbrach und sich ein solcher Schneesturm erhob, daß er ringsum nichts mehr zu unterscheiden vermochte. Im Nu war der Weg verweht, die Gegend verschwand in einer trüben und gelblichen Finsternis, in der weiße Schneeflocken wirbelten. Der Himmel floß mit der Erde in eins zusammen. Wladimir bemerkte, daß er vom Wege abgekommen war, und bemühte sich vergeblich, wieder auf ihn zu gelangen. Das Pferd tappte sich aufs Geratewohl vorwärts und stolperte fortwährend über Schneehaufen oder versank in Gruben. Der Schlitten kippte immerfort um. Wladimir strengte sich an, die Richtung nicht zu verlieren. Doch schien es ihm, daß die halbe Stunde bereits vergangen war, ohne daß er das Wäldchen von Schadrino erreicht hätte. Es vergingen weitere zehn Minuten, das Wäldchen war noch immer nicht in Sicht. Wladimir fuhr quer übers Feld, das von tiefen Hohlwegen durchfurcht war. Der Schneesturm legte sich nicht, der Himmel klärte sich nicht auf. Das Pferd begann zu ermatten, der Schweiß rann an ihm herab, obschon es fortwährend bis an den Bauch im Schnee versank.

Endlich sah er, daß er in falscher Richtung fuhr. Wladimir machte halt. Er besann sich, überzeugte sich, daß er nach rechts hätte einbiegen müssen. Sein Pferd konnte kaum noch vorwärts. Er war schon mehr als eine Stunde unterwegs. Schadrino konnte nicht mehr weit sein. Aber er fuhr und fuhr, und das Feld nahm kein Ende. Nichts als Schneehaufen und Gruben; immer wieder kippte der Schlitten um, immer wieder richtete er ihn auf. Die Zeit verging. Wladimir wurde sehr unruhig.

Endlich sah er seitwärts etwas dunkel schimmern. Wladimir wandte sich dorthin. Als er herannahte, war es ein Wäldchen! „Gott sei Dank“, dachte er, „jetzt ist es nah.“ Er fuhr am Wäldchen entlang, in der Hoffnung, bald den bekannten Weg zu finden oder das Wäldchen zu umfahren. Schadrino mußte gleich dahinter sein. Er fand bald den Weg und fuhr in das Dunkel der vom Winter entlaubten Bäume hinein. Der Wind konnte hier nicht wüten, der Weg war eben. Das Pferd wurde munterer, und Wladimir beruhigte sich.

Aber er fuhr und fuhr, und immer noch war Schadrino nicht zu sehen. Wladimir sah mit Entsetzen, daß er in einen unbekannten Wald geraten war. Verzweiflung bemächtigte sich seiner. Er schlug das Pferd. Das arme Tier begann erst im Trab zu laufen, wurde aber nach und nach matter und ging nach einer Viertelstunde nur noch im Schritt, ungeachtet aller Bemühungen des unglückseligen Wladimir.

Allmählich wurden die Bäume weniger dicht, und Wladimir kam aus dem Wald heraus. Schadrino war nicht zu sehen. Es war sicherlich schon Mitternacht. Tränen stürzten ihm aus den Augen. Er fuhr nun aufs Geratewohl. Das Wetter ließ nach, die Wolken verzogen sich. Vor ihm lag eine von einem weißen welligen Teppich bedeckte Ebene. Die Nacht war ziemlich klar. Er sah unweit ein Dörflein, das aus vier, fünf Höfen bestand. Wladimir fuhr darauf zu. Vor der ersten Hütte sprang er aus dem Schlitten, lief ans Fenster und klopfte. Nach einer Weile öffnete sich der hölzerne Laden, und ein alter Mann steckte seinen grauen Bart heraus.

„Was willst du?“

„Ist es noch weit von hier nach Schadrino?“

„Ob es nach Schadrino weit ist?“

„Ja, ja! Ob’s weit ist?“

„Nicht weit, zehn Werst werden es sein.“

Bei dieser Antwort faßte sich Wladimir an den Kopf und wurde ganz starr, wie ein zum Tode Verurteilter.

„Woher bist du?“ fragte der Alte. Wladimir hatte nicht den Mut, auf die Fragen zu antworten.

„Kannst du mir Pferde nach Schadrino beschaffen, Alter?" sagte er.

„Was haben wir für Pferde!" antwortete der Bauer.

„Kann ich nicht wenigstens einen Führer bekommen? Ich werde bezahlen, soviel er haben will."

„Warte", sagte der Alte, während er den Fensterladen herunterklappte, „ich will dir meinen Sohn schicken, er wird dich begleiten."

Wladimir wartete. Es verging keine halbe Minute, da klopfte er schon wieder. Der Laden erhob sich und der Bart kam wieder zum Vorschein.

„Was willst du?"

„Wo bleibt dein Sohn?"

„Er kommt gleich, er zieht sich Stiefel an. Bist wohl durchfroren? Komm herein und wärme dich."

„Ich danke, schick nur bald den Sohn."

Das Tor knarrte. Ein Bursche mit einem Knüppel trat heraus und begann voranzuschreiten, den Weg, der von Schneehaufen verweht war, bald zeigend, bald suchend.

„Wieviel Uhr ist es?" fragte ihn Wladimir.

„Es wird wohl bald tagen", antwortete der junge Bauer.

Wladimir sprach kein Wort mehr. Die Hähne krähten und es war bereits hell, als sie Schadrino erreichten. Die Kirche war geschlossen. Wladimir entlohnte den Führer und fuhr zum Geistlichen. Im Hof fand er sein Dreigespann nicht mehr. Welch eine Nachricht erwartete ihn!

Aber kehren wir zu den braven Gutsbesitzern von Nenaradowo zurück und sehen wir, was dort bei ihnen vorgeht.

Nichts geht dort vor.

Die Alten erwachten und erschienen im Salon. Gawrila Gawrilowitsch in der Schlafmütze und Friesjacke, Praskowja Petrowna in einem mit Watte gefütterten Schlafrock. Der Samowar wurde hereingetragen und Gawrila Gawrilowitsch ließ ein kleines Hausmädchen bei Maria Gawrilowna anfragen, wie sie sich fühle und wie sie geruht habe. Das Mädchen kam zurück und meldete, daß das gnädige Fräulein schlecht geruht habe, daß es ihr jetzt aber besser gehe und sie bald im Wohnzimmer erscheinen werde. In der Tat, die Tür ging auf und Maria Gawrilowna trat ein, um Papa und Mama zu begrüßen.

„Wie geht's deinem Kopf, Mascha?“ fragte Gawrila Gawrilowitsch.

„Besser, Papachen“, antwortete Mascha.

„Gewiß hat dir gestern der Kohlendunst den Kopf benommen“, sagte Praskowja Petrowna.

„Wohl möglich, Mamachen“, antwortete Mascha.

Der Tag ging glücklich vorüber, aber zur Nacht erkrankte Mascha. Man schickte in die Stadt nach dem Arzt. Er kam gegen Abend und fand Mascha im Delirium. Es war ein hitziges Fieber, und die arme Kranke befand sich zwei Wochen am Rande des Grabes.

Niemand im Hause wußte von dem Fluchtversuch. Die Briefe, die sie am Tag zuvor geschrieben hatte, waren von ihr verbrannt worden. Die Zofe sprach zu niemand davon, da sie den Zorn der Herrschaft fürchtete. Der Geistliche, der abgedankte Kornett, der schnurrbärtige Feldmesser und der kleine Ulan waren verschwiegen und nicht ohne Grund. Der Kutscher Tereschka sprach auch sonst nie ein überflüssiges Wort, nicht einmal im Rausch. Auf diese Weise wurde das Geheimnis von mehr als einem halben Dutzend Menschen gewahrt. Aber Maria Gawrilowna selbst verriet im Fieber das Geheimnis. Doch waren ihre Worte derart sonderbar, daß die Mutter, die von ihrem Lager nicht wich, aus ihnen nur so viel entnehmen konnte, daß ihre Tochter in Wladimir Nikolajewitsch unsterblich verliebt war und daß die Liebe wahrscheinlich der Grund ihrer Krankheit sei. Sie ging mit ihrem Mann und einigen Gutsnachbarn zu Rate, und schließlich entschieden alle einstimmig, daß es offenbar Maria Gawrilownas Schicksal sei, daß man dem Schicksal nicht entgehen könne, daß Armut kein Laster sei, daß man nicht mit dem Reichtum, sondern mit dem Menschen lebe, und dergleichen mehr. Die moralischen Sprüche sind in den Fällen ungemein nützlich, wenn wir selbst zu unserer Rechtfertigung nichts Rechtes erfinden können.

Indessen ging das Fräulein der Genesung entgegen. Wladimir war im Hause des Gawrila Gawrilowitsch seit langem nicht mehr gesehen worden. Der gewohnte Empfang hatte ihn verscheucht. Man beschloß, nach ihm zu schicken und ihm das unerwartete Glück, die Einwilligung zur Ehe, mitzuteilen. Wie groß aber war das Staunen des Gutsbesitzerpaars von Nenaradowo, als sie zur Antwort auf ihre Einladung einen halbverrückten Brief von ihm erhielten! Er schrieb, sein Fuß werde ihr Haus nicht mehr betreten, und bat sie, einen Unglücklichen zu vergessen, für den der Tod die einzige Hoffnung sei. Nach einigen Tagen erfuhren sie, daß Wladimir zur Armee abgereist sei. Das war im Jahre 1812.

Lange wagte man es der genesenden Mascha nicht mitzuteilen. Sie sprach nie von Wladimir. Einige Monate später, als sie in der Liste der Kämpfer von Borodino, die sich ausgezeichnet hatten und schwer verwundet worden waren, seinen Namen fand, fiel sie in Ohnmacht, und man fürchtete, daß das hitzige Fieber wiederkehren könne. Doch hatte die Ohnmacht, Gott sei Dank, keine weiteren Folgen.

Sie wurde von einem anderen Schmerz heimgesucht: Gawrila Gawrilowitsch starb, nachdem er sie zur alleinigen Erbin des ganzen Besitzes eingesetzt hatte. Aber die Erbschaft tröstete sie nicht. Sie teilte aufrichtig den Schmerz der armen Praskowja Petrowna und schwor, sich nie von ihr zu trennen. Beide verließen Nenaradowo, den Ort trauriger Erinnerungen, und reisten nach dem Gut …, um sich dort niederzulassen.

Auch hier schwärmten Freier um die liebliche und reiche Braut. Aber sie gab keinem die leiseste Hoffnung. Die Mutter redete ihr zuweilen zu, sich einen Freund zu wählen. Maria Gawrilowna aber schüttelte den Kopf und versank in Nachdenken. Wladimir war nicht mehr auf der Welt. Er war am Tage vor dem Einmarsch der Franzosen in Moskau gestorben. Sein Gedächtnis schien Mascha heilig zu sein, wenigstens verwahrte sie alles, was an ihn erinnerte: Bücher, die er einst gelesen hatte, seine Zeichnungen, Noten und Gedichte, die er für sie abgeschrieben hatte. Die Nachbarn staunten, als sie davon hörten, über ihre Beständigkeit und warteten mit Neugierde auf den Helden, der endlich über die trauervolle Treue dieser keuschen Artemis triumphieren würde.

Inzwischen ging der Krieg ruhmreich zu Ende. Unsere Regimenter kehrten aus dem Ausland zurück. Das Volk strömte ihnen entgegen. Die Musik spielte ausländische Lieder: Vive Henri-Quatre, Tiroler Walzer und Arien aus der Gioconda. Die Offiziere, die fast noch als Knaben in den Feldzug hinausgezogen waren, kehrten, in der Kriegsluft zu Männern gereift, mit Orden behängt heim. Die Soldaten unterhielten sich fröhlich miteinander, wobei sie in ihre Rede fortwährend französische und deutsche Worte mischten. Unvergeßliche Zeit! Zeit des Ruhms und der Begeisterung! Wie stark schlug da das russische Herz beim Worte „Vaterland!" Wie süß waren die Tränen des Wiedersehens! Mit welcher Einmütigkeit vereinigten wir das Gefühl des nationalen Stolzes und der Liebe zum Kaiser! Und welch ein Augenblick für ihn!

Die Frauen, die russischen Frauen, waren damals unvergleichlich. Ihre gewohnte Zurückhaltung war verschwunden. Ihre Begeisterung war wahrhaft berauschend, wenn sie den Siegern begegneten und ihr „Hurra"! schrien „und in der Luft die Hauben schwangen". Wer von den damaligen Offizieren wird nicht zugestehen, daß er der russischen Frau den besten, kostbarsten Lohn zu verdanken hat!

In dieser glorreichen Zeit lebte Maria Gawrilowna mit der Mutter im Gouvernement ... und sah nicht, wie die beiden Residenzstädte die Heimkehr des Heeres feierten. Aber in den Kreisstädten und Dörfern war die allgemeine Begeisterung vielleicht noch stärker. Das Erscheinen eines Offiziers an diesen Stätten war ein wahrer Triumph für ihn, und der Liebhaber im Frack befand sich in seiner Nachbarschaft in einer schwierigen Lage.

Wir sagten schon, daß Maria Gawrilowna trotz ihrer Kälte wie früher von Bewerbern umgeben war. Aber alle mußten zurücktreten, als der verwundete Husarenoberst Burmin auf ihrem Schloß erschien. Auf seiner Brust glänzte das Georgskreuz, und sein Gesicht zeigte eine „interessante Blässe", wie die damaligen jungen Mädchen zu sagen pflegten. Er war ungefähr sechsundzwanzig Jahre alt. Er befand sich in Urlaub auf seinen Gütern, die dem Gute Maria Gawrilownas benachbart waren. Maria Gawrilowna zeichnete ihn besonders aus. In seiner Gegenwart belebte sich ihre gewohnte Nachdenklichkeit. Man konnte nicht sagen, daß sie mit ihm kokettierte, aber ein Dichter, der ihr Betragen bemerkt hätte, würde gesagt haben: „Se amor non è, che dunque?"

Burmin war in der Tat ein sehr liebenswürdiger junger Mann. Er besaß gerade den Geist, der Frauen gut gefällt: den Geist des Anstandes und der Beobachtung, anspruchlos und sorglos spöttisch. Sein Verhalten Maria Gawrilowna gegenüber war einfach und freimütig. Aber was sie auch tun oder sagen mochte, seine Seele und seine Blicke folgten ihr. Er schien von stillem und bescheidenem Charakter, aber ein Gerücht behauptete, daß er einst ein großer Draufgänger gewesen sei, was ihm aber in Maria Gawrilownas Meinung gar nicht schadete, die, wie überhaupt alle jungen Damen, mit Vergnügen Streiche verzieh, wenn sie Kühnheit und Leidenschaft verrieten. Aber am meisten, mehr als seine zarte Aufmerksamkeit, mehr als seine angenehme Unterhaltung, mehr als seine interessante Blässe und sein verbundener Arm, erregte das Schweigen des jungen Husaren ihre Neugierde und ihre Einbildungskraft. Sie konnte nicht umhin, sich zu gestehen, daß sie ihm sehr gefiel. Wahrscheinlich konnte auch er mit seiner Klugheit und Erfahrung bemerken, daß sie ihn auszeichnete. Wie kam es also, daß sie ihn bisher noch nicht zu ihren Füßen gesehen und sein Geständnis noch nicht vernommen hatte? Was hielt ihn zurück? Schüchternheit, die von wahrer Liebe unzertrennlich ist, Stolz oder Koketterie eines schlauen Verführers? Es war ein Rätsel für sie. Nach reiflicher Überlegung entschied sie, daß einzig Schüchternheit der Grund sei, und nahm sich vor, ihn durch größere Aufmerksamkeit und, je nach den Umständen, sogar durch Zärtlichkeit zu ermuntern.

Sie bereitete einen überraschenden Schluß vor und erwartete mit Ungeduld den Augenblick der romantischen Aussprache. Das Geheimnis, welcher Art es auch sei, ist für das Frauenherz stets bedrückend. Ihre Kriegstaktik hatte den gewünschten Erfolg. Wenigstens verfiel Burmin in solche Nachdenklichkeit, und seine schwarzen Augen blieben mit solchem Feuer auf Maria Gawrilowna haften, daß der entscheidende Augenblick ganz nahe schien. Die Nachbarn sprachen bereits von der Hochzeit als von einer beschlossenen Sache, und die gute Praskowja Petrowna freute sich, daß ihre Tochter endlich einen würdigen Freier gefunden habe.

Eines Tages saß die Alte im Salon allein und legte eine Patience, als Burmin eintrat und sich sofort nach Maria Gawrilowna erkundigte.

„Sie ist im Garten", antwortete die Alte, „gehen Sie zu ihr, ich werde Sie hier erwarten."

Burmin ging hinaus, und die Alte bekreuzigte sich und dachte: „Vielleicht wird es sich heute entscheiden."

Burmin fand Maria Gawrilowna am Weiher unter einer Weide. Sie hielt ein Buch in der Hand und trug ein weißes Kleid, wie es einer wahren Romanheldin geziemt. Nach den ersten Fragen hörte Maria Gawrilowna absichtlich auf, das Gespräch in Gang zu halten, und steigerte auf diese Weise die beiderseitige Verwirrung, von der man sich nur durch eine plötzliche und entscheidende Aussprache befreien konnte. So kam es auch: Burmin, der die Schwierigkeit seiner Lage empfand, erklärte, er habe schon seit langem die Gelegenheit gesucht, ihr sein Herz zu eröffnen, und bat um einige Augenblicke der Aufmerksamkeit. Maria Gawrilowna schloß das Buch und senkte zum Zeichen des Einverständnisses die Augen.

„Ich liebe Sie", sagte Burmin, „ich liebe Sie leidenschaftlich ..." Maria Gawrilowna errötete und senkte den Kopf noch tiefer. „Ich habe unvorsichtig gehandelt, als ich mich der lieben Gewohnheit hingab, der Gewohnheit, Sie täglich zu sehen und zu hören ..." Maria Gawrilowna erinnerte sich an den ersten

Brief von St. Preux. „Jetzt ist es zu spät, mich gegen das Schicksal zu wehren. Die Erinnerung an Sie, Ihr liebes unvergleichliches Bild wird von nun an die Qual und der Trost meines Lebens sein. Aber es bleibt mir noch eine schwere Pflicht zu erfüllen, nämlich Ihnen ein schreckliches Geheimnis zu offenbaren und eine unüberwindliche Schranke zwischen uns aufzurichten ..."

„Sie hat schon immer bestanden", unterbrach ihn Maria Gawrilowna lebhaft, „ich könnte nie Ihre Frau werden ..."

„Ich weiß", antwortete er leise, „ich weiß, daß Sie einst geliebt haben. Aber der Tod und drei Jahre Kummer ... Liebe, gute Maria Gawrilowna! Bemühen Sie sich nicht, mich des letzten Trostes zu berauben: der Gedanke, daß Sie eingewilligt hätten, mein Glück zu machen, wenn ..."

„Schweigen Sie, um Gottes willen, schweigen Sie, Sie quälen mich."

„Ja, ich weiß, ich fühle, Sie wären die Meine geworden, aber ... ich Unglücklichster ... ich bin verheiratet."

Maria Gawrilowna sah ihn erstaunt an.

„Ich bin verheiratet", fuhr Burmin fort, „schon das vierte Jahr und weiß nicht, wer meine Frau ist, wo sie sich befindet und ob ich sie je werde wiedersehen dürfen!"

„Was sagen Sie da?" rief Maria Gawrilowna. „Wie ist das seltsam! Fahren Sie fort, ich werde nachher erzählen ... aber fahren Sie fort, tun Sie mir den Gefallen."

„Zu Anfang des Jahres 1812", sagte Burmin, „eilte ich nach Wilna, wo unser Regiment stand. Eines Nachts war ich spät auf einer Station angekommen und befahl, schnell anzuspannen, als sich plötzlich ein Schneesturm erhob und der Posthalter und die Kutscher mir abzuwarten rieten. Ich gab nach, aber eine unerklärliche Unruhe bemächtigte sich meiner. Jemand schien mich geradezu vorwärts zu stoßen. Der Schneesturm wollte nicht aufhören. Ich hielt es nicht aus, befahl, wieder anzuspannen und fuhr, gerade als das Unwetter am schlimmsten wütete, weiter. Der Kutscher hatte den Einfall, den Fluß entlang zu fahren, was unseren Weg um drei Werst abkürzen sollte. Die Ufer waren vom Schnee verweht. Der Kutscher übersah die Stelle, an der man auf den Weg hinausfahren mußte, und auf diese Weise gerieten wir in eine unbekannte Gegend. Das Unwetter hatte sich noch immer nicht gelegt. Ich erspähte ein Licht in der Ferne und befahl, darauf zuzufahren. Wir kamen in ein Dorf, in der hölzernen Kirche war Licht. Die Kirche war geöffnet. Vor der Mauer standen einige Schlitten. Am Portal gingen Menschen hin und her. ‚Hierher! hierher!' riefen einige Stimmen. Ich befahl dem Kutscher vorzufahren. ‚Ich bitte dich, wo bleibst du denn?' sagte jemand zu mir. ‚Die Braut liegt in Ohnmacht, der Pope ist ratlos. Wir wollten schon zurückfahren. So steig doch rasch aus.' Ich sprang schweigend aus dem Schlitten und trat in die Kirche, die von zwei oder drei Kerzen schwach erleuchtet war. Ein Mädchen saß auf einer Bank im dunklen Winkel der Kirche, ein anderes rieb ihr die Schläfen. ‚Gott sei Dank', rief die letztere, ‚endlich kommen Sie, Sie haben das gnädige Fräulein beinahe getötet.' Der alte Geistliche trat auf mich zu mit der Frage: ‚Befehlen Sie anzufangen?' – ‚Fangen Sie nur an, erwürdiger Vater', antwortete ich zerstreut. Das Mädchen wurde aufgerichtet. Sie erschien mir nicht übel … Unbegreiflicher, unverzeihlicher Leichtsinn … ich stellte mich vor den Altar neben sie. Der Geistliche beeilte sich. Die drei Männer und die Zofe stützten die Braut und waren nur mit ihr beschäftigt. Wir wurden getraut. ‚Küßt euch', sagte man uns. Meine Frau wandte ihr blasses Gesicht mir zu. Ich wollte sie küssen … Sie schrie: ‚Ach, er ist es nicht! Er ist es nicht!' verlor die Besinnung und fiel hin. Die Zeugen wandten mir ihre erschreckten Blicke zu. Ich drehte mich um, verließ unbehindert die Kirche, warf mich in den Reiseschlitten und rief: ‚Vorwärts!'"

„Mein Gott!" rief Maria Gawrilowna. „Und Sie wissen nicht, was aus Ihrer armen Frau geworden ist?"

„Ich weiß es nicht", antwortete Burmin, „ich weiß nicht, wie das Dorf heißt, wo ich getraut wurde. Ich weiß nicht, wie die Station heißt, von der ich damals abgefahren war. Ich maß damals meinem verbrecherischen Streich so wenig Wichtigkeit bei, daß ich, kaum daß wir uns von der Kirche entfernt hatten, einschlief und erst am Morgen, schon auf der dritten Station, erwachte. Der Diener, der damals bei mir war, ist im Feldzug gestorben, so daß ich gar keine Hoffnung habe, diejenige zu finden, der ich so grausam mitgespielt habe und die jetzt so grausam gerächt ist."

„Mein Gott, mein Gott!" rief Maria Gawrilowna und ergriff seine Hand. „Also waren Sie es! Und Sie erkennen mich nicht?"

Burmin erbleichte ... und stürzte ihr zu Füßen ...

Der Sargtischler

Sehen wir nicht Särge Tag für Tag,
Die grauen Haare des alternden Weltalls?
Derschawin

Die letzten Habseligkeiten des Sargtischlers Adrian Prochorow wurden auf einen Leichenwagen geladen, und zwei magere Gäule schleppten sich zum viertenmal von der Basmannaja nach der Nikitskaja, wohin der Sargtischler mit seinem ganzen Hause übersiedelte. Nachdem er den Laden geschlossen hatte, brachte er am Haustor einen Zettel an, daß dieses Haus zu verkaufen sei, und begab sich zu Fuß nach der neuen Wohnung. Als er sich dem gelben Häuschen näherte, das schon so lange seine Phantasie beschäftigt und das er endlich für eine ansehnliche Summe erworben hatte, fühlte der alte Sargtischler mit Staunen, daß sein Herz nicht froh war. Als er die ihm noch nicht vertraute Schwelle überschritt und in seinem neuen Haus ein großes Durcheinander vorfand, seufzte er seiner verfallenen Hütte nach, in der achtzehn Jahre lang strengste Ordnung geherrscht hatte. Er schalt seine beiden Töchter und die Magd wegen ihrer Langsamkeit und griff selber zu. Die Ordnung wurde bald hergestellt. Der Schrein mit den Heiligenbildern, der Schrank mit dem Geschirr, Tisch, Sofa und Bett nahmen die ihnen bestimmten Plätze im Hinterzimmer ein. In der Küche und in der Wohnstube wurden die Werke des Meisters untergebracht: Särge aller Farben und aller Größen, ebenso die Schränke mit Trauerhüten, Mänteln und Fackeln. Über dem Haustor wurde ein Schild angebracht, das einen beleibten Amor mit einer umgestülpten Fackel in der Hand darstellte und die Inschrift trug: „Hier werden Särge verkauft und überzogen, einfache und gestrichene, auch welche verliehen und renoviert.“ Die Mädchen zogen sich in ihre Kammer zurück.

Adrian ging noch einmal die Wohnung durch, setzte sich ans Fenster und befahl, den Samowar zu richten.

Der gebildete Leser weiß, daß sowohl Shakespeare als auch Walter Scott ihre Totengräber als lustige und spaßige Leute dargestellt haben, um durch diesen Gegensatz unsere Phantasie noch stärker zu erschüttern. Aus Achtung vor der Wahrheit aber können wir ihrem Beispiel nicht folgen und sind gezwungen zu gestehen, daß der Charakter unseres Sargtischlers seinem finsteren Handwerk vollkommen entsprach. Adrian Prochorow war gewöhnlich finster und nachdenklich. Er unterbrach das Schweigen nur, um seine Töchter zu schelten, wenn er sie ohne Arbeit aus dem Fenster nach den Vorübergehenden gaffen sah, oder um für seine Werke übertriebene Preise bei denen zu verlangen, die das Unglück hatten – oder auch das Vergnügen – sie zu benötigen. So also saß Adrian am Fenster und trank bereits das siebente Glas Tee und war seiner Gewohnheit gemäß in traurige Gedanken versunken. Er dachte an den Regenguß, der vor einer Woche den Leichenzug des abgedankten Brigadiers gerade am Schlagbaum überrascht hatte. Mehrere Mäntel waren davon enger geworden, viele Hüte aus der Form gekommen. Er sah unvermeidliche Ausgaben voraus, denn sein alter Vorrat an Trauerkleidern war allmählich in einen kläglichen Zustand geraten. Er hoffte, den Verlust bei der alten Kaufmannsfrau Trjuchina, die seit fast einem Jahre todkrank dalag, wieder wettzumachen. Aber die Trjuchina lag im Sterben auf dem Rasgulaj, und Prochorow fürchtete, daß die Erben trotz ihres Versprechens zu faul sein könnten, so weit nach ihm zu schicken, und mit dem nächsten Lieferanten abschließen würden.

Diese Gedanken wurden plötzlich von drei Schlägen an die Tür unterbrochen. „Wer ist da?“ fragte der Sargtischler. Die Tür öffnete sich und ein Mann, in dem man auf den ersten Blick einen deutschen Handwerker erkennen konnte, trat ins Zimmer und näherte sich mit heiterem Gesicht dem Sargtischler.

„Verzeihen Sie, lieber Nachbar“, sagte er in jener russischen Sprache, die wir bis auf den heutigen Tag ohne Lachen nicht anhören können, „verzeihen Sie, daß ich Sie gestört habe ... ich hatte den Wunsch, Sie möglichst bald kennenzulernen. Mein Name ist Gottlieb Schulz, ich bin Schuster und wohne über der Straße, dort im Häuschen Ihren Fenstern gegenüber. Morgen feiere ich silberne Hochzeit und bitte Sie und Ihre Töchterchen, bei mir gemütlich zu Mittag zu speisen."

Die Einladung wurde freundlich angenommen. Der Sargtischler bat den Schuster, Platz zu nehmen und eine Tasse Tee zu trinken, und dank der Offenherzigkeit des Gottlieb Schulz kamen sie bald miteinander in ein freundliches Gespräch.

„Wie geht das Geschäft, Euer Gnaden?" fragte Adrian.

„He-he-he", antwortete Schulz, „so so. Ich kann nicht klagen, obschon meine Ware nicht so ist wie die Ihre: ein Lebender kann ohne Stiefel auskommen, dagegen kann ein Toter ohne Sarg nicht leben."

„Das ist die reine Wahrheit", bemerkte Adrian, „dennoch, wenn ein Lebender kein Geld hat, um sich Stiefel zu kaufen, so geht er, mit Verlaub, barfuß, der tote Bettler aber nimmt sich den Sarg auch umsonst."

In dieser Art redeten sie noch eine Weile miteinander. Endlich erhob sich der Schuster und verabschiedete sich vom Sargtischler, wobei er seine Einladung wiederholte.

Am nächsten Tag Schlag zwölf Uhr traten der Sargtischler und seine Töchter aus dem Tor des neugekauften Hauses und begaben sich zum Nachbarn. Ich will weder den russischen Rock des Adrian noch die europäische Tracht Akulinas und Darjas beschreiben, auch wenn ich damit von der Sitte abweiche, die die heutigen Romanschriftsteller angenommen haben. Ich halte es jedoch nicht für überflüssig, zu bemerken, daß die beiden Mädchen gelbe Hüte und rote Schuhe angezogen hatten, was nur bei feierlichen Anlässen geschah.

Die enge Wohnung des Schusters war voll von Gästen, meistens deutschen Handwerkern, ihren Frauen und Gesellen. Von russischen Würdenträgern war ein Stadtpolizist erschienen, nämlich der Finne Jurko, der trotz seines bescheidenen

Standes die besondere Neigung des Wirtes zu erwerben verstanden hatte. Er bekleidete seit etwa fünfundzwanzig Jahren dieses Amt in Treu und Glauben, wie der Briefträger Pogorelskijs. Der Brand von Moskau im Jahre 1812, der die Residenz zerstörte, hatte auch sein ärmliches Schilderhäuschen vernichtet. Aber gleich nach der Vertreibung des Feindes erhob sich an seiner Stelle ein neues, graues, mit weißen Säulen im dorischen Stil, und Jurko begann wieder vor ihm auf und ab zu schreiten, bewaffnet mit der Axt und dem Panzer aus Bauerntuch. Er war mit den meisten Deutschen, die am Nikita-Tor wohnten, bekannt. Manchen von ihnen passierte es sogar, daß sie von Sonntag auf Montag bei Jurko übernachteten. Adrian machte sofort seine Bekanntschaft als die eines Menschen, den man früher oder später einmal brauchen könne, und als sich die Gäste zu Tisch begaben, setzten sie sich nebeneinander.

Herr und Frau Schulz und ihr Töchterchen, das siebzehnjährige Lottchen, aßen zusammen mit den Gästen, zugleich aber bewirteten sie sie und halfen der Köchin bedienen. Das Bier floß in Strömen. Jurko aß für viere, Adrian stand ihm darin nicht nach. Seine Töchter zierten sich. Die Unterhaltung in deutscher Sprache wurde immer lauter. Plötzlich bat der Wirt um die Aufmerksamkeit der Gäste und, indem er eine versiegelte Flasche entkorkte, sagte er laut auf russisch: „Auf das Wohl meiner guten Louise!“ Der künstliche Champagner schäumte. Der Wirt küßte zärtlich das frische Gesicht seiner vierzigjährigen Gefährtin, und die Gäste tranken laut auf das Wohl der guten Louise. „Auf das Wohl meiner lieben Gäste!“ rief der Wirt, eine zweite Flasche entkorkend, und die Gäste dankten ihm, indem sie ihre Gläser wieder leerten. Jetzt folgte ein Trinkspruch dem anderen: man trank auf die Gesundheit eines jeden Gastes, man trank auf das Wohl von Moskau und von einem ganzen Dutzend deutscher Städte. Man trank auf alle Zünfte im allgemeinen und auf jede im besonderen; man trank auf die Meister und Gesellen. Adrian sprach mit Eifer und wurde derart vergnügt, daß er selber einen spaßigen Toast vorbrachte. Da erhob plötzlich einer der Gäste sein Glas und rief: „Auf das Wohl derer, für die wir arbeiten, auf das Wohl unserer Kundschaft!“ Der Vorschlag wurde, wie die andern, ebenfalls freudig und einmütig begrüßt. Die Gäste begannen, sich vor einander zu verbeugen, der Schneider vor dem Schuster, der Schuster vor dem Schneider, der Bäcker vor ihnen beiden, alle vor dem Bäcker und so fort. Inmitten dieser gegenseitigen Verbeugungen rief Jurko seinem Nachbarn zu: „Was ist, Väterchen? Trink doch auf das Wohl deiner Toten!“ Alle lachten, aber der Sargtischler fühlte sich verletzt und verfinsterte sich. Niemand hatte es bemerkt. Die Gäste fuhren fort zu trinken, und es wurde bereits Vesper geläutet, als man sich vom Tisch erhob.

Die Gäste trennten sich spät, die meisten angeheitert. Der dicke Semmelbäcker und der Buchbinder, dessen Gesicht einem roten Saffianeinband ähnelte, führten Jurko untergefaßt in sein Häuschen, wobei sie das russische Sprichwort befolgten: „Die Schuld wird schön durch die Bezahlung.“

Der Sargtischler kam betrunken und verstimmt nach Hause. „Was ist es, meiner Treu“, räsonierte er laut, „warum ist denn mein Handwerk nicht so ehrlich wie die anderen? Ist denn der Sargtischler ein Bruder des Henkers? Warum lachen die Ungläubigen? Ist der Sargtischler ein Fastnachtsgaukler? Ich wollte sie alle zur Hauseinweihung einladen und ihnen einen tüchtigen Schmaus vorsetzen. Das laß ich nun hübsch bleiben! Dagegen will ich die einladen, für die ich arbeite: die rechtgläubigen Toten.“

„Was hast du denn, Väterchen?“ sagte die Magd, die ihm gerade die Stiefel auszog. „Was schwatzest du da? Bekreuzige dich doch! Tote zur Hauseinweihung einzuladen! Wie schrecklich!“

„Bei Gott, ich lade sie ein“, fuhr Adrian fort, „und gleich für morgen. Willkommen, meine Wohltäter, morgen abend zum Schmaus! Ich werde euch mit allem bewirten, was mir Gott gab.“ Mit diesen Worten legte sich der Sargtischler in sein Bett und fing bald an zu schnarchen.

Es war draußen noch dunkel, als Adrian geweckt wurde.

Die Kaufmannsfrau Trjuchina war in eben dieser Nacht gestorben, und ein Bote ihres Verwalters kam mit dieser Nachricht zu Adrian geritten. Der Sargtischler gab ihm zehn Kopeken Trinkgeld, zog sich rasch an, nahm einen Wagen und fuhr nach dem Rasgulaj. Vor dem Haustor der Verstorbenen stand schon die Polizei, und Kaufleute gingen auf und ab wie die Raben, die Aas wittern. Die Verstorbene lag auf dem Tisch aufgebahrt, gelb wie Wachs, aber von der Verwesung noch nicht entstellt. Um sie drängten sich die Verwandten, Nachbarn und Hausgenossen. Alle Fenster waren geöffnet, die Kerzen brannten. Die Geistlichen lasen Gebete. Adrian ging auf den Neffen der Trjuchina zu, einen jungen Kaufmann in einem modischen Rock, und meldete ihm, daß Sarg, Kerzen, Decke und sonstiges Bestattungszubehör sogleich und in bester Ordnung geliefert werden können. Der Erbe dankte ihm zerstreut, indem er sagte, daß er wegen des Preises mit ihm nicht handle, sondern sich in allem auf sein Gewissen verlasse. Der Sargtischler schwor seiner Gewohnheit gemäß, daß er nichts Überflüssiges verlangen werde, wechselte einen bedeutsamen Blick mit dem Verwalter und fuhr davon, um die Anstalten zu treffen. Den ganzen Tag fuhr er vom Rasgulaj zum Nikita-Tor und zurück. Gegen Abend, als alles erledigt war, begab er sich zu Fuß nach Hause, nachdem er den Kutscher fortgeschickt hatte. Die Nacht war mondhell. Der Sargtischler erreichte glücklich das Nikita-Tor. An der Himmelfahrtskirche rief ihn unser Bekannter Jurko an, und als er den Sargtischler erkannte, wünschte er ihm gute Nacht. Es war schon spät.

Der Sargtischler hatte bereits sein Haus erreicht, als es ihm plötzlich schien, daß jemand vor sein Haustor trat, die Pforte aufmachte und darin verschwand. „Was soll das bedeuten?" dachte Adrian. „Wer braucht mich? Hat sich am Ende ein Dieb zu mir eingeschlichen? Oder kommen Liebhaber zu meinen Närrinnen? Das fehlte noch!" Er wollte schon seinen Freund Jurko zu Hilfe rufen. In diesem Augenblick nahte noch jemand dem Pförtchen und war schon im Begriff einzutreten, blieb aber, als er den laufenden Hauswirt gewahr wurde, stehen und zog seinen Dreispitz. Sein Gesicht schien Adrian bekannt, aber in der Eile konnte er es nicht genau erkennen.

„Sie belieben wohl zu mir zu kommen, bitte schön, treten Sie ein!"

„Mach keine Umstände, Väterchen", antwortete dieser dumpf, „geh nur voraus und zeige deinen Gästen den Weg!"

Adrian hatte auch keine Zeit, Umstände zu machen. Das Pförtchen war offen, er stieg die Treppe hinauf, und der Gast folgte ihm. Adrian schien es, daß in seinen Zimmern Leute umhergingen. „Was ist das für ein Teufelsspuk!" dachte er und beeilte sich einzutreten ... hier aber knickten ihm die Beine zusammen. Das Zimmer war voll von Toten. Der Mond schien durchs Fenster herein und beleuchtete ihre gelben und blauen Gesichter, die eingefallenen Münder, die trüben, halbgeschlossenen Augen und die ragenden Nasen ... Adrian erkannte mit Entsetzen in ihnen die Menschen wieder, die mit seiner Hilfe bestattet worden waren, und in dem Gast, der mit ihm zusammen eingetreten war, den Brigadier, dessen Begräbnis während jenes Regengusses stattgefunden hatte. Sie alle, Herren und Damen, umringten den Sargtischler mit Verbeugungen und Begrüßungen, mit Ausnahme eines vor kurzem umsonst bestatteten Bettlers, der sich seiner Lumpen schämte und bescheiden im Winkel stehenblieb. Alle anderen waren wohlanständig gekleidet, die verstorbenen Frauen in Hauben mit Bändern, die Beamten in Uniformen, aber unrasiert, die Kaufleute in Sonntagsröcken.

„Siehst du, Prochorow", sagte der Brigadier im Namen der ganzen ehrenwerten Gesellschaft, „alle haben wir uns auf deine Einladung erhoben. Zu Hause sind nur diejenigen geblieben, die schon gar keine Kraft mehr haben und ganz zerfallen oder denen nur Knochen ohne Haut geblieben sind. Aber auch unter diesen hat es einer nicht ausgehalten, so gern wollte er dich besuchen ..."

In diesem Augenblick drängte sich ein kleines Skelett durch die Menge und näherte sich Adrian. Sein Schädel lächelte Adrian freundlich an. Fetzen hellgrünen und roten Tuches und alter Leinwand hingen an ihm wie an einer Stange, und die Beinknochen klapperten in großen Kanonenstiefeln wie Keulen in Mörsern.

„Du erkennst mich wohl nicht, Prochorow", sagte das Skelett, „erinnerst du dich noch an den abgedankten Sergeanten der Garde, Peter Petrowitsch Kurilkin, an denselben, dem du im Jahre 1799 deinen ersten Sarg verkauft hast, und zwar aus Kiefernholz anstatt aus Eiche?"

Mit diesen Worten öffnete der Tote seine knöchernen Arme. Aber Adrian nahm seine ganze Kraft zusammen, schrie auf und stieß ihn von sich. Unter den Toten erhob sich Gemurmel der Empörung. Alle traten für die Ehre ihres Genossen ein und gingen schimpfend und drohend auf Adrian los, so daß der arme Hauswirt, betäubt von ihren Schreien und fast erdrückt, auf die Knochen des abgedankten Gardesergeanten niederfiel und das Bewußtsein verlor.

Die Sonne beleuchtete schon lange das Bett, auf dem der Sargtischler lag. Endlich öffnete er die Augen und erblickte die Magd, die den Samowar anblies. Mit Entsetzen erinnerte sich Adrian an alle gestrigen Geschehnisse. Die Trjuchina, der Brigadier und der Sergeant Kurilkin traten unklar vor seine Phantasie. Er wartete schweigend darauf, daß die Magd davon zu sprechen anfange und ihm von den Folgen der nächtlichen Erlebnisse berichte.

„Du hast aber lange geschlafen, Väterchen Adrian Prochorowitsch", sagte Aksinja, indem sie ihm seinen Schlafrock reichte. „Der Schneider war schon da und der Bäcker mit der Mitteilung, daß der Reviervorsteher heute Namenstag hat, aber du beliebtest zu schlafen, und wir wollten dich nicht wecken."

„Und war jemand von der verstorbenen Trjuchina da?"

„Der verstorbenen? Ist sie denn überhaupt tot?"

„Ach du Närrin! Hast du mir nicht gestern bei den Vorbereitungen zu ihrer Beerdigung geholfen?"

„Was fällt dir ein, Väterchen, bist du von Sinnen oder ist der gestrige Rausch noch nicht verflogen? Was für eine Beerdigung gestern? Du hast den ganzen Tag beim Deutschen geschmaust, bist betrunken nach Haus gekommen, hast dich ins Bett geworfen und geschlafen bis zu dieser Stunde, da bereits das Mittagläuten vorüber ist."

„Ist es wahr?" rief der erfreute Sargtischler.

„Gewiß", antwortete die Magd.

„Wenn dem so ist, so gib mir schnell Tee und rufe die Töchter."

Der Posthalter

Kollegienregistrator –
Der Poststation Diktator.
Fürst Wjasemskij

Wer hat die Posthalter nicht schon verflucht, wer hat nicht mit ihnen schon Streit gehabt? Wer hat nicht im Augenblick des Zornes von ihnen das fatale Buch verlangt, um darin seine allerdings völlig unnütze Beschwerde über ihre Schikanen, Grobheit und Unzuverlässigkeit einzuschreiben? Wer hielte sie nicht für eine Ausgeburt des menschlichen Geschlechts, wie es die ehemaligen Gerichtsbeamten oder zumindest die Räuber aus den Muromschen Wäldern waren? Dennoch wollen wir gerecht sein und uns Mühe geben, uns in ihre Lage zu versetzen, und wir werden vielleicht anfangen, sie viel nachsichtiger zu beurteilen.

Was ist ein Posthalter? Ein wahrer Märtyrer vierzehnter Klasse, durch seinen Titel höchstens vor Schlägen geschützt, und auch das nicht immer. Wie ist nun das Amt dieses Diktators, wie ihn Fürst Wjasemskij scherzhaft nennt, beschaffen? Ist es nicht reinste Zwangsarbeit? Keine Ruhe bei Tag und bei Nacht. Oft läßt der Reisende seinen ganzen, während der langweiligen Fahrt angesammelten Ärger am Posthalter aus. Das Wetter ist unerträglich, der Weg schlecht, der Kutscher eigensinnig, die Pferde wollen nicht – und Schuld hat allein der Posthalter. Schon beim Betreten seiner armen Behausung sieht der Reisende in ihm seinen Feind. Wenn es ihm bald gelingt, den ungebetenen Gast wieder loszuwerden, hat er Glück gehabt. Wenn es aber keine Pferde gibt? Mein Gott, welche Beschimpfungen, welche Drohungen ergießen sich über sein Haupt! In Regen und Schmutz ist er gezwungen, von Hof zu Hof zu laufen. Bei Sturm, in der Januarkälte geht er in den Flur hinaus, um sich nur eine Minute lang vom Geschrei und den Stößen des gereizten Gastes zu erholen. Kommt ein General an, stellt der zitternde Posthalter ihm seine letzten zwei Dreigespanne zur Verfügung, darunter auch das des Kuriers. Der General fährt davon, ohne ihm auch nur danke zu sagen. Fünf Minuten später ertönt Schellengeläute – und ein Feldjäger wirft ihm seine Reisepapiere auf den Tisch ... Wenn wir uns das alles genau überlegen, dann erfüllt Mitleid statt Zorn unser Herz.

Noch einige Worte: im Laufe von zwanzig Jahren habe ich Rußland in allen Richtungen durchquert. Fast alle Poststraßen sind mir vertraut, einige Generationen Kutscher sind mir bekannt. Wenige Posthalter sind es, die ich nicht persönlich kenne, wenige gibt es, mit denen ich nicht zu tun gehabt habe. Diesen interessanten Vorrat meiner Reisebeobachtungen hoffe ich in kurzer Zeit herauszugeben. Vorläufig sage ich nur, daß der Stand der Posthalter der öffentlichen Meinung im falschesten Licht dargestellt worden ist. Diese so verleumdeten Posthalter sind im allgemeinen friedliche Leute, von Natur diensteifrig, zur Geselligkeit geneigt, bescheiden in den Ansprüchen auf Ehren und nicht sehr geldgierig. Aus Unterhaltungen mit ihnen, die von den Durchreisenden mit Unrecht verschmäht werden, kann man sehr viel Interessantes und Wissenswertes schöpfen. Was mich betrifft, so gestehe ich, daß ich ihre Unterhaltung den Reden irgendeines Beamten sechster Klasse, der in Dienstangelegenheiten reist, vorziehe.

Es ist leicht zu erraten, daß ich unter dem ehrenwerten Stand der Posthalter Freunde habe. In der Tat, die Erinnerung an einen von ihnen ist mir teuer. Die Umstände hatten uns einst zusammengeführt, und eben von ihm beabsichtige ich nun dem liebenswürdigen Leser zu erzählen.

Im Monat Mai des Jahres 1816 mußte ich das Gouvernement ... durchfahren, auf einer Poststraße, die jetzt aufgehoben ist. Ich hatte damals einen unansehnlichen Titel, fuhr mit Postpferden und zahlte für zwei Pferde. Infolgedessen machten die Posthalter nicht viel Umstände mit mir, und ich war oft gezwungen, mir das zu erkämpfen, was mir meiner Meinung nach von Rechts wegen gebührte. Da ich jung und aufbrausend war, empörte ich mich über die Niedrigkeit und Kleinmütigkeit des Posthalters, wenn er ein für mich reserviertes Dreigespann für den Wagen eines Herrn von Rang abgab. Ebenso konnte ich mich lange nicht daran gewöhnen, daß während des Mittagessens beim Gouverneur ein hochnäsiger Diener die Schüsseln an mir vorübertrug. Heute scheint mir das eine wie das andere ganz in der Ordnung. In der Tat, was wäre mit uns allen, wenn anstatt der allgemein so bequemen Regel: „Der Rang ehre den Rang!" eine andere sich eingebürgert hätte, wie etwa: „Der Verstand ehre den Verstand." Was für Streitigkeiten gäbe es da nicht! Und bei wem würden die Diener mit dem Servieren anfangen? Aber ich wende mich meiner Erzählung zu.

Es war ein heißer Tag. Drei Werst vor der Station begann es zu tröpfeln, und nach einer Minute hatte ein Regenguß mich bereits bis auf den letzten Faden durchnäßt. Bei der Ankunft auf der Station war meine erste Sorge, mich umzukleiden, die zweite, Tee zu verlangen.

„He, Dunja!" rief der Posthalter, „richte den Samowar und hole Sahne."

Bei diesen Worten trat hinter dem Verschlag ein kleines Mädchen von etwa vierzehn Jahren hervor und lief in den Flur. Ihre Schönheit machte einen starken Eindruck auf mich.

„Ist das deine Tochter?" fragte ich.

„Jawohl", sagte er mit dem Ausdruck zufriedenen Selbstgefühls, „und so klug, so geschickt, ganz wie ihre verstorbene Mutter."

Damit begann er meinen Reisepaß abzuschreiben, und ich vertiefte mich in die Betrachtung der Bildchen, die seine bescheidene, aber saubere Behausung schmückten. Sie stellten die Geschichte des verlorenen Sohnes dar. Auf dem ersten entläßt ein alter Mann in Zipfelmütze und Schlafrock einen unruhigen Jüngling, der rasch den Segen und einen Beutel mit Geld an sich nimmt. Auf dem anderen war der lasterhafte Lebenswandel des jungen Mannes in grellen Farben dargestellt.

Man sah ihn an einer Tafel, von falschen Freunden und schamlosen Weibern umgeben. Auf dem nächsten Bild hütete der Jüngling, der alles verpraßt hat, in Lumpen und Dreispitz die Schweine und teilte mit ihnen ihr Fressen; sein Gesicht drückte tiefe Trauer und Reue aus. Schließlich war seine Rückkehr zum Vater dargestellt: der gute Alte, wieder in Zipfelmütze und Schlafrock, stürzt ihm entgegen, der verlorene Sohn liegt auf den Knien. Im Hintergrund schlachtet der Koch ein gemästetes Kalb, und der ältere Bruder fragt den Koch nach dem Anlaß solcher Freude. Unter jedem Bildchen las ich angemessene deutsche Verse. Alles dies blieb mir bis heute im Gedächtnis, ebenso wie die Töpfe mit den Balsaminen, das Bett mit dem bunten Vorhang und die anderen Gegenstände, die mich umgaben. Ich sehe noch den Wirt selbst vor mir, einen Mann von etwa fünfzig Jahren, frisch und munter in seinem langen grünen Rock mit den drei Medaillen auf den verschossenen Bändern.

Kaum hatte ich Zeit, meinen alten Kutscher zu entlohnen, als Dunja mit dem Samowar wieder eintrat. Die kleine Kokette hatte beim zweiten Blick den Eindruck erkannt, den sie auf mich machte. Sie senkte die großen blauen Augen. Ich begann eine Unterhaltung mit ihr. Sie antwortete ohne jede Scheu, wie ein Mädchen, das die Welt bereits gesehen hat. Ich bot ihrem Vater ein Glas Punsch an, Dunja reichte ich ein Glas Tee, und wir begannen eine Unterhaltung zu dritt, als wenn wir miteinander bereits eine Ewigkeit bekannt wären.

Die Pferde waren schon längst bereit, ich aber hatte noch immer keine Lust, mich von dem Posthalter und seinem Töchterchen zu trennen. Endlich verabschiedete ich mich von ihnen. Der Vater wünschte mir angenehme Reise, und die Tochter geleitete mich zum Wagen. Im Flur blieb ich stehen und bat sie um die Erlaubnis, sie zu küssen. Dunja willigte ein ... Ich kann viele Küsse aufzählen, „seit ich mich darauf verstehe", aber keiner hinterließ in mir eine so nachhaltige, so angenehme Erinnerung.

Es vergingen einige Jahre, und die Umstände führten mich

auf dieselbe Poststraße, in dieselbe Gegend. Ich erinnerte mich an die Tochter des alten Posthalters und freute mich bei dem Gedanken, sie wiederzusehen. „Aber, vielleicht", dachte ich, „ist der alte Posthalter bereits abgesetzt, Dunja gewiß verheiratet." Der Gedanke an den Tod des einen oder der anderen flog mir ebenfalls durch den Sinn, und ich näherte mich der Station mit einer traurigen Vorahnung.

Die Pferde hielten vor dem Posthäuschen. Als ich ins Zimmer trat, erkannte ich sofort die Bildchen mit der Geschichte des verlorenen Sohnes. Der Tisch und das Bett standen noch auf ihren früheren Plätzen, aber auf den Fenstern gab es keine Blumen mehr, und alles ringsherum zeigte Verfall und Vernachlässigung. Der Posthalter schlief unter einem Schafpelz. Meine Ankunft weckte ihn, er erhob sich. Es war in der Tat Simeon Wyrin, aber wie war er gealtert! Während er sich anschickte, meinen Reisepaß abzuschreiben, betrachtete ich sein graues Haar, die tiefen Furchen seines schon seit langem nicht mehr rasierten Gesichtes, den gebückten Rücken und hörte nicht auf zu staunen, daß drei, vier Jahre einen strammen Mann in einen kränklichen Alten verwandeln konnten.

„Erkennst du mich nicht?" fragte ich ihn. „Wir sind ja alte Bekannte."

„Es kann wohl möglich sein", antwortete er finster, „es ist ja eine große Straße. Es sind schon viele Reisende bei mir gewesen."

„Was macht deine Dunja?" fuhr ich fort.

Der Alte wurde finster.

„Gott mag's wissen", antwortete er.

„Dann ist sie also verheiratet?" sagte ich.

Der Alte tat, als hätte er die Frage nicht gehört und fuhr fort, meinen Reisepaß flüsternd zu lesen. Ich brach meine Fragen ab und ließ mir Tee bereiten. Die Neugierde quälte mich, und ich hoffte, daß der Punsch die Zunge meines alten Bekannten lösen würde.

Ich irrte mich nicht: der Alte schlug das angebotene Glas nicht aus. Ich merkte, daß der Rum seine Düsterkeit aufhellte.

Beim zweiten Glas wurde er gesprächig. Er erinnerte sich oder tat so, als erinnere er sich meiner, und ich erfuhr von ihm die Geschichte, die einen starken Eindruck auf mich machte und mich erschütterte.

„Also, Sie kannten meine Dunja?“ begann er. „Wer hat sie nicht gekannt? Ach, Dunja, Dunja! Was war es für ein Mädchen! Wer immer kam, jeder lobte sie, niemand sagte ihr etwas Schlimmes nach. Die Gnädigen beschenkten sie bald mit einem Tüchlein, bald mit Ohrringen. Die Herren Reisenden blieben absichtlich zum Mittag- oder zum Abendessen, nur um sie länger ansehen zu können. Es konnte ein noch so böser Herr sein, in ihrer Gegenwart wurde er still und begann sich mit ihr huldvoll zu unterhalten. Glauben Sie nur, gnädiger Herr, Kuriere und Feldjäger sprachen halbe Stunden lang mit ihr. Sie hielt das ganze Haus zusammen: aufräumen, etwas zubereiten, allem kam sie rechtzeitig nach. Und ich alter Narr konnte mich an ihr nicht satt sehen und nicht satt freuen. Hab' ich denn meine Dunja nicht geliebt, hab' ich mein Kind nicht gehegt und gepflegt? Hatte sie es nicht gut bei mir? Aber vor Unglück kann man sich nicht retten, was geschehen muß, ist unvermeidlich.“ Und nun erzählte er mir ausführlich sein Leid.

An einem Winterabend vor drei Jahren, als der Posthalter ein neues Buch linierte und seine Tochter hinter dem Verschlag an einem neuen Kleid nähte, fuhr ein Dreigespann vor, und in die Stube trat mit dem Ersuchen um Pferde ein Reisender in Tscherkessenmütze und Militärmantel, einen Schal um den Hals gewickelt. Alle Pferde waren unterwegs. Bei dieser Mitteilung erhob der Reisende die Stimme und schwang die Peitsche. Aber Dunja, die an solche Szenen gewöhnt war, kam hinter dem Verschlag hervor und wandte sich freundlich an den Reisenden mit der Frage, ob er nicht etwas essen wolle. Dunjas Erscheinen übte die gewohnte Wirkung aus. Der Zorn des Reisenden verging. Er willigte ein, auf die Pferde zu warten, und bestellte sich ein Abendessen. Nachdem er die nasse, zottelige Mütze abgenommen, sich aus dem Schal herausgewickelt und den Mantel zusammengerollt hatte, erwies sich der Reisende als ein junger schlanker Husar mit einem schwarzen Schnurrbärtchen. Er ließ sich beim Posthalter gemütlich nieder und begann eine fröhliche Unterhaltung mit ihm und seiner Tochter. Das Abendessen wurde angerichtet. Indessen waren Pferde angekommen, und der Posthalter befahl, daß sie sofort, ohne gefüttert zu werden, dem Wagen des Reisenden vorgespannt wurden, als er aber wieder eintrat, fand er den jungen Mann fast bewußtlos auf der Bank liegen: es sei ihm übel, der Kopf tue ihm weh, er könne unmöglich abreisen ... Was war zu tun? Der Stationsvorsteher trat ihm sein eigenes Bett ab, und es wurde beschlossen, falls der Kranke sich nicht erholen sollte, am nächsten Tag nach dem Arzt zu schicken.

Am nächsten Tag ging es dem Husaren schlechter. Der Knecht ritt in die Stadt, den Arzt zu holen. Dunja umwickelte ihm den Kopf mit einem in Essig angefeuchteten Tuch und setzte sich mit ihrer Näharbeit an sein Bett. Der Kranke stöhnte in Gegenwart des Posthalters und sprach fast kein Wort, trank dennoch zwei Tassen Kaffee aus und bestellte stöhnend ein Mittagessen. Dunja wich nicht von ihm. Er bat fortwährend zu trinken, und Dunja reichte ihm einen Becher mit von ihr selbst bereiteter Limonade. Der Kranke benetzte die Lippen und drückte jedesmal, wenn er den Becher zurückgab, mit seiner schwachen Hand Dunjuschkas Hand. Gegen Mittag kam der Arzt. Er fühlte den Puls des Kranken an, sprach eine Weile deutsch und russisch mit ihm und erklärte, daß er nur Ruhe brauche und in zwei Tagen weiterreisen könne. Der Husar händigte ihm fünfundzwanzig Rubel für die Visite aus und lud ihn ein, mit ihm zu essen. Der Arzt willigte ein. Beide aßen mit großem Appetit, tranken eine Flasche Wein und trennten sich sehr zufrieden voneinander.

Es verging noch ein Tag, und der Husar war wieder ganz munter. Er war außerordentlich vergnügt und scherzte unaufhörlich bald mit Dunja, bald mit dem Posthalter, pfiff Lieder, unterhielt sich mit den Reisenden, trug ihre Reisepässe in das Postbuch ein und wurde dem guten Posthalter so lieb, daß es ihm leid tat, als er sich von seinem liebenswürdigen Gast trennen mußte.

Es war ein Sonntag. Dunja machte Anstalten, in die Kirche zu gehen. Der Wagen des Husaren fuhr vor. Er verabschiedete sich vom Posthalter, nachdem er ihn freigebig für Wohnen und Bewirtung bezahlt hatte. Er verabschiedete sich von Dunja und erbot sich, sie bis zur Kirche, die sich am Dorfrand befand, mitzunehmen. Dunja stand unschlüssig da ...

„Was fürchtest du dich?" sagte der Vater zu ihr. „Seine Hochwohlgeboren ist kein Wolf und wird dich nicht fressen. Fahr doch mit bis zur Kirche."

Dunja nahm im Wagen Platz neben dem Husaren, der Diener sprang auf den Bock, der Kutscher ließ einen Pfiff ertönen, und die Pferde sprengten davon.

Der arme Stationsvorsteher begriff gar nicht mehr, wie er selbst seiner Dunja hatte erlauben können, mit dem Husaren zu fahren, wieso ihn diese Verblendung überkommen konnte und was damals mit seinem Verstand geschehen war. Es verging keine halbe Stunde, als sein Herz zu schmerzen begann und eine solche Unruhe sich seiner bemächtigte, daß er es nicht mehr aushielt und sich selbst in die Messe begab. Als er sich der Kirche näherte, sah er, daß die Leute schon nach Hause gingen. Er trat rasch in die Kirche, der Geistliche verließ gerade den Altar. Der Küster löschte schon die Kerzen aus. Zwei alte Weiber beteten noch im Winkel. Aber Dunja war nicht in der Kirche. Der arme Vater konnte sich nur gewaltsam entschließen, den Küster zu fragen, ob sie in der Messe war. Der Küster verneinte es. Der Stationsvorsteher kehrte mehr tot als lebendig nach Hause zurück. Es blieb ihm nur eine Hoffnung: Dunja konnte aus jugendlichem Leichtsinn bis zur nächsten Station, wo ihre Taufpatin wohnte, gefahren sein. In qualvoller Erregung wartete er auf die Rückkehr des Dreigespanns, mit dem er sie fortgelassen hatte. Der Kutscher kam noch immer nicht. Endlich, gegen Abend, kam er allein, betrunken und brachte die tödliche Nachricht, Dunja sei von dieser Station mit dem Husaren weitergefahren.

Der Alte ertrug sein Unglück nicht. Er sank auf dasselbe Bett, in dem noch tags zuvor der junge Betrüger gelegen hatte. Jetzt erriet der Posthalter, während er alle Umstände überlegte, daß die Krankheit geheuchelt war. Der Ärmste erkrankte an einem heftigen Fieber. Man brachte ihn nach S... und bestellte vorübergehend einen Vertreter. Derselbe Arzt, der den Husaren behandelt hatte, behandelte auch ihn. Er versicherte dem Posthalter, daß der junge Mann vollkommen gesund gewesen sei und daß er schon damals seine böse Absicht durchschaut, aber geschwiegen habe, weil er seine Peitsche fürchtete. Ob der Deutsche die Wahrheit sagte oder nur mit seiner Scharfsichtigkeit prahlte, jedenfalls war der arme Kranke damit nicht im geringsten getröstet. Kaum hatte er sich von der schweren Krankheit erholt, so erbat er sich beim Postmeister von S... einen zweimonatlichen Urlaub und ging, ohne jemandem mit einem Wort seine Absichten zu verraten, zu Fuß davon, um die Tochter zu suchen. Aus dem Reisepaß wußte er, daß der Rittmeister Minskij von Smolensk nach Petersburg unterwegs gewesen war. Der Kutscher, der ihn gefahren hatte, hatte erzählt, daß Dunja den ganzen Weg geweint habe, obschon sie freiwillig mitzufahren schien. „Vielleicht", dachte der Posthalter, „hole ich mir mein verirrtes Schäfchen zurück."

Mit diesem Gedanken kam er in Petersburg an, stieg im Hause eines abgedankten Unteroffiziers ab, der ein alter Dienstkamerad von ihm war, und begann seine Nachforschungen. Bald erfuhr er, daß der Rittmeister Minskij sich in Petersburg befand und im Gasthaus von Demut wohnte. Der Stationsaufseher beschloß, zu ihm zu gehen.

Am frühen Morgen erschien er in seinem Vorzimmer und bat, Seiner Hochwohlgeboren zu melden, ein alter Soldat wünsche ihn zu sprechen. Der Bursche, der einen Stiefel auf einem Leisten putzte, erklärte, der gnädige Herr schlafe noch und empfange vor elf niemanden. Der Posthalter ging fort und kam zur angegebenen Zeit wieder. Minskij selbst empfing ihn im Schlafrock und roten Käppchen.

„Was wünschst du, Bruder?“ fragte er ihn.

Das Herz des alten Mannes lief über, Tränen traten ihm in die Augen, und er vermochte nur mit bebender Stimme zu sagen: „Euer Hochwohlgeboren, erweisen Sie mir die göttliche Gnade! …“

Minskij sah ihn rasch an, errötete, nahm ihn bei der Hand, führte ihn in sein Arbeitszimmer und schloß hinter sich die Tür.

„Euer Hochwohlgeboren“, fuhr der Alte fort, „was geschehen ist, ist geschehen, geben Sie mir wenigstens jetzt meine arme Dunja zurück. Sie haben schon genug Spaß an ihr gehabt, richten Sie sie nicht unnütz zugrunde.“

„Was getan ist, ist nicht ungeschehen zu machen“, antwortete der junge Mann in äußerster Verwirrung, „ich bin in deiner Schuld und bin froh, dich um Verzeihung bitten zu können, denk aber nicht, daß ich Dunja je verlassen könnte. Sie wird glücklich sein, ich gebe dir mein Ehrenwort darauf. Wozu brauchst du sie? Sie liebt mich, sie ist an ihren früheren Stand nicht mehr gewöhnt. Weder du noch sie werden vergessen, was geschehen ist.“ Dann steckte er ihm etwas hinter den Ärmelaufschlag, öffnete die Tür, und der Posthalter fand sich auf der Straße, ohne daß er wußte, wie ihm geschah.

Lange stand er unbeweglich da, endlich sah er im Ärmelaufschlag eine Rolle Papier. Er nahm sie heraus und wickelte einige Fünfzigrubelscheine auseinander. Tränen kamen ihm wieder in die Augen – Tränen des Zornes! Er preßte die Papiere zusammen, warf sie auf den Boden, zertrat sie noch mit dem Stiefelabsatz und ging. Als er einige Schritte gemacht hatte, blieb er stehen, überlegte und kehrte um. Aber die Scheine waren nicht mehr da. Ein gut angezogener junger Mann lief, als er ihn erblickte, rasch auf einen Wagen zu, bestieg ihn eilig und rief „Fahr zu!“

Der Posthalter lief ihm nicht nach. Er beschloß, nach Hause zurückzukehren, wollte aber vorher wenigstens einmal seine arme Dunja sehen. Zu diesem Zweck begab er sich zwei Tage später wieder zu Minskij. Der Diener aber sagte ihm streng, daß sein Herr niemanden empfange, stieß ihn mit der Brust aus dem Vorzimmer und schlug ihm die Tür vor der Nase zu. Der Posthalter blieb ein Weilchen stehen und ging dann.

Am gleichen Tag noch ging er abends, nachdem er in der Kirche der Mutter Gottes aller Leidtragenden gebetet hatte, die Liteinaja entlang. Plötzlich sprengte eine elegante Droschke an ihm vorbei, und der Posthalter erkannte Minskij. Die Droschke hielt dicht an der Auffahrt eines dreistöckigen Hauses, und der Husar lief die Treppe hinauf. Ein glücklicher Gedanke flog dem Posthalter durch den Kopf. Er kehrte um, und als er den Kutscher erreichte, fragte er: „Wem gehört das Pferd, Freund, doch wohl Minskij?“

„Jawohl“, antwortete der Kutscher, „aber was geht es dich an?“

„Die Sache ist die: dein Herr hat mir befohlen, seiner Dunja ein Briefchen hinzutragen, ich aber habe vergessen, wo seine Dunja wohnt.“

„Gerade in dem zweiten Stock. Kommst aber zu spät mit deinem Briefchen, Bruder, jetzt ist er schon selbst bei ihr.“

„Es macht nichts“, sagte der Posthalter mit einer unaussprechlichen Regung im Herzen, „ich danke dir für den Bescheid, ich werde meine Sache schon noch ausrichten.“ Und mit diesen Worten stieg er die Treppe hinauf.

Die Tür war geschlossen, er läutete. Es vergingen einige Minuten in drückender Erwartung. Der Schlüssel klirrte, es wurde ihm aufgemacht.

„Wohnt hier Awdotja Semjonowna?“ fragte er.

„Hier“, antwortete eine junge Magd, „was wünschst du von ihr?“

Der Posthalter trat, ohne zu antworten, in den Saal.

„Nicht, nicht!“ rief ihm die Magd nach, „Awdotja Semjonowna hat Besuch!“

Aber der Posthalter ging weiter, ohne auf sie zu hören. Die ersten zwei Zimmer waren dunkel, im dritten war Licht. Er trat an die geöffnete Tür und blieb stehen. In einem herrlich eingerichteten Zimmer saß Minskij, in Nachdenken versunken. Dunja, mit der ganzen Pracht der Mode angetan, saß auf der Lehne seines Sessels wie eine Reiterin in ihrem englischen Sattel. Sie sah Minskij zärtlich an, während sie seine schwarzen Locken um ihre strahlenden Finger wickelte. Armer Posthalter! Niemals war ihm seine Tochter so schön erschienen. Unwillkürlich mußte er sie bewundern.

„Wer ist da?“ fragte sie, ohne den Kopf zu heben. Er schwieg noch immer. Da sie keine Antwort bekam, erhob Dunja den Kopf ... und fiel mit einem Schrei auf den Teppich. Der erschrockene Minskij stürzte zu ihr, um sie aufzurichten. Als er aber plötzlich den alten Stationsaufseher bemerkte, ließ er Dunja los und ging, bebend vor Zorn, auf ihn zu.

„Was willst du hier?“ fragte er ihn mit zusammengepreßten Zähnen. „Was schleichst du mir überall nach wie ein Räuber? Willst du mir den Hals abschneiden? Hinaus!“ Und indem er mit starker Hand den Alten beim Kragen packte, stieß er ihn auf die Treppe.

Der Alte kehrte in sein Absteigquartier zurück. Sein Freund riet ihm, Minskij zu verklagen. Der Posthalter aber ging mit sich zu Rate und resignierte. Zwei Tage später reiste er von Petersburg nach seiner Station zurück und übernahm wieder sein Amt.

„Es ist schon das dritte Jahr“, schloß er, „daß ich ohne Dunja lebe und nichts von ihr höre. Ob sie lebt oder tot ist, weiß Gott. Es kommt allerhand vor. Sie ist nicht die erste und nicht die letzte unter denen, die so ein durchreisender Windbeutel verführt, eine Zeitlang gehalten und dann verlassen hat. Es gibt viele solcher jungen Närrinnen in Petersburg, heute gehen sie in Samt und Seide, und morgen kehren sie die Straßen mit den betrunkenen Bettlern. Wenn ich zuweilen denke, daß auch Dunja so zugrunde geht, so begehe ich die Sünde und wünsche ihr ein frühes Grab.“

So lautete die Erzählung meines Freundes, des alten Posthalters, eine Erzählung, die öfters von Tränen unterbrochen wurde, die er, wie der eifrige Terentjitsch in der herrlichen Ballade von Dimitrjew, mit den Rockschößen abtrocknete.

Zum Teil waren diese Tränen dem Punsch zu verdanken, von dem er im Laufe seiner Erzählung etwa fünf Glas ausschlürfte. Wie dem aber auch sei, sie bewegten mein Herz sehr. Als ich mich von ihm trennte, konnte ich den alten Posthalter lange nicht vergessen und dachte lange an die arme Dunja ...

Vor kurzem erst, als ich die kleine Ortschaft ... passierte, erinnerte ich mich an meinen Freund. Ich erfuhr, daß die Station, der er vorstand, abgeschafft sei. Auf meine Frage, ob der alte Posthalter noch lebe, konnte mir niemand eine befriedigende Auskunft erteilen. Ich beschloß, die bekannte Gegend aufzusuchen, nahm Pferde auf eigene Rechnung und fuhr nach dem Dorf N.

Es war Herbst. Graue Wolken bedeckten den Himmel, ein kalter Wind blies von den abgemähten Feldern und trug die roten und gelben Blätter der ihm im Wege stehenden Bäume mit sich fort. Ich erreichte das Dorf bei Sonnenuntergang und hielt vor dem Posthäuschen. Im Flur, wo mich einst die arme Dunja geküßt hatte, erschien ein dickes Weib und erwiderte auf meine Fragen, daß der alte Posthalter voriges Jahr gestorben sei, in seinem Häuschen ein Bierbrauer wohne und sie die Frau des Bierbrauers sei. Ich bedauerte nun meine vergebliche Reise und die sieben Rubel, die ich umsonst ausgegeben hatte.

„Woran ist er denn gestorben?“ fragte ich die Bierbrauersfrau.

„Am Trunk, Väterchen“, antwortete sie.

„Wo ist er denn bestattet?“

„Unter der Umfriedung, neben seiner seligen Frau“.

„Kann mich vielleicht jemand zu seinem Grab führen?“

„Warum denn nicht? He, Wanjka, hast dich genug mit der Katze gebalgt. Führe den Herrn auf den Friedhof und zeige ihm das Grab des Posthalters.“

Bei diesen Worten stürzte ein abgerissener, rothaariger und einäugiger Junge zu mir heraus und führte mich sofort zur Dorfumfriedung hinaus.

„Hast du den Verstorbenen gekannt?“ fragte ich ihn unterwegs.

„Wie sollte ich ihn nicht gekannt haben? Er hat mich gelehrt, Pfeifen zu schneiden. Wenn er, Gott hab ihn selig, aus der Schenke ging, liefen wir ihm nach und riefen: ‚Großväterchen, Großväterchen, gib uns Nüsse!‘ Und er beschenkte uns mit Nüssen. Immer hat er sich mit uns abgegeben.“

„Erinnern sich die Durchreisenden noch an ihn?“

„Jetzt gibt es so wenig Durchreisende, es sei denn der Assessor, und der denkt nicht an Tote. Aber im Sommer kam einmal eine Dame, die fragte nach dem alten Posthalter und ging auf sein Grab.“

„Was für eine Dame?“ fragte ich mit Neugierde.

„Eine schöne Dame“, antwortete der Junge, „sie kam in einem Wagen mit sechs Pferden, mit drei kleinen Herrchen, einer Amme und einem schwarzen Mops, und als man ihr sagte, daß der alte Posthalter tot sei, da begann sie zu weinen und sagte zu den Kindern: ‚Bleibt ruhig hier, ich gehe auf den Friedhof.‘ Ich bot mich an, sie hinzuführen. Die Dame aber sagte: ‚Ich kenne selbst den Weg’, und gab mir fünf Kopeken in Silber, so eine freundliche Dame war sie!“

Wir kamen auf den Friedhof, eine kahle, nicht eingezäunte, mit hölzernen Kreuzen besäte und von keinem einzigen Bäumchen beschattete Stätte. Seit ich lebe, habe ich einen so traurigen Friedhof nicht gesehen.

„Hier ist das Grab des alten Posthalters“, sagte mir der Junge, wobei er auf einen Sandhaufen hinaufsprang, in dem ein schwarzes Kreuz mit einem Heiligenbildchen aus Messing stak.

„Und die Dame ging hierher?“ fragte ich.

„Jawohl“, antwortete Wanjka, „ich habe sie aus der Ferne gesehen. Sie legte sich hier hin und lag lange. Und dann ging sie ins Dorf, rief den Popen, gab ihm Geld und fuhr von dannen, mir aber hat sie fünf Kopeken in Silber geschenkt ... so eine gute Dame!“

Auch ich gab dem Jungen ein Fünfkopekenstück und bereute meine Reise und die ausgegebenen sieben Rubel nicht mehr.

Das Edelfräulein als Bäuerin

In allen Kleidern bist du schön, mein Herz!
Bogdanowitsch

In einem unserer entlegenen Gouvernements befand sich das Gut des Iwan Petrowitsch Berestow. In seiner Jugend hatte er in der Garde gedient, Anfang des Jahres 1797 den Abschied genommen und sich auf sein Gut zurückgezogen, das er seitdem nicht verließ. Er war mit einer armen Adligen verheiratet, die bei einer Entbindung starb, während er sich auf der Jagd befand. Die Beschäftigung mit der Wirtschaft tröstete ihn bald. Er baute sich ein Haus nach eigenen Plänen, richtete eine Tuchfabrik ein, brachte seine Einnahmen in die Höhe und begann, sich für den klügsten Menschen der ganzen Umgegend zu halten, was von seinen Nachbarn, die zu ihm mit ihren Familien und Hunden zu Gast zu kommen pflegten, unwidersprochen blieb. An Werktagen ging er in einer Plüschjacke herum, an Feiertagen zog er einen Rock aus zu Hause hergestelltem Tuch an, schrieb selber die Ausgaben ein und las nichts außer den Senatsnachrichten. Nur einer vertrug sich nicht mit ihm, Grigorij Iwanowitsch Muromskij, sein nächster Nachbar. Das war ein echter russischer Gutsherr. Als er in Moskau den größten Teil seines Vermögens durchgebracht und gerade zu dieser Zeit seine Frau verloren hatte, zog er sich auf sein letztes Gut zurück, wo er fortfuhr, Dummheiten zu machen, nur auf eine neue Art. Er legte einen englischen Garten an, für den er fast seine letzten Einnahmen verausgabte. Seine Stallknechte waren wie englische Jockeys gekleidet. Seine Tochter hatte eine Engländerin zur Gesellschafterin. Seine Felder bearbeitete er nach englischen Methoden.

Aber auf fremde Manier will das russische Korn nicht gedeihen, und trotz der bedeutenden Einschränkung der Ausgaben erhöhten sich die Einnahmen Grigorij Iwanowitschs nicht. Er brachte es auch auf dem Lande zuwege, neue Schulden zu machen. Bei alledem galt er als nicht dumm, denn er hatte als erster unter den Gutsbesitzern seines Gouvernements den Einfall, sein Gut beim Vormundschaftsrat zu verpfänden – eine Spekulation, die damals außerordentlich kompliziert und kühn erschien. Von den Menschen, die ihn abfällig beurteilten, war es Berestow, der sich am schärfsten äußerte. Haß gegen Neuerungen war bei ihm ein ausgesprochener Charakterzug. Er konnte von der Anglomanie seines Nachbarn nicht gleichgültig sprechen und fand alle Augenblicke Gelegenheit, ihn zu kritisieren. Zeigte er einem Gast seine Besitzung, so pflegte er auf das seinen wirtschaftlichen Anordnungen gespendete Lob mit einem schlauen Lächeln zu erwidern: „Ja, bei mir ist es nicht so wie beim Nachbarn Grigorij Iwanowitsch. Was sollen wir uns auf englisch ruinieren! Uns genügt, wenn wir auf russische Art satt werden."

Diese und ähnliche Scherze wurden dank der Eifrigkeit der Nachbarn Grigorij Iwanowitsch mit Ergänzungen und Kommentaren hinterbracht. Der Anglomane ertrug die Kritik ebenso schlecht wie unsere Journalisten. Er tobte und nannte seinen Feind einen Bären und Provinzler.

So standen die Beziehungen zwischen den beiden Gutsbesitzern, als der Sohn Berestows zu Besuch auf dem Gut erschien. Er hatte seine Bildung auf der Universität ... erhalten und beabsichtigte, in den Militärdienst zu treten. Aber sein Vater willigte nicht ein. Für den Staatsdienst aber fühlte sich der junge Mann völlig unbegabt. Sie gaben einander nicht nach, und der junge Berestow fand sich vorläufig mit dem Leben als Gutsherr ab, indem er sich auf alle Fälle einen Schnurrbart stehen ließ.

Alexej war in der Tat ein Prachtkerl. Es wäre wahrhaftig schade gewesen, wenn die militärische Uniform nie seine schlanke Gestalt umspannen würde und er, anstatt auf einem Pferde zu stolzieren, seine Jugend gebückt über den Akten in einer Kanzlei verbringen sollte. Sahen die Nachbarn, wie er auf der Jagd immer als erster voransprengte, ohne auf den Weg zu achten, dann pflegten sie zu sagen, daß aus ihm nie ein ordentlicher Tischvorsteher werden würde. Die jungen Damen sahen ihn gern, und gar manche vergaffte sich in ihn. Aber Alexej gab sich mit ihnen nicht ab, und sie vermuteten den Grund seiner Gefühllosigkeit in einer Liebesbeziehung. In der Tat befand sich die Abschrift einer Adresse auf einem von ihm geschriebenen Brief in Umlauf: „An Akulina Petrowna Kurotschkina in Moskau, gegenüber dem Alexejkloster, im Hause des Herrn Saweljew, mit der Bitte, diesen Brief A. N. P. zu überbringen."

Diejenigen meiner Leser, die nie auf dem Lande gelebt haben, können sich gar nicht vorstellen, wie entzückend die jungen Mädchen dort sind. Erzogen in der frischen Luft, im Schatten ihrer Apfelbäume, schöpfen sie die Kenntnis der Welt und des Lebens aus Büchern. Einsamkeit, Freiheit und Lektüre entwickeln in ihnen früh Gefühle und Leidenschaften, die unseren zerstreuten Schönen in der Stadt unbekannt sind. Für ein junges Mädchen auf dem Lande ist Schellengeläute schon ein Abenteuer, eine Reise in die benachbarte Stadt gilt als Epoche im Leben, und der Besuch eines Gastes hinterläßt eine dauernde, zuweilen sogar ewige Erinnerung. Natürlich steht es jedem frei, über manche ihrer Eigenarten zu lachen. Aber die Scherze des oberflächlichen Beobachters können ihre wahren Werte nicht herabsetzen, von denen die wichtigsten Besonderheit des Charakters und originelle Individualität sind, ohne die es nach der Meinung Jean Pauls keine menschliche Größe gibt. In den Hauptstädten haben die Frauen vielleicht eine bessere Bildung. Aber die gesellschaftliche Routine verflacht bald den Charakter und macht die Seelen ebenso einförmig wie den Kopfputz. Dies soll nicht ein Urteil oder eine Verurteilung sein, dennoch „nota nostra manet", wie ein alter Kommentator schreibt.

Es ist leicht, sich vorzustellen, welchen Eindruck Alexej im Kreise unserer Landfräulein machen mußte. Er war der erste, der ihnen als ein finsterer, enttäuschter Mann entgegentrat. Er sprach von verlorenen Freuden und von seiner verwelkten Jugend. Außerdem trug er einen schwarzen Ring mit einem Totenkopf. Alles dies war in jenem Gouvernement außerordentlich neu. Die Landfräulein dachten immerzu an ihn.

Am meisten aber war Lisa, die Tochter unseres Anglomanen, der sie gewöhnlich Betsy nannte, mit ihm beschäftigt. Die Väter besuchten einander nicht. So hatte sie Alexej noch nicht gesehen, während alle ihre jungen Nachbarinnen von nichts anderem als von ihm sprachen. Sie war siebzehn Jahre alt. Schwarze Augen belebten ihr braunes, sehr anmutiges Gesicht. Sie war das einzige und daher sehr verwöhnte Kind. Ihre Munterkeit und ihre mutwilligen Streiche entzückten den Vater und brachten ihre Gesellschafterin, Miß Jakson, zur Verzweiflung. Diese war ein steifes Fräulein, das sich schminkte und die Augenbrauen anmalte, zweimal im Jahr „Pamèle" durchlas, dafür zweitausend Rubel jährlich erhielt und in diesem barbarischen Rußland vor Langeweile starb.

Lisa war zur Bedienung das Mädchen Nastja zugeteilt. Sie war etwas älter, aber ebenso leichtsinnig wie ihr Fräulein. Lisa hatte sie sehr gern, vertraute ihr alle ihre Geheimnisse an und ersann mit ihr ihre Streiche. Mit einem Wort, Nastja war im Dorf Prilutschino eine viel wichtigere Persönlichkeit als jede beliebige Vertraute in einer französischen Tragödie.

„Erlauben Sie mir, heute einen Besuch zu machen", sagte Nastja eines Tages, während sie dem Fräulein beim Ankleiden behilflich war.

„Gern, aber wo willst du hin?"

„Nach Tugilowo, zu Berestows. Die Frau des Kochs hat Namenstag und war gestern da, um uns zum Essen einzuladen."

„Schau, schau", sagte Lisa, „die Herrschaften sind miteinander böse, und die Diener laden einander ein."

„Was geht uns die Herrschaft an. Außerdem gehöre ich Ihnen und nicht Ihrem Papa, Sie haben sich doch mit dem jungen Berestow noch nicht gezankt. Mögen sich die Alten nur herumschlagen, wenn es ihnen Spaß macht."

„Sieh zu, Nastja, Alexej Berestow zu Gesicht zu bekommen, und erzähle mir ganz genau, wie er aussieht und was er für ein Mensch ist."

Nastja versprach es, und Lisa wartete den ganzen Tag mit Ungeduld auf ihre Heimkehr. Am Abend erschien Nastja.

„Nun, Lisaweta Grigorjewna", sagte sie, als sie eintrat, „ich hab den jungen Berestow gesehen, hab mich sattsehen können. Den ganzen Tag waren wir zusammen."

„Wieso? Erzähle, erzähle alles der Reihe nach."

„Gern, wir gingen also hin, Anißja Jegorowna, Nenila, Dunjka ..."

„Schön, ich weiß. Nun und dann?"

„Erlauben Sie, ich will alles der Reihe nach erzählen. Wir kamen gerade zum Mittagessen an. Die Stube war voll von Menschen. Es waren Leute aus Kolbino, Sacharjino, der Buchhalter mit den Töchtern, die aus Chlupino ..."

„Nun, und Berestow?"

„So warten Sie doch. Wir setzten uns zu Tisch, die Buchhaltersfrau auf den ersten Platz, ich neben ihr ... die Töchter, die ärgerten sich, ich aber spucke auf sie ..."

„Ach, Nastja, wie bist du langweilig mit deinen ewigen Einzelheiten!"

„Wie sind Sie aber ungeduldig! Nun also, wir standen vom Tisch auf ... wir hatten fast drei Stunden gesessen und es hatte schönes Essen gegeben: eine Torte Blancmanger, rot, blau und gestreift ... Also wir standen vom Tisch auf und gingen in den Garten, um Fangspiel zu spielen, da erschien auch der junge Herr."

„Und wie ist er? Ist es wahr, daß er so hübsch ist?"

„Erstaunlich hübsch. Bildschön, das darf man wohl sagen. Schlank, hochgewachsen, die Wangen rot ..."

„Wirklich? Und ich habe geglaubt, er sei blaß. Nun? Wie ist er dir sonst erschienen? Traurig, nachdenklich?"

„Was fällt Ihnen ein? So einen ausgelassenen Burschen habe ich mein Lebtag noch nicht gesehen. Er hatte den Einfall, bei uns mitzuspielen ..."

„Bei euch mitzuspielen? Unmöglich!"

„Sehr möglich sogar. Und was er sich dazu noch ausgedacht hat! Fängt eine und küßt sie ab!"

„Sag was du willst, du lügst!"

„Sagen Sie was Sie wollen, ich lüge nicht. Ich hab' mich kaum losmachen können. Den ganzen Tag hat er sich mit uns abgegeben."

„Wieso aber sagt man, daß er verliebt sei und niemanden ansehe?"

„Ich weiß es nicht, aber was mich betrifft, so hat er mich sehr wohl angesehen, und Tanja, die Buchhalterstochter ebenfalls, außerdem die Pascha aus Kolbino. Aber es wäre eine Sünde zu sagen, daß er jemanden zurückgesetzt hätte, so ein Wildfang!"

„Das ist seltsam! Und was sagt man im Hause von ihm?"

„Ein prächtiger Herr, sagt man, so gut und lustig. Bis auf eines: er stellt zu gern den Mädchen nach. Meiner Meinung nach freilich ist das kein Unglück, mit der Zeit wird er solider werden."

„Wie gern möcht' ich ihn sehen!" sagte Lisa mit einem Seufzer.

„Das ist doch nicht so schwer! Tugilowo ist nicht weit von uns, alles in allem nur drei Werst entfernt. Machen Sie einen Spaziergang oder reiten Sie hin. Sie werden ihm gewiß begegnen. Er geht jeden Tag frühmorgens mit der Flinte auf die Jagd."

„Nein, es geht nicht. Er könnte denken, ich liefe ihm nach. Außerdem sind unsere Väter verzankt, ich darf ihn also gar nicht kennenlernen ... Ach, Nastja, weißt du was, ich werde mich als Bäuerin verkleiden!"

„Gut, ziehen Sie ein dickes Hemd und einen Sarafan an und gehen Sie getrost nach Tugilowo. Ich bürge, daß Berestow Sie nicht übersehen wird!"

„Und ich kann ja gut reden, so wie die Leute hier. Ach, Nastja, liebe Nastja! Welch ein famoser Einfall!"

Und Lisa legte sich mit der Absicht schlafen, ihr lustiges

Vorhaben auszuführen. Gleich am nächsten Tag ging sie an die Ausführung ihres Planes. Sie ließ sich auf dem Markt grobes Leinen, blauen Kattun und Messingknöpfe besorgen und setzte die ganze Mägdestube an die Näharbeit. Gegen Abend war alles fertig. Lisa probierte das neue Gewand und gestand sich vor dem Spiegel, daß sie sich noch nie so lieblich erschienen war. Sie probte ihre Rolle, grüßte im Gehen und wackelte einigemal mit dem Kopf wie die Tonfiguren, sprach in der Bauernsprache, bedeckte sich beim Lachen das Gesicht mit dem Ärmel und gewann die vollkommene Anerkennung Nastjas. Nur eines machte ihr Schwierigkeiten: sie versuchte auf dem Hof barfuß zu gehen, aber der Rasen zerstach ihr die zarten Füße, Sand und Kies schienen ihr unerträglich. Nastja half auch hier. Sie nahm das Maß von Lisas Füßen, lief zu Trofim dem Hirten ins Feld hinaus und bestellte bei ihm ein Paar Bastschuhe.

Am nächsten Morgen erwachte Lisa in aller Herrgottsfrühe. Das ganze Haus schlief noch. Nastja wartete vor dem Tor auf den Hirten. Das Horn ertönte, und die Dorfherde zog am Herrenhof vorbei. Als Trofim an Nastja vorbeikam, übergab er ihr kleine bunte Bastschuhe und erhielt von ihr zur Belohnung einen halben Rubel. Lisa kleidete sich leise als Bäuerin an, gab Nastja flüsternd ihre Weisungen bezüglich Miß Jakson, verließ das Haus durch den hinteren Ausgang und lief durch den Gemüsegarten ins Feld.

Die Morgenröte leuchtete im Osten, und die goldnen Reihen der Wolken schienen die Sonne zu erwarten, wie die Hofleute den Kaiser. Der klare Himmel, die morgendliche Frische, der Tau, ein Lüftchen und der Gesang der Vögel erfüllten Lisas Herz mit kindlicher Freude. Da sie sich vor einer Begegnung mit Bekannten fürchtete, schien sie mehr zu fliegen als zu gehen. Als sie sich dem Wäldchen näherte, das sich an der Grenze der väterlichen Besitzungen befand, verlangsamte Lisa den Schritt. Hier sollte sie Alexej erwarten. Ihr Herz schlug heftig, ohne daß sie wußte warum. Aber die Angst, die unsere jungen Streiche begleitet, bildet auch ihren

Hauptreiz. Lisa trat in die Dämmerung des Wäldchens. Dumpf sausendes Rauschen begrüßte das junge Mädchen. Ihre Fröhlichkeit legte sich. Allmählich ergab sie sich der süßen Träumerei. Sie dachte ... aber läßt sich mit Genauigkeit bestimmen, worüber ein junges Mädchen allein im Walde um die sechste Stunde eines Frühlingsmorgens nachdenkt? Also, sie ging in Gedanken versunken den an beiden Seiten von hohen Bäumen beschatteten Weg entlang, als plötzlich ein schöner Hühnerhund sie anbellte. Lisa erschrak und schrie auf. Zu gleicher Zeit ertönte der Ruf: „Tout beau, Sbogar, ici ...“ und ein junger Jäger trat aus dem Gebüsch.

„Fürchte dich nicht, Liebe“, sagte er zu Lisa, „mein Hund beißt nicht.“

Lisa hatte indes Zeit gefunden, sich zu sammeln und verstand es, die Umstände sofort auszunützen.

„Doch, gnädiger Herr“, sagte sie und stellte sich halb erschreckt, halb verschämt, „ich fürchte mich. Sieh, wie böse er ist, er stürzt sich am Ende noch einmal auf mich.“

Alexej, den der Leser gewiß schon erkannt hat, sah unterdessen die junge Bäuerin unverwandt an.

„Ich will dich begleiten, wenn du dich fürchtest“, sagte er zu ihr, „erlaubst du mir, neben dir zu gehen?“

„Wer hindert dich?“ antwortete Lisa. „Die Freiheit gehört dem Freien und der Weg der Gemeinde.“

„Woher bist du denn?“

„Aus Prilutschino. Ich bin die Tochter des Schmieds Wassilij und suche Pilze.“ Lisa trug ein Körbchen an einem Bindfaden. „Und du, gnädiger Herr, bist wohl aus Tugilowo?“

„Jawohl“, antwortete Alexej, „ich bin der Kammerdiener des jungen Herrn.“

Alexej hatte den Wunsch, ihren Standesunterschied auszugleichen. Aber Lisa sah ihn an und lachte.

„Du lügst wohl“, sagte sie, „bist aber an keine Dumme geraten. Ich sehe, daß du der gnädige Herr selber bist.“

„Wie kommst du darauf?“

„So, ich sehe es an allem. Wie sollte man einen Herrn von

einem Diener nicht unterscheiden? Bist nicht so angezogen und sprichst anders und rufst den Hund nicht so wie wir."

Lisa gefiel Alexej immer mehr. Nicht gewohnt, mit hübschen Bäuerinnen Umstände zu machen, wollte er sie umarmen. Aber Lisa sprang zurück und machte ein sehr strenges und kühles Gesicht, das ihn zwar sehr belustigte, aber von weiteren Versuchen abhielt.

„Wenn Sie wollen, daß wir weiter Freunde sind", sagte sie wichtig, „dann lassen Sie mich gehen."

„Wer hat dich denn diese Weisheit gelehrt?" fragte Alexej laut lachend. „Am Ende Nastenjka, meine Bekannte, die Zofe eures Fräuleins? Auf welchen Pfaden die Bildung sich doch verbreitet!"

Lisa fühlte, daß sie beinahe aus der Rolle gefallen war, fand sich aber bald wieder.

„Was dir einfällt", sagte sie, „glaubst du, ich komme nie auf den Herrenhof? Fürchte dich nicht, ich hab' genug gehört und gesehen. Aber wenn ich mit dir schwatze, finde ich keine Pilze. Geh du deines Weges, gnädiger Herr, und ich den meinen. Leb wohl ..."

Lisa wollte sich entfernen. Alexej hielt sie bei der Hand fest.

„Wie heißt du, mein Herz?"

„Akulina."

„Nun also, meine liebe Akulina, ich werde deinen Vater, Wassilij den Schmied, unbedingt besuchen."

„Was fällt dir ein!" erwiderte Lisa lebhaft, „um Christi willen, komm nur nicht. Wenn man zu Hause erfährt, daß ich mit dem gnädigen Herrn im Wäldchen allein geschwätzt habe, dann ergeht es mir schlimm. Mein Vater, Wassilij der Schmied, schlägt mich tot."

„Aber ich muß dich unbedingt wiedersehen."

„Nun, ich komm ja wieder, wenn ich Pilze suche."

„Wann denn?"

„Morgen meinetwegen."

„Liebe Akulina, ich würde dich am liebsten küssen, aber ich wage es nicht. Also morgen um diese Zeit, nicht wahr?"

„Ja, ja.“

„Und wirst mich nicht betrügen?“

„Nein.“

„Schwöre!“

„Beim heiligen Freitag, ich komme.“

Die jungen Leute trennten sich. Lisa trat aus dem Wald, durchquerte das Feld, schlich sich in den Garten und lief atemlos nach der Meierei, wo Nastja sie erwartete. Dort kleidete sich sich um, während sie die Fragen der ungeduldigen Vertrauten zerstreut beantwortete, und erschien im Salon. Der Tisch war gedeckt, das Frühstück angerichtet und Miß Jakson, bereits geschminkt und geschnürt, machte Butterbrötchen zurecht. Der Vater lobte sie für den Morgenspaziergang.

„Nichts ist gesünder, als mit Sonnenaufgang aufzustehen.“ Hier führte er einige von ihm aus englischen Zeitschriften geschöpfte Beispiele von menschlicher Langlebigkeit an, wobei er bemerkte, daß alle Menschen, die länger als hundert Jahre gelebt haben, keinen Schnaps tranken und sowohl im Sommer als im Winter beim Morgenrot aufzustehen pflegten. Lisa hörte ihm nicht zu. Sie wiederholte in Gedanken alle Umstände der morgendlichen Zusammenkunft, das ganze Gespräch Akulinas mit dem jungen Jäger, und ihr Gewissen begann zu schlagen. Umsonst beschwichtigte sie sich selbst, daß ihre Unterhaltung die Grenzen der Schicklichkeit nicht überschritten habe, daß dieser Streich gar keine Folgen haben könne. Ihr Gewissen murrte lauter als ihr Verstand. Das für den nächsten Tag gegebene Versprechen beunruhigte sie am meisten. Sie war fast entschlossen, den feierlichen Schwur nicht zu halten. Aber Alexej konnte ja, wenn sie ihn umsonst warten ließ, ins Dorf gehen und dort nach der Tochter des Schmieds suchen. Er würde die richtige Akulina finden, ein dickes, pockennarbiges Mädchen, und auf diese Weise ihren leichtsinnigen Streich erraten. Der Gedanke entsetzte Lisa, und sie beschloß, am nächsten Morgen als Akulina wieder im Wald zu erscheinen.

Alexej seinerseits war entzückt. Den ganzen Tag dachte er

an seine neue Bekannte, in der Nacht beunruhigte die Gestalt der braunen Schönen seine Phantasie. Das Morgenrot war noch kaum erschienen, als er bereits angekleidet war. Ohne sich Zeit zu lassen, die Flinten zu laden, zog er mit seinem getreuen Sbogar ins Feld hinaus und begab sich laufend an die Stelle des versprochenen Stelldicheins. Eine halbe Stunde ungefähr verging für ihn in unerträglicher Erwartung. Endlich sah er zwischen den Sträuchern den blauen Sarafan schimmern und stürzte der lieblichen Akulina entgegen. Sie lächelte über den Überschwang seiner Dankbarkeit, aber Alexej bemerkte bald in ihrem Gesicht Spuren von Niedergeschlagenheit und Unruhe. Er wollte den Grund dafür erfahren. Lisa gestand, daß ihr ihre Handlung leichtsinnig erscheine und Reue in ihr erwecke, daß sie diesmal das gegebene Wort nicht brechen wolle, daß aber diese Zusammenkunft die letzte bleiben müsse, und sie ihn bitte, eine Bekanntschaft aufzugeben, die zu nichts Gutem für sie führen könne. Alles dies wurde selbstverständlich in der Bauernsprache vorgebracht. Aber die so ungewöhnlichen Gefühle und Gedanken bei einem einfachen Mädchen machten Alexej betroffen. Er brauchte alle seine Beredsamkeit, um Akulina von ihrer Absicht abzubringen. Er beteuerte ihr die Unschuld seiner Wünsche, versprach, ihr nie Grund zur Reue zu geben, ihr in allem zu gehorchen, beschwor sie, ihn dieses einzigen Trostes, sie jeden zweiten Tag oder wenigstens zweimal in der Woche unter vier Augen zu sehen, nicht zu berauben. Er sprach mit der Zunge der wahren Leidenschaft und war in diesem Augenblick wirklich verliebt. Lisa hörte ihn schweigend an.

„Gib mir dein Wort, daß du mich nie im Dorf suchen oder nach mir fragen wirst. Gib mir das Versprechen, keine anderen Zusammenkünfte mit mir zu suchen, als die ich selbst bestimme."

Alexej wollte schon beim heiligen Kreuz schwören, sie unterbrach ihn aber lächelnd. „Ich brauche deinen Schwur nicht, dein Versprechen genügt."

Danach unterhielten sie sich freundschaftlich, während sie

im Walde spazierten, bis Lisa ihm sagte, es sei Zeit. Sie trennten sich, und als Alexej allein geblieben war, konnte er nicht begreifen, wie ein einfaches Bauernmädchen in zwei Zusammenkünften solche Macht über ihn gewinnen konnte. Seine Verbindung mit Akulina hatte für ihn den Reiz der Neuheit, und obschon die Vorschriften der seltsamen Bäuerin ihm lästig schienen, so kam es ihm nicht einmal in den Sinn, sein Wort nicht zu halten. Die Sache war die, daß Alexej ungeachtet seines schicksalvollen Ringes und der geheimnisvollen Korrespondenz ein guter und leidenschaftlicher Junge war und ein gutes Herz besaß, fähig, den Genuß der Unschuld zu fühlen.

Wenn ich meiner Lust allein gehorchen dürfte, würde ich unbedingt und in aller Ausführlichkeit die Zusammenkünfte, das Wachsen der gegenseitigen Neigung und des Vertrauens, den Zeitvertreib und die Gespräche der jungen Leute beschreiben, aber ich weiß, daß die meisten meiner Leser meine Begeisterung nicht zu teilen vermöchten. Solche Einzelheiten erscheinen im allgemeinen süßlich, also übergehe ich sie und sage nur kurz, daß, ehe zwei Monate vergingen, mein Alexej besinnungslos verliebt und Lisa nicht gleichgültiger, wenn auch schweigsamer als er war. Beide waren glücklich in der Gegenwart und dachten wenig an die Zukunft.

Der Gedanke an unzerreißbare Bande flog ihnen oft durch den Kopf, aber sie sprachen nie miteinander davon. Der Grund ist klar: sosehr Alexej seiner lieben Akulina zugetan war, konnte er doch den Abstand, der zwischen ihm und der armen Bäuerin war, nicht vergessen; Lisa wiederum kannte den Haß, der zwischen ihren Vätern waltete, und wagte es nicht, auf eine gegenseitige Versöhnung zu hoffen. Außerdem wurde ihre Eigenliebe von der dunklen, romantischen Hoffnung heimlich angespornt, den Gutsbesitzer von Tugilowo endlich zu Füßen der Tochter des Schmiedes von Prilutschino zu sehen. Das ging so lange hin, bis plötzlich ein wichtiges Ereignis ihre gegenseitigen Beziehungen beinahe geändert hätte.

An einem klaren, kalten Herbstmorgen, an denen der russische Herbst so reich ist, begab sich Iwan Petrowitsch Berestow auf einen Spazierritt, wobei er auf alle Fälle drei Hühnerhunde, einen Leibjäger und einige Hofjungen mit Klappern mitnahm. Zur gleichen Zeit ließ Grigorij Iwanowitsch Muromskij, vom schönen Wetter verlockt, seine gestutzte Stute satteln und ritt im Trab rings um seine anglisierten Besitzungen. Als er sich dem Waldrand näherte, erblickte er seinen Nachbarn, der in einem mit Fuchspelz gefütterten Kosakenrock stolz zu Pferde saß und auf einen Hasen wartete, den die Jungen mit Geschrei und Geklapper aus dem Gesträuch hervortrieben. Wenn Grigorij Iwanowitsch diese Begegnung vorausgesehen hätte, wäre er natürlich umgekehrt. Aber er war auf Berestow ganz zufällig gestoßen und befand sich nun auf die Entfernung eines Pistolenschusses von ihm. Es war nichts zu machen: als gebildeter Europäer näherte sich Muromskij seinem Gegner und begrüßte ihn höflich. Berestow erwiderte den Gruß mit demselben Eifer, mit dem ein Bär an der Kette sich auf Befehl seines Führers vor den Herrschaften verneigt. In diesem Augenblick sprang der Hase aus dem Wald und setzte quer übers Feld. Berestow und sein Leibjäger brüllten aus voller Kehle, ließen die Hunde los und sprengten in vollem Galopp ihnen nach. Das Perd Muromskijs, das noch nie auf der Jagd gewesen war, wurde scheu und ging durch. Muromskij, der sich für einen ausgezeichneten Reiter hielt, ließ ihm freien Lauf und war im Innern sehr glücklich über den Zufall, der ihn von der unangenehmen Unterhaltung befreite. Aber als das Pferd einen Graben erreichte, den es früher nicht bemerkt hatte, warf es sich plötzlich zur Seite, und Muromskij gelang es nicht, im Sattel zu bleiben. Er stürzte ziemlich schwer auf die gefrorene Erde, lag da und verfluchte seine Stute, die, kaum daß sie sich ohne Reiter fühlte, stehenblieb, als wolle sie sich besinnen. Iwan Petrowitsch ritt auf ihn zu und erkundigte sich, ob er sich verletzt habe. Inzwischen brachte der Leibjäger das schuldige Pferd am Zügel herbei. Er half Muromskij in den Sattel steigen, und Berestow lud ihn zu sich ein. Muromskij konnte es nicht ablehnen, weil er sich verpflichtet fühlte, und so kehrte Berestow mit Ruhm bedeckt heim, nachdem er einen Hasen gehetzt hatte und seinen verwundeten und fast kriegsgefangenen Gegner mitführte.

Die beiden Nachbarn kamen beim Frühstück in ein recht friedfertiges Gespräch. Muromskij bat Brestow um einen Wagen, denn er gestand, daß er nach dem Sturz nicht mehr imstande sei, sein Haus zu Pferde zu ereichen. Berestow gab ihm bis zur Rampe das Geleit, und Muromskij fuhr nicht eher ab, als bis er ihm das Wort abgenommen hatte, ihn zusammen mit Alexej Iwanowitsch am nächsten Tag zum gemütlichen Mittagessen zu besuchen. Auf diese Weise war die alte und tiefeingewurzelte Feindschaft dank der Ängstlichkeit einer kurzgestutzten Stute nahe daran, sich in Wohlgefallen aufzulösen.

Lisa lief Grigorij Iwanowitsch entgegen.

„Was bedeutet dies, Papa?“ sagte sie mit Staunen. „Warum hinken Sie denn? Wo ist Ihr Pferd?“

„Das wirst du nicht erraten, my dear“, antwortete ihr Grigorij Iwanowitsch und erzählte ihr alles, was vorgefallen war. Lisa traute ihren Ohren nicht. Ohne ihr Zeit zu geben, sich zu fassen, erklärte Grigorij Iwanowitsch, daß morgen beide Berestows bei ihnen zu Mittag speisen würden.

„Was sagen Sie da!“ rief Lisa erbleichend, „beide Berestows, Vater und Sohn, sollen morgen bei uns zu Mittag essen! Nein, Papa, aber wie Sie wollen. Ich werde mich jedenfalls um keinen Preis blicken lassen!“

„Was hast du denn, bist du verrückt? Seit wann bist du so schüchtern?“ erwiderte der Vater. „Oder empfindest du wie eine Romanheldin gegen sie einen erblichen Haß? Laß es, sei nicht dumm ...“

„Nein, Papa, um nichts in der Welt, um keine Schätze werde ich mich vor Berestows sehen lassen!“

Grigorij Iwanowitsch zuckte mit den Achseln und stritt nicht mehr mit ihr, denn er wußte, daß bei ihr mit Widerspruch nichts zu erreichen war, und zog sich zurück, um sich nach seinem denkwürdigen Spazierritt auszuruhen. Lisaweta Grigorjewna ging auf ihr Zimmer und rief Nastja. Beide gingen über den morgigen Besuch lange zu Rate. Was würde Alexej denken, wenn er in dem wohlerzogenen Fräulein seine Akulina erkennen würde? Welche Meinung würde er von ihrer Aufführung, ihren Sitten und ihrem Verstand haben? Andererseits wollte Lisa doch sehr gern sehen, welchen Eindruck ein so unerwartetes Wiedersehen auf ihn mache ... Plötzlich kam ihr ein Gedanke. Sie teilte ihn Nastja mit, beide freuten sich über ihn wie über einen glücklichen Fund, und sie beschlossen, ihn unbedingt auszuführen.

Am nächsten Morgen beim Frühstück fragte Grigorij Iwanowitsch sein Töchterchen, ob sie noch immer die Absicht habe, sich vor Berestows zu verstecken.

„Papa“, sagte sie, „ich werde sie empfangen, wenn Sie es wünschen, aber nur unter einer Bedingung: wie immer ich vor sie treten und was immer ich tun werde, Sie dürfen mich nicht schelten und kein Zeichen des Staunens oder des Mißfallens zeigen.“

„Wieder irgendein Streich!“ sagte Grigorij Iwanowitsch lachend. „Nun, schon gut, schon gut, ich bin einverstanden, mach was du willst, mein schwarzäugiger Wildfang.“ Mit diesen Worten küßte er sie auf die Stirn, und Lisa lief davon, um sich vorzubereiten.

Punkt zwei Uhr fuhr ein zu Hause angefertigter Wagen mit sechs Pferden in den Hof und rollte an der dicht mit Rasen bestandenen runden Fläche vorbei zur Auffahrt. Der alte Berestow bestieg die Rampe, wobei er von zwei livrierten Dienern Muromskijs gestützt wurde. Hinter ihm kam sein Sohn geritten, der zu gleicher Zeit mit ihm das Speisezimmer betrat, wo der Tisch schon gedeckt war. Muromskij empfing seine Nachbarn so freundlich wie möglich, schlug ihnen vor, Garten und Tierpark vor dem Essen zu besichtigen, und führte sie auf sorgfältig gepflegten und mit Kies bestreuten Wegen dorthin. Der alte Berestow bedauerte innerlich die für so unnütze Launen verlorene Zeit und Arbeit, schwieg aber aus Höflichkeit. Der Sohn teilte weder die Unzufriedenheit des sparsamen Gutsbesitzers noch das Entzücken des eitlen Anglomanen, sondern erwartete mit Ungeduld das Erscheinen der Tochter des Hauses, von der er viel gehört hatte, denn wenn auch sein Herz nicht mehr frei war, so hatte doch eine Schöne jederzeit einiges Anrecht auf seine Einbildungskraft.

Als sie in den Salon zurückkehrten, nahmen sie zu dritt Platz. Die Alten erinnerten sich an die früheren Zeiten und an die Anekdoten aus ihrem Dienst, und Alexej überlegte sich, welche Rolle er in Gegenwart von Lisa spielen wollte. Es schien ihm, daß kühle Zerstreutheit auf alle Fälle am angebrachtesten sei, und stellte sich darauf ein. Die Tür ging auf. Er wandte den Kopf mit solcher Gleichgültigkeit dorthin, daß das Herz auch des selbstsichersten Mädchens unbedingt hätte zusammenzucken müssen. Zum Unglück aber trat nicht Lisa, sondern die alte Miß Jakson ein, geschminkt, geschnürt, mit gesenktem Blick und einem leichten Knicks, und Alexejs schöne strategische Geste ging verloren. Er hatte kaum Zeit, seine Kräfte zu sammeln, als sich die Tür wieder öffnete und diesmal Lisa eintrat. Alle erhoben sich. Der Vater wollte die Gäste vorstellen, als er plötzlich innehielt und sich rasch auf die Lippen biß ... Lisa, seine braune Lisa war weiß geschminkt bis über die Ohren und noch schlimmer als Miß Jakson angemalt. Falsche Locken, viel heller als ihr eigenes Haar, waren wie eine Perücke Ludwigs XIV. toupiert; Ärmel à l'imbecile standen ab wie ein Reifrock der Pompadour; die eingeschnürte Taille glich dem Buchstaben X, und alle noch nicht verpfändeten Brillanten ihrer verstorbenen Mutter strahlten ihr an Fingern, Hals und Ohren. Alexej konnte in diesem komischen und glänzenden Fräulein seine Akulina durchaus nicht erkennen. Sein Vater küßte ihr die Hand, und er folgte verdrossen seinem Beispiel. Während er ihre weißen Fingerchen berührte, schien es ihm, daß sie zitterten. Inzwischen hatte er Zeit, das mit allermöglichster Koketterie beschuhte Füßchen zu bemerken, das mit Absicht gezeigt wurde. Dies versöhnte ihn etwas mit ihrer übrigen Toilette. Was die

Schminke und Augenbrauenschwärze betrifft, so hatte er sie in seiner Herzenseinfalt auf den ersten Blick gar nicht bemerkt und auch später dergleichen nicht vermutet. Grigorij Iwanowitsch erinnerte sich seines Versprechens und bemühte sich, sein Staunen nicht zu verraten. Aber der Streich seiner Tochter schien ihm so spaßig, daß er das Lachen kaum verbeißen konnte. Dagegen war es der steifen Engländerin gar nicht lachhaft zumute. Sie erriet, daß die Augenbrauenschwärze und die Schminke aus ihrer Kommode geraubt waren, und eine tiefe Röte des Verdrusses drang durch die künstliche Weiße ihres Gesichts. Sie warf flammende Blicke auf die junge Mutwillige, die so tat, als merke sie nichts und alle Auseinandersetzungen auf später verschob.

Man setzte sich zu Tisch. Alexej fuhr fort, die Rolle des Zerstreuten und Nachdenklichen zu spielen. Lisa zierte sich, sprach durch die Zähne, singend und nur französisch. Der Vater sah sie fortwährend an, da er ihre Absicht nicht begriff, fand aber alles sehr lustig. Die Engländerin tobte innerlich, schwieg aber. Nur Iwan Petrowitsch war wie zu Hause: er aß für zwei, trank sein gewohntes Maß, freute sich über seine eigenen Scherze, unterhielt sich immer freundschaftlicher und lachte laut.

Endlich wurde die Tafel aufgehoben. Die Gäste fuhren heim, und Grigorij Iwanowitsch ließ seinen Fragen und dem Lachen freien Lauf.

„Was ist dir eingefallen, sie so zum Narren zu halten?“ fragte er Lisa. „Aber weißt du was? Die Schminke steht dir wirklich gut. Ohne in die Geheimnisse der Damentoilette einzudringen, aber an deiner Stelle würde ich mich schminken, nicht allzusehr natürlich, nur ganz leicht.“

Lisa war entzückt vom Erfolg ihres Einfalls. Sie umarmte den Vater, versprach ihm, seinen Rat zu überlegen, und lief fort, um die verärgerte Miß Jakson zu begütigen, die erst nach langer Überredung darauf einging, die Tür aufzumachen und Lisas Entschuldigungen anzuhören. Sie habe sich, so beteuerte Lisa, geniert, vor den Unbekannten so dunkel von Gesicht zu erscheinen. Sie habe es nicht gewagt, zu bitten, sie sei überzeugt gewesen, daß die gute, liebe Miß Jakson ihr verzeihen werde … und so weiter und so weiter. Miß Jakson beruhigte sich, als sie sich davon überzeugt hatte, daß Lisa gar nicht daran gedacht hatte, sie lächerlich zu machen, gab ihr einen Kuß und schenkte ihr zum Zeichen der Versöhnung ein Töpfchen englische Schminke, das Lisa mit dem Ausdruck aufrichtiger Dankbarkeit annahm.

Der Leser errät wohl, daß es Lisa am nächsten Morgen nicht versäumte, im Wäldchen ihrer Zusammenkünfte zu erscheinen.

„Du warst gestern bei unserer Herrschaft", sagte sie sofort zu Alexej, „wie gefiel dir das Fräulein?"

Alexej antwortete, daß er es nicht bemerkt habe.

„Schade", erwiderte Lisa.

„Warum denn?" fragte Alexej.

„Weil ich dich fragen wollte, ob es wirklich wahr ist …"

„Was denn?"

„Ob es wahr ist, daß ich dem Fräulein ähnlich bin?"

„Welcher Unsinn! Sie ist im Vergleich zu dir eine wahre Mißgeburt."

„Ach, gnädiger Herr, es ist eine Sünde, so zu sprechen. Unser Fräulein ist so weiß und so geputzt! Wie darf ich mich da mit ihr vergleichen!"

Alexej schwor, daß sie schöner sei als alle erdenklichen weißen Fräulein, und, um sie vollkommen zu beruhigen, begann er ihr ihre Herrin in so komischen Zügen zu beschreiben, daß Lisa von Herzen lachte.

„Dennoch", sagte sie mit einem Seufzer, „wenn das Fräulein auch lächerlich ist, so bin ich verglichen mit ihr doch eine dumme Gans."

„Laß doch!" sagte Alexej, „es ist kein Grund, sich darüber Kummer zu machen! Wenn du willst, kann ich dir das Lesen sofort beibringen."

„In der Tat", sagte Lisa, „wir könnten es versuchen."

„Bitte, meine Liebe, wir können gleich anfangen."

Sie setzten sich. Alexej zog Bleistift und Notizbuch aus der Tasche, und Akulina lernte das Alphabet erstaunlich schnell. Alexej konnte über ihre Auffassungsgabe nicht genug staunen. Am nächsten Morgen begehrte sie auch das Schreiben zu versuchen. Erst wollte ihr der Bleistift nicht gehorchen, aber nach einigen Minuten begann sie die Buchstaben ziemlich ordentlich zu malen.

„Welches Wunder!“ sprach Alexej, „das Lernen geht ja bei uns schneller als nach der Lancasterschen Methode.“

In der Tat, in der dritten Stunde buchstabierte Akulina schon „Natalja die Bojarentochter“, wobei sie die Lektüre mit Bemerkungen unterbrach, die Alexej in aufrichtiges Staunen versetzten, und beschrieb einen vollen Bogen mit Aphorismen, die sie aus derselben Erzählung wählte.

Eine Woche verging, und es entspann sich zwischen ihnen ein Briefwechsel. Ein Briefkasten wurde in der Höhlung einer alten Eiche eingerichtet. Nastja spielte heimlich die Rolle des Briefträgers. Dorthin brachte Alexej seine mit großer Schrift geschriebenen Briefe, und eben dort fand er die auf einfachem blauen Papier geschriebenen Briefe seiner Liebsten. Akulina gewöhnte sich zusehends an eine bessere Form der Rede, und ihr Geist entwickelte und bildete sich merklich.

Inzwischen festigte sich die junge Bekanntschaft zwischen Iwan Petrowitsch Berestow und Grigorij Iwanowitsch Muromskij immer mehr und verwandelte sich bald in Freundschaft, und zwar aus folgenden Überlegungen. Muromskij dachte oft daran, daß nach dem Tode Iwan Petrowitschs dessen ganzer Besitz in die Hände Alexej Iwanowitschs übergehen werde, der dann einer der reichsten Gutsbesitzer jenes Gouvernements sein würde und der gar keinen Grund hätte, Lisa nicht zu heiraten. Der alte Berestow wiederum fand zwar an seinem Nachbarn einige Verschrobenheit – oder englische Narretei, wie er sich auszudrücken pflegte, – dennoch leugnete er an ihm einige ausgezeichnete Eigenschaften nicht, zum Beispiel eine seltene Gewandtheit in Geschäften. Grigorij Iwanowitsch war ein naher Verwandter des Grafen Pronskij, eines vornehmen und einflußreichen Mannes. Der Graf konnte Alexej sehr nützlich sein, und Muromskij, so dachte Iwan Petrowitsch, würde doch gewiß über die Gelegenheit froh sein, seine Tochter auf vorteilhafte Weise zu verheiraten. Die Alten überlegten dies erst jeder für sich, bis sie sich endlich einmal darüber miteinander aussprachen, sich umarmten und einander versprachen, die Sache zu bearbeiten. Dann begann sich jeder von ihnen auf seine Weise darum zu kümmern. Muromskij stand vor einer gewissen Schwierigkeit, seine Betsy zu überreden, Alexej, den sie seit jenem denkwürdigen Mittagessen nicht gesehen hatte, näher kennenzulernen. Sie schienen einander nicht besonders gefallen zu haben. Jedenfalls kam Alexej nie mehr nach Prilutschino, und Lisa zog sich jedesmal auf ihr Zimmer zurück, sobald Iwan Petrowitsch sie mit seinem Besuch beehrte. „Aber", dachte Grigorij Iwanowitsch, „wenn Alexej jeden Tag zu uns kommen wird, so wird sich Betsy doch in ihn verlieben müssen. Das liegt in der Ordnung der Dinge. Die Zeit wird alles in Ordnung bringen."

Iwan Petrowitsch beunruhigte sich weniger über den Erfolg seiner Absichten. Noch am selben Abend rief er den Sohn in sein Arbeitszimmer, zündete eine Pfeife an und sagte nach einem kurzen Schweigen: „Was ist, Aljoscha, du sprichst schon seit langem nicht mehr vom Militärdienst? Lockt dich die Husarenuniform nicht mehr?"

„Nein, Väterchen", antwortete Alexej respektvoll, „ich sehe, es ist Ihnen nicht recht, daß ich Husar werde, und meine Pflicht ist, Ihnen zu gehorchen."

„Schön", antwortete Iwan Petrowitsch, „ich sehe, daß du ein gehorsamer Sohn bist. Das ist mir sehr tröstlich, aber auch ich will dich nicht zwingen. Ich zwinge dich nicht, sofort in den Staatsdienst zu treten ... vorläufig habe ich die Absicht, dich zu verheiraten."

„Mit wem denn, Väterchen?" fragte der erstaunte Alexej.

„Mit Elisaweta Grigorjewna Muromskaja", antwortete Iwan Petrowitsch, „die Braut kann sich sehen lassen, nicht wahr?"

„Ich denke aber noch nicht an eine Heirat, Väterchen."

„Du denkst nicht, darum habe ich für dich gedacht."

„Wie Sie wollen, aber Lisa Muromskaja gefällt mir durchaus nicht."

„Sie wird dir schon nachher gefallen. Geduld bringt Huld."

„Ich fühle mich nicht fähig, sie glücklich zu machen."

„Kümmere dich nicht um ihr Glück. So ehrst du also den Willen deines Vaters? Gut!"

„Wie es Euch beliebt, aber ich mag nicht heiraten und werde nicht heiraten."

„Du wirst heiraten, oder ich werde dich verfluchen und das Gut, so wahr Gott heilig ist, verkaufen oder verschwenden, dir aber keinen Pfennig hinterlassen. Ich gebe dir drei Tage Bedenkzeit, bis dahin wage nicht, mir vor Augen zu treten!"

Alexej wußte, daß, wenn sein Vater sich etwas in den Kopf setzte, man es ihm, um einen Ausdruck des Taras Skotinin zu gebrauchen, auch mit einem Nagel nicht herausschlagen konnte. Aber Alexej war ganz dem Vater nachgeraten, und es war ebenso schwer, ihn unterzukriegen. Er zog sich auf sein Zimmer zurück und ergab sich da seinen Gedanken über die Grenzen der elterlichen Macht, über Lisaweta Grigorjewna, über das feierliche Versprechen des Vaters, ihn zum Bettler zu machen, und endlich über Akulina. Zum erstenmal sah er klar, daß er leidenschaftlich verliebt war. Der romantische Gedanke, eine Bäuerin zu heiraten und von eigener Arbeit zu leben, kam ihm in den Sinn, und je mehr er an eine solche Handlung dachte, desto mehr Vernunft fand er in ihr. Seit einiger Zeit hatten die Zusammenkünfte im Wäldchen wegen des schlechten Wetters aufgehört. Er schrieb Akulina einen Brief in der deutlichsten Schrift und in rasendstem Stil, teilte ihr die ihnen drohende Vernichtung mit und bot ihr zugleich seine Hand. Er brachte diesen Brief sogleich zur Post, in die Baumhöhle, und legte sich schlafen, sehr zufrieden mit sich selbst.

Am nächsten Tag begab sich Alexej, der fest bei seinem Entschluß verharrte, am frühen Morgen zu Muromskij, um sich mit ihm offen auszusprechen. Er hoffte seine Großmut zu erregen und ihn für sich zu gewinnen.

„Ist Grigorij Iwanowitsch zu Hause?“ fragte er, als er sein Pferd vor der Rampe des Schlosses von Prilutschino halten ließ.

„Leider nicht“, antwortete der Diener, „Grigorij Iwanowitsch geruhten schon am Morgen auszufahren.“

„Wie ärgerlich!“ dachte Alexej und fragte: „Ist wenigstens Lisaweta Grigorjewna zu Hause?“

„Jawohl!“.

Alexej sprang vom Pferd, übergab die Zügel dem Diener und trat unangemeldet ein.

„Alles wird sich jetzt entscheiden“, dachte er, „ich werde mich mit ihr selbst aussprechen.“

Er trat ein und blieb wie versteinert stehen. Lisa ... nein, Akulina, seine liebe, braune Akulina saß nicht in ihrer Bauernbluse, sondern in einem weißen Morgenkleidchen vor dem Fenster und las seinen Brief. Sie war so beschäftigt, daß sie sein Eintreten gar nicht bemerkte. Alexej konnte sich eines freudigen Ausrufs nicht enthalten. Lisa fuhr auf, hob den Kopf, schrie und wollte davonlaufen. Er stürzte zu ihr, um sie zurückzuhalten.

„Akulina, Akulina! ...“

Lisa bemühte sich, sich von ihm loszumachen ...

„Mais laissez moi donc, Monsieur; mais êtes-vous fou?“ wiederholte sie und wandte sich ab.

„Akulina, liebe Akulina!“ wiederholte er und küßte ihre Hände. Miß Jakson, die Zeugin dieser Szene, wußte nicht, was sie sich denken sollte. In diesem Augenblick ging die Tür auf, und Grigorij Iwanowitsch trat ein.

„Aha!“ sagte Muromskij, „ihr scheint ja schon miteinander einig zu sein.“

Der Leser wird mir die überflüssige Pflicht erlassen, den Ausgang zu schildern.

Pique-Dame

Pique-Dame bedeutet heimliches Übelwollen

Aus dem neuesten Traumbuch

I

Regenwetter schloß sie enger
Beim Spielchen ein.
Sie boten Paroli
Oder ließen es sein.
Sie gewannen, markierten
Mit Kreide und Fleiß.
Bei Regenwetter jeder
Zu arbeiten weiß.

Bei Narumow, einem Offizier der Gardekavallerie, spielte man Karten. Die lange Winternacht war unmerklich verstrichen. Erst gegen fünf Uhr morgens setzte man sich zu Tisch. Wer gewonnen hatte, aß mit großem Appetit, die andern saßen zerstreut vor leeren Tellern. Als aber der Champagner gereicht wurde, belebte sich das Gespräch unter allgemeiner Beteiligung.

„Wie steht es mit dir, Surin?" fragte der Gastgeber.

„Verloren, wie gewöhnlich. Gesteh doch, daß ich kein Glück habe: ich spiele wie ein Philosoph, rege mich nicht auf, nichts bringt mich aus der Fassung, dennoch verliere ich immer."

„Und du hast dich kein einziges Mal verführen lassen, hast nie alles riskiert? Deine Festigkeit ist bewundernswert."

„Aber was sagen Sie zu Hermann?" sagte einer der Gäste und wies auf einen jungen Ingenieur. „Seit er lebt, hat er keine Karte angerührt, noch nie hat er Paroli geboten, dabei sitzt er bis fünf Uhr morgens bei uns und sieht unserm Spiel zu!"

„Das Spiel interessiert mich sehr", sagte Hermann, „aber

ich bin nicht in der Lage, das, was ich für meinen Unterhalt brauche, in der Hoffnung zu opfern, Überflüssiges zu gewinnen."

„Hermann ist ein Deutscher. Er ist sehr berechnend, das ist alles!" bemerkte Tomskij. „Wer mir aber gänzlich unverständlich ist, das ist meine Großmutter, die Gräfin Anna Fedotowna."

„Wieso? Weshalb?" riefen die Gäste.

„Ich kann nicht begreifen", fuhr Tomskij fort, „warum meine Großmutter nicht spielt."

„Was ist denn daran so erstaunlich", sagte Narumow, „daß eine achtzigjährige Frau nicht spielt?"

„So wißt ihr also nichts von ihr?"

„Nein, wirklich nichts!"

„Oh, so hört nur zu! Ihr müßt wissen, daß meine Großmutter vor sechzig Jahren nach Paris reiste und dort sehr in Mode war. Man lief ihr auf der Straße nach, um *la Venus moscovite* zu sehen. Richelieu machte ihr den Hof, und Großmutter versichert, daß er sich ihrer Grausamkeit wegen beinahe erschossen hätte. Zu jener Zeit spielten die Damen Pharao. Eines Tages hatte sie bei Hof an den Herzog von Orleans eine sehr große Summe auf Ehrenwort verloren. Als sie nach Hause kam, teilte die Großmutter, während sie die Schönheitspflästerchen vom Gesicht ablöste und ihren Reifrock losband, dem Großvater den Spielverlust mit und befahl ihm, zu bezahlen. Der selige Großvater war, soweit ich mich erinnere, eine Art von Haushofmeister bei meiner Großmutter. Er fürchtete sie wie das Feuer. Als er jedoch von einem so ungeheuren Spielverlust erfuhr, geriet er außer sich, brachte das Rechenbrett herbei, bewies ihr, daß sie in einem halben Jahr eine Million ausgegeben hatte, machte ihr klar, daß sie bei Paris weder ihr Moskauer noch ihr Saratowsches Landgut liegen habe, und weigerte sich entschieden zu zahlen. Großmutter versetzte ihm eine Ohrfeige und ging zum Zeichen ihrer Ungnade allein zu Bett. Am nächsten Morgen ließ sie ihren Gemahl rufen in der Hoffnung, daß die häusliche Strafe auf ihn gewirkt habe, fand ihn aber unerschüttert. Zum erstenmal in ihrem Leben ließ sie sich auf Erörterungen und Erklärungen mit ihm ein. Sie hoffte an sein Gewissen zu rühren, indem sie ihm herablassend bewies, daß eine Schuld der andern nicht gleich sei und daß es einen Unterschied gebe zwischen einem Prinzen und einem Wagenbauer. Aber weit gefehlt! Der Großvater rebellierte. Nein und abermals nein! Die Großmutter wußte nicht, was sie tun sollte. Nun war sie mit einem ungewöhnlichen Mann gut bekannt. Ihr habt sicher vom Grafen Saint-Germain gehört, von dem man so viel Wunderbares erzählt. Ihr wißt, daß er sich für den ewigen Juden ausgab, für den Erfinder des Lebenselixiers und des Steins der Weisen. Man mokierte sich über ihn wie über einen Scharlatan, und Casanova sagt in seinen Erinnerungen, daß er ein Spion war. Übrigens hatte Saint-Germain trotz seiner Geheimtuerei ein sehr ehrwürdiges Aussehen und war in Gesellschaft ein sehr liebenswürdiger Mann. Großmutter ist bis heute in ihn grenzenlos verliebt und wird böse, wenn man nicht mit gebührender Achtung von ihm spricht. Großmutter wußte, daß Saint-Germain über viel Geld zu verfügen hatte. Sie beschloß, sich an ihn zu wenden, schrieb ihm ein Briefchen und bat ihn, unverzüglich zu ihr zu kommen. Der alter Sonderling kam gleich und fand sie in großer Betrübnis. Sie schilderte ihm in den schwärzesten Farben die Barbarei ihres Mannes und sagte schließlich, daß sie alle ihre Hoffnung auf seine Freundschaft und Liebenswürdigkeit setze. Saint-Germain überlegte: ‚Ich könnte Ihnen mit dieser Summe dienen‘, sagte er, ‚aber ich weiß, daß Sie keine Ruhe finden werden, bis Sie sie mir bezahlt haben, und ich möchte Sie nicht in neue Sorgen stürzen. Es gibt ein anderes Mittel: Sie können die Summe im Spiel wiedergewinnen.‘

‚Aber lieber Graf‘, antwortete die Großmutter, ‚ich sage Ihnen doch, daß wir gar kein Geld haben.‘

‚Geld ist dazu nicht notwendig‘, sagte Saint-Germain. ‚Ich bitte Sie, mich anzuhören.‘ Hier entdeckte er ihr das Geheimnis, für das jeder von uns viel geben würde ...“

Die jungen Spieler verdoppelten ihre Aufmerksamkeit.

Tomskij zündete eine Pfeife an, machte einen Zug und fuhr fort:

„Noch am selben Abend erschien Großmutter in Versailles *au jeu de la reine*. Der Herzog von Orleans hielt die Bank. Großmutter entschuldigte sich leichthin, daß sie ihre Schuld noch nicht mitgebracht habe, erfand zur Rechtfertigung eine kleine Geschichte und begann gegen ihn zu setzen. Sie wählte drei Karten und setzte der Reihe nach auf sie. Alle drei gewannen und so bekam sie alles zurück."

„Zufall!" sagte einer der Gäste.

„Märchen!" bemerkte Hermann.

„Vielleicht waren die Karten gezinkt?" warf ein Dritter ein.

„Das glaube ich nicht", antwortete Tomskij überlegen.

„Wie", sagte Narumow, „du hast eine Großmutter, die drei Karten hintereinander errät, und du hast ihre Kabbalistik bis jetzt von ihr noch nicht erfahren?"

„Nein, Teufel nochmal!" antwortete Tomskij. „Sie hatte vier Söhne, darunter meinen Vater. Alle vier waren verzweifelte Spieler, und keinem von ihnen hat sie ihr Geheimnis verraten, obgleich es ihnen und auch mir wenig geschadet hätte. Aber folgendes erzählte mir mein Onkel Graf Iwan Iljitsch und bekräftigte es mit seinem Ehrenwort. Der verstorbene Tschaplitzkij, derselbe, der in Armut starb, nachdem er Millionen verschwendet hatte, verlor einmal in seiner Jugend an Soritsch, glaube ich, ungefähr dreihunderttausend im Spiel. Er war verzweifelt. Großmutter, die sonst gegen die Streiche junger Leute sehr streng war, hatte Mitleid mit Tschaplitzkij. Sie nannte ihm drei Karten, damit er auf sie der Reihe nach setze, und nahm ihm das Ehrenwort ab, dann nie mehr zu spielen. Tschaplitzkij erschien bei seinem Besieger, sie setzten sich zum Spiel. Tschaplitzkij setzte auf die erste Karte fünfzigtausend und gewann, verdreifachte den Einsatz und gewann alles zurück und noch darüber hinaus ... Doch es ist Zeit zu schlafen, es ist schon ein Viertel vor sechs."

In der Tat, der Morgen dämmerte schon. Die jungen Leute tranken ihre Gläser aus und gingen auseinander.

II

„Il parait, que monsieur est décidément pour les suivantes."
„Que voulez-vous, madame? Elles sont plus fraîches!"

Salongespräch

Die alte Gräfin ... saß in ihrem Ankleidezimmer vor dem Spiegel. Drei Kammerjungfern waren um sie bemüht. Die eine hielt ein Schminktöpfchen, die andere eine Schachtel mit Stecknadeln, die dritte eine hohe Haube mit feuerroten Bändern. Die Gräfin hatte nicht den geringsten Anspruch auf Schönheit, die war längst dahin, bewahrte aber alle Gewohnheiten ihrer Jugend und zog sich ebenso lange und sorgfältig an wie vor sechzig Jahren. Am Fenster saß vor dem Stickrahmen eine junge Dame, ihre Pflegetochter.

„Guten Tag, grand' maman!" rief ein junger Offizier eintretend. „Bon jour, mademoiselle Lise! Grand' maman, ich komme zu Ihnen mit einer Bitte!"

„Was ist es, Paul?"

„Erlauben Sie mir, Ihnen einen meiner Freunde vorzustellen und ihn am Freitag zum Ball mitzubringen!"

„Bring ihn gleich zum Ball, und da kannst du ihn mir vorstellen. Warst du gestern bei ...?"

„Natürlich! Es war sehr lustig, wir haben bis fünf Uhr getanzt. Und wie schön war die Jeletzkaja!"

„Ach, mein Lieber, was ist schön an ihr! Wie anders war ihre Großmutter, die Fürstin Darja Petrowna! ... Übrigens, sie ist wohl schon sehr gealtert, die Fürstin Darja Petrowna?"

„Wieso gealtert?" antwortete Tomskij zerstreut. „Sie ist ja schon seit sieben Jahren tot."

Das Fräulein erhob den Kopf und machte dem jungen Mann ein Zeichen. Er besann sich, daß man vor der alten Gräfin den Tod ihrer Altersgenossinnen zu verheimlichen pflegte, und biß sich auf die Lippe. Aber die Gräfin nahm die ihr neue Nachricht mit großem Gleichmut auf.

„Tot!“ sagte sie, „und ich wußte es nicht. Wir waren zusammen zu Hofdamen ernannt worden, und als wir uns vorstellten, da hatte die Kaiserin ...“

Und die Gräfin erzählte zum hundertstenmal dem Enkel ihre Anekdote.

„Nun, Paul“, sagte sie darauf, „jetzt hilf mir aufstehen! Lisanjka, wo ist meine Tabakdose?“

Und die Gräfin zog sich mit ihren Kammerjungfern hinter den Wandschirm zurück, um ihre Toilette zu beenden. Tomskij blieb allein mit dem Fräulein.

„Wen wollen Sie vorstellen?“ fragte Lisaweta Iwanowna leise.

„Narumow. Kennen Sie ihn?“

„Nein! Ist er Offizier oder im Staatsdienst?“

„Offizier.“

„Ingenieur?“

„Nein! Kavallerist. Warum meinten Sie, daß er Ingenieur sei?“

Das junge Mädchen lachte, antwortete aber nicht.

„Paul!“ rief die Gräfin hinter dem Wandschirm, „schick mir doch einen neuen Roman, aber keinen von den heutigen.“

„Wie meinen Sie das, grand' maman?“

„Ich meine einen Roman, in dem der Held weder seinen Vater noch seine Mutter erwürgt und in dem es keine Leichen von Ertrunkenen gibt. Ich fürchte mich sehr vor Ertrunkenen.“

„Solche Romane gibt es heutzutage nicht. Wollen Sie vielleicht einen russischen?“

„Gibt es denn russische Romane? ... Also schick mir einen, Väterchen, bitte!“

„Leben Sie wohl, grand' maman. Ich habe Eile ... Leben Sie wohl, Lisaweta Iwanowna! Warum meinten Sie, daß Narumow ein Ingenieur sei?“

Und Tomskij verließ das Ankleidezimmer.

Lisaweta Iwanowna blieb allein. Sie ließ die Arbeit ruhen und sah zum Fenster hinaus. Gleich darauf wurde an der Straßenecke ein junger Offizier sichtbar. Röte überzog ihre Wangen, sie machte sich wieder an ihre Arbeit und senkte den Kopf dicht über den Stickrahmen. In diesem Augenblick trat die Gräfin fertig angezogen ein.

„Laß anspannen, Lisanjka“, sagte sie, „wir fahren spazieren.“

Lisanjka erhob sich vom Stickrahmen und begann die Arbeit aufzuräumen.

„Was hast du denn, meine Liebe, bist du taub?“ schrie die Gräfin. „Laß sofort anspannen!“

„Gleich!“ antwortete das Fräulein leise und eilte ins Vorzimmer. Ein Diener trat ein und überreichte der Gräfin Bücher vom Fürsten Pawel Alexandrowitsch.

„Schön, ich lasse danken“, sagte die Gräfin. „Lisanjka, Lisanjka, wo rennst du hin?“

„Mich anziehen!“

„Es ist noch Zeit. Setz dich nur, schlag den ersten Band auf und lies ...“

Das Fräulein nahm das Buch und las einige Zeilen.

„Lauter!“ rief die Gräfin. „Was ist denn bloß mit dir, meine Liebe? Hast du die Stimme verloren? Wart ... rück mir den Fußschemel heran, näher! Nun fahre fort!“

Lisaweta Iwanowna las noch zwei Seiten. Die Gräfin gähnte.

„Laß das Buch“, sagte sie, „welcher Unsinn! Schick es dem Fürsten Paul zurück, ich lasse mich bedanken ... Und was ist mit dem Wagen? ...“

„Der Wagen steht bereit“, sagte Lisaweta Iwanowna, die auf die Straße hinabsah.

„Warum bist du denn nicht angezogen?“ sagte die Gräfin. „Immer muß man auf dich warten. Das ist unerträglich!“

Lisa lief in ihr Zimmer. Es vergingen keine zwei Minuten, als die Gräfin aus allen Kräften zu klingeln begann. Drei Mädchen stürzten zur einen Tür herein, der Kammerdiener zur anderen.

„Wie lange muß man klingeln, bis ihr hört!“ rief die Gräfin. „Bestellt Lisaweta Iwanowna, daß ich auf sie warte.“

Lisaweta Iwanowna kam in Umhang und Hut.

„Endlich, liebes Kind!" sagte die Gräfin. „Was für ein Aufzug! Wozu ist das? Wen willst du verführen? Und wie ist das Wetter? Mir scheint, es ist windig."

„Keineswegs, Durchlaucht, es ist, mit Verlaub, ganz windstill", antwortete der Kammerdiener.

„Immer redet ihr aufs Geratewohl! Öffnet doch das Fenster. Natürlich geht ein Wind! Und wie kalt! Laßt den Wagen ausspannen! Lisanjka, wir fahren nicht: es war unnötig, sich so herauszuputzen."

„So ist mein Leben!" dachte Lisaweta Iwanowna.

In der Tat war Lisaweta Iwanowna ein sehr unglückliches Geschöpf. Bitter schmeckt das fremde Brot, sagt Dante, und schwer steigen sich die Stufen eines fremden Hauses. Wer aber kennt so die Bitternis der Abhängigkeit wie das arme Pflegekind einer vornehmen alten Dame? Die Gräfin ... war gewiß nicht bösartig, aber launisch, wie eine Frau, die von der Gesellschaft verhätschelt worden war, geizig und ganz in den kalten Egoismus versunken, wie alle alten Leute, die die Zeit, in der sie liebten, hinter sich haben und der Gegenwart fremd gegenüberstehen. Sie nahm noch an allen Eitelkeiten der großen Welt teil. Sie schleppte sich auf Bälle, wo sie abseits saß, geschminkt und nach der alten Mode angezogen, ein häßlicher, aber unentbehrlicher Dekor des Ballsaales. Ihr näherten sich wie nach einem feststehenden Zeremoniell mit tiefen Verbeugungen die eintretenden Gäste, ohne sich weiter um sie zu kümmern. Zu Hause empfing sie die ganze Stadt, wobei sie streng auf Etikette hielt, erkannte aber niemanden mehr. Ihre zahlreiche Dienerschaft, die in ihren Vorzimmern und Kammern dick und altersgrau wurde, tat, was ihr beliebte, und bestahl die dahinsiechende Greisin um die Wette. Lisaweta Iwanowna war die Märtyrerin des Hauses. Sie schenkte den Tee ein und wurde gerügt, weil zu viel Zucker verbraucht wurde. Sie mußte Romane laut vorlesen und war schuld an allen Fehlern des Autors. Sie begleitete die Gräfin bei ihren Ausfahrten und war für das Wetter und für das Pflaster verantwortlich. Ihr war ein Gehalt ausgesetzt, das sie nie ganz ausbezahlt bekam, indessen forderte man von ihr, daß sie so angezogen sei, wie alle andern, das heißt, wie nur sehr wenige. In der Gesellschaft spielte sie die kläglichste Rolle. Alle kannten sie, aber niemand bemerkte sie. Auf den Bällen tanzte sie nur, wenn ein Visavis fehlte, und die Damen faßten sie jedesmal unter, so oft sie in das Ankleidezimmer mußten, um etwas an ihrer Toilette zu richten. Sie war empfindlich, fühlte lebhaft ihre Lage und sah sich mit Ungeduld nach einem Befreier um. Aber die jungen Männer, die in ihrer Eitelkeit doch berechnend waren, würdigten sie keiner Aufmerksamkeit, obgleich Lisaweta Iwanowna hundertmal liebenswerter war als die frechen und kalten standesgemäßen Bräute, um die sie sich drehten. Wie oft pflegte sie den langweiligen und prunkvollen Salon leise zu verlassen, um sich in ihrer ärmlichen Stube auszuweinen, wo sich ein mit Tapete beklebter Wandschirm, eine Kommode, ein kleiner Spiegel und ein angestrichenes Bett befanden und wo eine Talgkerze in einem kupfernen Leuchter trübe brannte.

Eines Tages – es geschah zwei Tage nach dem Abend, der am Anfang dieser Erzählung beschrieben wurde und eine Woche vor jener Szene, bei der wir stehengeblieben sind –, eines Tages sah Lisaweta Iwanowna, die vor dem Fenster über ihrem Stickrahmen saß, zufällig auf die Straße und erblickte einen jungen Ingenieuroffizier, der unbeweglich dastand und seine Augen unverwandt auf ihr Fenster gerichtet hielt. Sie senkte den Kopf und setzte ihre Arbeit fort. Nach fünf Minuten sah sie wieder auf – der junge Offizier stand auf demselben Fleck. Da es nicht ihre Gewohnheit war, mit den vorübergehenden Offizieren zu kokettieren, ließ sie davon ab, auf die Straße hinauszusehen und stickte ungefähr zwei Stunden, ohne den Kopf zu heben. Das Mittagessen war angerichtet. Sie stand auf, ordnete ihren Stickrahmen, und als sie dabei zufällig wieder auf die Straße hinaussah, erblickte sie wieder den Offizier. Es kam ihr ziemlich sonderbar vor. Nach dem Essen trat sie mit einiger Beklommenheit an das Fenster, doch der Offizier war nicht mehr da – und sie vergaß ihn.

Zwei Tage darauf, als sie mit der Gräfin in den Wagen steigen wollte, erblickte sie ihn wieder. Er stand dicht an der Auffahrt, das Gesicht in den Biberkragen gedrückt. Seine schwarzen Augen glühten unter der Mütze. Lisaweta Iwanowna erschrak, ohne selbst zu wissen warum, und stieg mit einem unsagbaren Zittern in den Wagen.

Nach ihrer Rückkehr lief sie wieder an das Fenster – der Offizier stand am selben Ort und hielt die Augen auf sie gerichtet. Sie wich zurück, gequält von Neugierde und von einem Gefühl erregt, das ihr ganz neu war.

Seitdem verging kein Tag, an dem der junge Mann nicht zur bestimmten Stunde vor ihrem Fenster erschienen wäre. Zwischen ihm und ihr stellte sich ein nicht verabredeter Verkehr ein. Wenn sie auf ihrem Platz über der Arbeit saß, fühlte sie sein Nahen. Sie hob den Kopf und sah ihn mit jedem Tag länger und länger an. Der junge Mann schien ihr dafür dankbar zu sein; sie sah mit dem scharfen Blick der Jugend, wie jäh eine Röte seine bleichen Wangen jedesmal bedeckte, wenn ihre Blicke sich trafen. Nach einer Woche lächelte sie ihm zu ...

Als Tomskij die Gräfin um Erlaubnis bat, ihr seinen Freund vorzustellen, begann das Herz des armen Mädchens höher zu schlagen. Als sie aber erfuhr, daß Narumow kein Ingenieur, sondern ein Gardekavallerist war, bereute sie, mit ihrer indiskreten Frage ihr Geheimnis dem leichtsinnigen Tomskij preisgegeben zu haben.

Hermann war der Sohn eines russifizierten Deutschen, der ihm ein kleines Vermögen hinterlassen hatte. Da er von der Notwendigkeit fest überzeugt war, seine Unabhängigkeit sichern zu müssen, rührte Hermann die Zinsen nicht an, lebte nur von seinem Gehalt und erlaubte sich auch nicht die geringste Überschreitung. Im übrigen war er verschlossen und ehrgeizig, und seine Kameraden hatten selten Gelegenheit, sich über seine übertriebene Sparsamkeit lustig zu machen. Er hatte heftige Leidenschaften und eine glühende Phantasie, aber seine Selbstbeherrschung bewahrte ihn vor den üblichen Verführungen der Jugend. So zum Beispiel rührte er, der geborene Spieler, nie eine Karte an, weil bei ihm feststand, daß seine Vermögensverhältnisse es ihm nicht erlaubten. Dabei saß er ganze Nächte lang an den Spieltischen und verfolgte mit fieberhaftem Zittern die verschiedenen Wendungen des Spiels.

Die Geschichte von den drei Karten hatte auf seine Einbildungskraft starken Eindruck gemacht und ging ihm die ganze Nacht nicht aus dem Sinn. „Wie“, dachte er, als er am nächsten Abend durch Petersburg schlenderte, „wie, wenn die alte Gräfin mir ihr Geheimnis verriete? Oder mir diese drei sicheren Karten bezeichnete? Warum sollte ich dann mein Glück nicht versuchen? Es gilt, ihr vorgestellt zu werden, ihr Wohlwollen zu gewinnen, vielleicht sogar ihr Liebhaber zu werden. Das alles aber erfordert Zeit, und sie ist siebenundachtzig Jahre alt, sie kann in dieser Woche oder in zwei Tagen sterben. Und die Geschichte selbst? Darf man ihr glauben? Nein, meine drei sicheren Karten sind Berechnung, Mäßigkeit und Fleiß, das wird mein Vermögen verdreifachen, versiebenfachen und mir Ruhe und Unabhängigkeit schaffen.“

Vertieft in solche Gedanken befand er sich plötzlich auf einer der Hauptstraßen Petersburgs vor einem Haus von altertümlicher Bauart. Die ganze Straße war mit Equipagen versperrt. Ein Wagen nach dem andern fuhr vor der beleuchteten Rampe vor. Aus den Wagen kam abwechselnd bald das schlanke Bein einer jungen Schönen, bald ein klirrender Sporenstiefel oder ein gestreifter Strumpf und ein Diplomatenschuh zum Vorschein. Pelze und Mäntel huschten an dem majestätischen Schweizer vorüber. Hermann blieb stehen.

„Wem gehört das Haus?“ fragte er den Wächter an der Straßenecke.

„Der Gräfin ...“, antwortete dieser.

Hermann zuckte zusammen. Die erstaunliche Geschichte stieg wieder in seiner Phantasie empor. Er begann um das Haus zu kreisen, während er an seine Besitzerin und an ihre wunderbare Fähigkeit dachte. Spät kehrte er in seine bescheidene Behausung zurück. Lange konnte er nicht einschlafen, und als der Schlaf ihn übermannte, träumte er von Karten, vom grünen Tisch, von einem Haufen Scheine und Bergen von Dukaten. Er setzte auf eine Karte nach der anderen, bog entschlossen die Ecken ein, gewann ununterbrochen, scharrte das Gold herbei und steckte die Scheine in die Tasche. Als er spät erwachte, seufzte er über den Verlust seines phantastischen Reichtums, begann wieder durch die Stadt zu streifen, fand sich wieder vor dem Hause der Gräfin ... und starrte in die Fenster. In einem erblickte er ein dunkelhaariges Köpfchen, wahrscheinlich über ein Buch oder über ein Arbeit gebeugt. Das Köpfchen hob sich, Hermann sah ein frisches Gesicht und schwarze Augen. Dieser Augenblick entschied sein Schicksal.

III

Vous m'écrivez, mon ange, des lettres de quatre pages plus vite que je ne puis les lire.

Aus einem Briefwechsel

Kaum hatte Lisaweta Iwanowna Zeit gehabt, Umhang und Hut abzulegen, als die Gräfin sie wieder holen ließ und den Wagen anzuspannen befahl. Sie gingen hinunter, und in dem Augenblick, als zwei Lakaien die alte Frau hoben und sie durch die Wagentür hineinschoben, erblickte Lisaweta Iwanowna dicht am Wagenrad ihren Ingenieur. Er ergriff ihre Hand. Sie verlor vor Schreck fast die Besinnung, und der junge Mann verschwand. In ihrer Hand blieb ein Brief zurück. Sie verbarg ihn im Handschuh, und während der ganzen Spazierfahrt hörte und sah sie nichts. Die Gräfin hatte die Gewohnheit, im Wagen jeden Augenblick Fragen zu stellen: „Wer war das, der uns begegnete? Wie heißt diese Brücke? Was stand dort auf dem Schild geschrieben?“ Lisaweta Iwanowna antwortete diesmal aufs Geratewohl und verkehrt und erregte den Ärger der Gräfin.

„Was hast du denn, meine Liebe? Bist du zu einer Säule erstarrt? Entweder hörst du mich nicht, oder du verstehst mich nicht? Ich rede, Gott sei Dank, deutlich und habe noch meine Sinne beisammen!“

Lisaweta Iwanowna hörte nicht zu. Als sie wieder zu Hause waren, lief sie in ihr Zimmer, zog den Brief aus dem Handschuh; er war nicht versiegelt. Lisaweta Iwanowna las ihn. Der Brief enthielt ein Liebesgeständnis. Er war zärtlich, ehrerbietig und Wort für Wort einem deutschen Roman entnommen. Lisaweta Iwanowna verstand aber kein Deutsch und war mit ihm sehr zufrieden.

Dennoch beunruhigte der angenommene Brief sie außerordentlich. Zum erstenmal war sie zu einem Mann in eine heimliche, unmittelbare Beziehung getreten. Seine Kühnheit erschreckte sie. Sie machte sich über ihre unvorsichtige Haltung Vorwürfe und wußte nicht, was sie tun sollte. Sollte sie aufhören, am Fenster zu sitzen und durch ihre Unaufmerksamkeit dem jungen Offizier die Lust zu weiterer Verfolgung nehmen? Ihm den Brief zurückschicken? Kalt und entschieden antworten? Sie hatte niemand, mit dem sie sich beraten konnte, sie hatte weder eine Freundin noch eine überlegene Vertraute. Lisaweta Iwanowna entschloß sich zu antworten.

Sie setzte sich an den Schreibtisch, nahm Feder und Papier und versank in Nachdenken. Einige Male begann sie ihren Brief und zerriß ihn. Bald schienen ihr die Ausdrücke allzu nachsichtig, bald allzu grausam. Endlich gelang es ihr, einige Zeilen zu schreiben, mit denen sie zufrieden war. „Ich bin überzeugt“, schrieb sie, „daß Sie ehrliche Absichten haben und daß Sie mich durch Ihre unbedachte Handlung nicht beleidigen wollten. Aber unsere Bekanntschaft hätte nicht auf diese Weise beginnen dürfen. Ich gebe Ihnen Ihren Brief zurück und hoffe, daß ich in Zukunft keinen Grund mehr haben werde, eine unverdiente Nichtachtung Ihrerseits zu beklagen.“

Am nächsten Tag, als Lisaweta Iwanowna Hermann kommen sah, erhob sie sich von ihrem Stickrahmen, ging in den Saal, öffnete das Fenster und warf, im Vertrauen auf die Geschicklichkeit des jungen Offiziers, den Brief auf die Straße. Hermann stürzte herbei, nahm den Brief auf und trat in eine Konditorei. Nachdem er das Siegel erbrochen hatte, fand er seinen Brief und Lisaweta Iwanownas Antwort. Er hatte es nicht anders erwartet und kehrte heim, mit seiner Intrige tief beschäftigt.

Drei Tage darauf brachte ein gewitztes, junges Mamsellchen aus einem Modeladen Lisaweta Iwanowna einen Brief. Lisaweta Iwanowna machte ihn mit einiger Unruhe auf, da sie eine Geldmahnung fürchtete, und erkannte plötzlich die Schrift Hermanns.

„Sie haben sich geirrt, meine Liebe“, sagte sie, „dieser Brief ist nicht an mich gerichtet.“

„Doch, bestimmt an Sie“, antwortete das kühne Mädchen und konnte ein schelmisches Lächeln nicht unterdrücken. „Bitte lesen Sie ihn doch.“

Lisaweta Iwanowna durchflog die Zeilen. Hermann forderte ein Stelldichein.

„Es kann nicht sein“, sagte Lisaweta Iwanowna, die ganz erschrocken war, sowohl über die drängende Forderung als über das von ihm gebrauchte Mittel. „Dieser Brief ist ganz gewiß nicht an mich.“ Und sie zerriß den Brief in kleine Fetzen.

„Wenn der Brief nicht an Sie ist, warum haben Sie ihn zerrissen?“ sagte die Mamsell. „Ich würde ihn dem zurückgeben, der ihn geschickt hat.“

„Ich bitte Sie, meine Liebe“, sagte Lisaweta Iwanowna, die über diese Bemerkung errötete, „bringen Sie mir in Zukunft keine Briefe mehr, und dem, der Sie geschickt hat, richten Sie aus, daß er sich schämen soll ...“

Aber Hermann ließ nicht nach. Lisaweta Iwanowna bekam täglich Briefe von ihm, bald auf die eine, bald auf die andre Weise. Sie waren nicht mehr aus dem Deutschen übersetzt. Hermann schrieb sie voll Leidenschaft in der ihm eigenen Sprache. In ihnen kam sowohl die Unerschütterlichkeit seiner Wünsche als die Wirrnis seiner ungezügelten Phantasie zum Ausdruck. Lisaweta Iwanowna dachte jetzt nicht mehr daran, sie ihm zurückzuschicken. Sie berauschte sich an ihnen, sie begann auf sie zu antworten, und ihre Briefchen wurden zusehends länger und zärtlicher. Endlich warf sie ihm folgenden Brief durchs Fenster zu: „Heute ist Ball bei dem Gesandten ... Die Gräfin wird dort sein. Wir bleiben bis gegen zwei Uhr. So haben Sie Gelegenheit, mich allein zu sehen. Sobald die Gräfin wegfährt, wird sich die Dienerschaft wahrscheinlich zerstreuen. Im Flur bleibt gewöhnlich nur der Schweizer, aber auch er zieht sich in seine Kammer zurück. Kommen Sie um halb zwölf. Gehen Sie entschlossen die Treppe hinauf. Wenn Sie jemanden im Vorzimmer finden, so fragen Sie, ob die Gräfin zu Hause sei. Man wird es verneinen – dann ist nichts zu machen, Sie müssen umkehren. Aber wahrscheinlich werden Sie niemandem begegnen. Die Mädchen sitzen alle zusammen in einer Kammer. Aus dem Vorzimmer wenden Sie sich links und gehen geradeaus zum Schlafzimmer der Gräfin. Im Schlafzimmer werden Sie hinter dem Wandschirm zwei kleine Türen sehen. Die rechte Tür führt in ein Kabinett, das die Gräfin nie betritt, die linke geht in den Korridor, wo eine schmale Wendeltreppe in mein Zimmer führt."

Hermann bebte wie ein Tiger in Erwartung der bezeichneten Stunde. Um zehn Uhr abends stand er bereits vor dem Hause der Gräfin. Das Wetter war häßlich, der Wind heulte, nasser Schnee fiel in Flocken herab, die Laternen flackerten trüb. Die Straßen waren leer. Von Zeit zu Zeit zog ein Droschkenkutscher mit einem hageren Klepper vorbei und hielt Ausschau nach einem verspäteten Fahrgast. Hermann war nur mit einem Überrock bekleidet, aber Wind und Regen spürte er nicht. Endlich fuhr der Wagen der Gräfin vor. Hermann sah die Lakaien die gebückte, in einen Zobelpelz gehüllte Alte untergefaßt hinaustragen und hinter ihr die Pflegetochter in einem leichten Mantel mit frischen Blumen im Haar vorbeihuschen. Die Wagentür klappte zu, der Wagen rollte schwer auf dem weichen Schnee dahin. Der Schweizer schloß das Tor. Die Fenster erloschen. Hermann begann, vor dem verödeten Haus auf und ab zu gehen. Er trat zur Laterne, sah auf die Uhr. Es war zwanzig Minuten nach elf. Er blieb unter der Laterne stehen, seine Augen auf den Uhrzeiger geheftet, und wartete die letzten Minuten ab. Punkt halb zwölf stieg Hermann die Rampe hinauf und trat in den erleuchteten Flur. Der Schweizer war nicht da. Hermann sprang die Treppe hinauf, öffnete die Tür in das Vorzimmer und erblickte einen Diener, der unter der Lampe in einem alten, schmutzigen Sessel schlief. Leichten und festen Schrittes ging Hermann an ihm vorüber. Saal und Salon lagen im Dunkeln. Die Lampe aus dem Vorzimmer erhellte sie schwach. Hermann betrat das Schlafzimmer. Vor dem Schrein, der mit altertümlichen Heiligenbildern gefüllt war, brannte ein goldenes Öllämpchen. Mit verblichenem Seidenstoff bezogene Sessel und Sofas von geschwundener Vergoldung, auf denen Daunenkissen herumlagen, standen in trübseliger Symmetrie an den mit chinesischer Tapete bespannten Wänden. An der Wand hingen zwei Porträts, die in Paris von Madame Lebrun gemalt waren. Das eine stellte einen Mann von vierzig Jahren dar, rotbackig und voll, in einer hellgrünen Uniform mit Stern; das andere eine junge Schönheit mit Adlernase, an den Schläfen heraufgekämmtem Haar und einer Rose in der gepuderten Frisur. In allen Ecken standen Porzellanschäferinnen, Standuhren aus der Werkstatt des berühmten Leroy, Dosen, Roulette, Fächer und allerlei Damenspielzeug, Erfindungen des vergangenen Jahrhunderts, die in Mode waren wie der Ballon von Montgolfieri und der Magnetismus von Mesmer. Hermann trat hinter den Wandschirm. Dort stand ein kleines eisernes Bett, rechts befand sich die Tür, die in das Kabinett führte, links die zweite in den Korridor. Hermann öffnete sie, erblickte die schmale Wendeltreppe zum Zimmer der armen Pflegetochter. Doch er kehrte um und trat in das dunkle Kabinett.

Die Zeit verging langsam. Alles war still. Im Salon schlug es zwölf. In allen Räumen schlugen die Uhren eine nach der anderen zwölf, und wieder blieb es still. Hermann stand an den kalten Ofen gelehnt. Er war ruhig, sein Herz schlug gleichmäßig wie bei einem Menschen, der sich zu etwas Gefährlichem, aber Notwendigem entschlossen hat. Die Uhr schlug die erste, schlug die zweite Morgenstunde, da vernahm er das ferne Anrollen des Wagens. Eine plötzliche Erregung bemächtigte sich seiner. Der Wagen fuhr vor und hielt. Er hörte den dumpfen Schlag des herabfallenden Tritts. Die Dienerschaft lief zusammen, Stimmen wurden hörbar, und das Haus erhellte sich. Die drei alten Kammerjungfern kamen ins Schlafzimmer hereingestürzt, hinter ihnen die Gräfin, die sich halbtot in einen großen Lehnsessel fallen ließ. Hermann spähte durch eine Ritze. Lisaweta Iwanowna ging an ihm vorüber. Hermann hörte ihre eiligen Schritte auf den Stufen der Wendeltreppe. In seinem Herzen regte sich etwas wie Gewissensbisse, und wieder wurde es still in ihm. Er war erstarrt.

Die Gräfin begann, sich vor dem Spiegel auszukleiden. Die mit Rosen geschmückte Haube wurde ihr losgemacht, die gepuderte Perücke von ihrem grauen, kurzgeschorenen Kopf abgenommen. Die Stecknadeln regneten um sie. Das gelbe, silbergewirkte Kleid fiel an ihren geschwollenen Beinen herab. Hermann war Zeuge der abscheulichen Geheimnisse ihrer Toilette. Endlich blieb die Gräfin in einer Nachthaube und einer Nachtjacke zurück. In diesem Anzug, der ihrem Alter mehr entsprach, erschien sie weniger grauenhaft und häßlich. Wie alle alten Leute litt die Gräfin an Schlaflosigkeit. Nachdem sie entkleidet war, setzte sie sich ans Fenster in den Lehnsessel und schickte die Jungfern fort. Die Lichter wurden hinausgetragen, und das Zimmer wurde wiederum nur von dem Öllämpchen beleuchtet. Die Gräfin saß ganz gelb da, bewegte die schlaffen Lippen und wiegte sich nach rechts und links. Ihre trüben Augen drückten die völlige Abwesenheit jedes Gedankens aus. Bei ihrem Anblick hätte man denken können, daß das leise Schaukeln der schrecklichen Alten nicht eine Folge ihres Willens war, sondern die Wirkung einer verborgenen galvanischen Batterie.

Plötzlich veränderte sich dieses tote Gesicht unsagbar. Die Lippen hörten auf, sich zu bewegen, die Augen belebten sich: vor der Gräfin stand ein unbekannter Mann.

„Erschrecken Sie nicht, um Gottes willen, erschrecken Sie nicht!“ sagte er mit deutlicher, doch leiser Stimme. „Ich habe nicht die Absicht, Ihnen Übles zu tun, ich komme, Sie um eine Gnade anzuflehen.“

Die Alte sah ihn schweigend an und schien ihn nicht zu hören. Es fiel Hermann ein, daß sie taub sein mochte, er neigte sich über ihr Ohr und wiederholte seine Worte. Die Alte schwieg wie zuvor.

„Sie können“, fuhr Hermann fort, „das Glück meines Lebens machen, ohne daß es Sie etwas kostet. Ich weiß, daß Sie drei Karten hintereinander erraten können ...“

Hermann hielt inne. Die Gräfin schien verstanden zu haben, was von ihr gefordert wurde. Sie schien Worte für ihre Antwort zu suchen.

„Es war ein Scherz“, sagte sie endlich. „Ich schwöre Ihnen, es war ein Scherz!“

„Damit scherzt man nicht“, erwiderte Hermann böse. „Erinnern Sie sich an Tschaplitzkij, dem Sie dazu verholfen haben, seinen Spielverlust zurückzugewinnen.“

Die Gräfin war sichtlich verwirrt, ihre Züge drückten eine starke seelische Bewegung aus, aber bald fiel sie in ihre frühere Starrheit zurück.

„Können Sie mir die drei sicheren Karten nennen?“ fuhr Hermann fort.

Die Gräfin schwieg. Hermann sprach weiter.

„Für wen wollen Sie Ihr Geheimnis hüten? Für Ihre Enkel? Sie sind auch ohnehin reich, sie kennen nicht einmal den Wert des Geldes. Dem Verschwender helfen Ihre drei Karten nicht. Wer nicht fähig ist, das väterliche Erbe zu wahren, der wird trotz aller dämonischen Bemühungen in Armut sterben. Ich bin kein Verschwender, ich kenne den Wert des Geldes. Ihre drei Karten sind bei mir nicht vergebens. Sprechen Sie! ...“

Er hielt inne und wartete bebend auf ihre Antwort.

Sie schwieg. Hermann fiel auf die Knie.

„Wenn Ihr Herz jemals das Gefühl der Liebe kannte“, sprach er, „wenn Sie sich an ihre Entzückungen erinnern, wenn Sie auch nur einmal beim ersten Schrei Ihres neugeborenen Sohnes gelächelt haben, so flehe ich Sie an, im Namen der Gefühle einer Mutter, bei allem, was heilig ist, schlagen Sie mir meine Bitte nicht ab, entdecken Sie mir Ihr Geheimnis. Was ist Ihnen an ihm gelegen? Oder ist es mit einer Todsünde verbunden, mit dem Verlust der Seligkeit, mit einem Vertrag mit dem Bösen ... Bedenken Sie, Sie haben nicht mehr lange zu leben, ich bin bereit, Ihre Sünde auf mich zu nehmen. Nur daß Sie mir Ihr Geheimnis verraten. Bedenken Sie, daß das Glück eines Menschen sich in Ihren Händen befindet, daß nicht nur ich, sondern auch meine Kinder, Enkel und Urenkel Ihr Andenken segnen und verehren werden wie ein Heiligtum ..."

Die Alte erwiderte kein Wort. Hermann erhob sich.

„Alte Hexe!" sagte er mit zusammengepreßten Zähnen, „so werde ich dich zum Reden zwingen ..."

Damit zog er eine Pistole aus der Tasche. Bei ihrem Anblick zeigte die Gräfin zum zweitenmal eine starke Gemütsbewegung. Sie schüttelte den Kopf und erhob die Hand, wie um sich vor dem Schuß zu schützen ... Dann sank sie zurück und blieb unbeweglich.

„Lassen Sie die Kindereien", sagte Hermann und nahm sie bei der Hand. „Ich frage Sie zum letztenmal: Wollen Sie mir Ihre drei Karten nennen, ja oder nein?"

Die Gräfin antwortete nicht. Hermann sah, daß sie tot war.

IV

> Homme sans mœurs et sans religion!
> Aus einem Briefwechsel

Lisaweta Iwanowna saß in ihrem Zimmer, trug noch die Balltoilette und war in tiefes Nachdenken versunken. Bei ihrer Ankunft im Haus hatte sie sich beeilt, das verschlafene Mädchen, das ihr unwillig seine Dienste anbot, mit dem Bemerken, sie wolle sich selbst auskleiden, fortzuschicken und war zitternd zu sich hinaufgegangen, in der Hoffnung, dort Hermann zu finden, und in dem Wunsch, ihn nicht zu finden. Auf den ersten Blick überzeugte sie sich von seiner Abwesenheit und dankte dem Schicksal, daß es ihre Zusammenkunft verhindert hatte. Sie setzte sich hin, ohne sich auszukleiden, und ließ alle Umstände an sich vorüberziehen, die sie in so kurzer Zeit so weit gebracht hatten. Es waren keine drei Wochen vergangen, seit sie zum erstenmal den jungen Mann aus dem Fenster erblickt hatte, und schon stand sie mit ihm im Briefwechsel, und er hatte sie dazu gebracht, ihm ein nächtliches Rendezvous zu bewilligen. Sie kannte seinen Namen nur, weil einige seiner Briefe unterschrieben waren. Niemals hatte sie mit ihm gesprochen, nie seine Stimme gehört, sie wußte nichts von ihm ... bis zu diesem Abend. Seltsam! An diesem Abend geschah es auf dem Ball, daß Tomskij, der mit der jungen Prinzeß Pauline schmollte, weil sie nicht wie sonst mit ihm kokettierte, sich an ihr rächen wollte, indem er ihr Gleichgültigkeit zeigte. Er forderte Lisaweta Iwanowna auf und tanzte mit ihr eine endlose Mazurka. Die ganze Zeit neckte er sie mit ihrer Vorliebe für Ingenieuroffiziere, versicherte, viel mehr zu wissen, als sie ahne, und einige seiner Scherze trafen so, daß Lisaweta Iwanowna zuweilen denken mußte, ihr Geheimnis sei bekannt.

„Von wem wissen Sie dies alles?“ fragte sie lachend.

„Von dem Freund der Ihnen bekannten Persönlichkeit“, antwortete Tomskij, „von einem sehr ungewöhnlichen Menschen.“

„Wer ist denn dieser ungewöhnliche Mensch?“

„Er heißt Hermann.“

Lisaweta Iwanowna antwortete nichts.

„Dieser Hermann“, fuhr Tomskij fort, „ist ein wahrer Romanheld. Er hat das Profil Napoleons und die Seele Mephistos. Ich denke, er hat mindestens drei Verbrechen auf seinem Gewissen. Wie sind Sie blaß geworden!“

„Ich habe Kopfweh ... Was sagte Ihnen denn dieser Hermann ... oder wie er heißt?“

„Hermann ist mit seinem Freund sehr unzufrieden; er sagt, daß er an seiner Stelle ganz anders gehandelt haben würde ... Ich vermute sogar, daß Hermann selbst Absichten auf Sie hat; wenigstens hört er die verliebten Ausrufe seines Freundes sehr wenig gleichgültig an."

„Wo hat er mich denn gesehen?"

„In der Kirche vielleicht oder auf dem Spaziergang! ... Weiß Gott, vielleicht in Ihrem Zimmer, während Sie schliefen, bei ihm ist alles möglich ..."

Drei Damen, die mit der Frage „oubli ou regret" an sie herantraten, unterbrachen das Gespräch, das für Lisaweta Iwanowna qualvoll interessant zu werden begann.

Die Dame, die Tomskij erwählte, war die Prinzessin Pauline selbst. Sie fand Zeit, sich mit ihm auszusprechen, dadurch, daß sie den Tanz in die Länge zog und sich ein überflüssiges Mal vor ihrem Stuhl umdrehte. Als Tomskij auf seinen Platz zu Lisaweta Iwanowna zurückgekehrt war, dachte er weder mehr an Hermann noch an sie. Sie wollte das unterbrochene Gespräch brennend gern wieder aufnehmen, aber die Mazurka war zu Ende, und bald darauf verließ die Gräfin den Ball.

Tomskijs Worte waren nichts anderes als ein Ballgespräch gewesen, aber sie drangen tief in die Seele der jungen Träumerin. Das von Tomskij entworfene Bild Hermanns hatte Ähnlichkeit mit dem, das sie sich selber machte, und dieses dank den neuesten Romanen bereits banale Gesicht schreckte sie und nahm ihre Phantasie gefangen. Sie saß da mit gekreuzten Armen, den noch mit Blumen geschmückten Kopf auf die entblößte Brust geneigt.

Plötzlich ging die Tür auf und Hermann trat ein. Sie erbebte ...

„Wo waren Sie denn?" flüsterte sie erschrocken.

„Im Schlafzimmer der alten Gräfin", sagte Hermann. „Sie ist tot."

„Mein Gott, was sagen Sie da?"

„Und mir scheint", fuhr Hermann fort, „daß ich an ihrem Tode schuld bin."

Lisaweta Iwanowna sah ihn an, und Tomskijs Worte hallten in ihrer Seele wider: „Dieser Mensch hat mindestens drei Verbrechen auf seinem Gewissen.“ Hermann setzte sich auf das Fensterbrett neben sie und erzählte alles.

Lisaweta Iwanowna hörte ihm mit Entsetzen zu. Also alle diese leidenschaftlichen Briefe, diese glühenden Forderungen, diese hartnäckige Verfolgung, alles das war nicht Liebe! Geld – das war es, wonach seine Seele dürstete! Nicht sie konnte seine Wünsche stillen und ihn glücklich machen! Das arme Pflegekind war nichts anderes als die blinde Helferin eines Räubers, des Mörders ihrer Wohltäterin! ... Bitterlich weinte sie in später, qualvoller Reue.

Hermann sah sie schweigend an. Auch sein Herz war gepeinigt. Aber weder die Tränen des armen Mädchens noch die wundervolle Anmut ihres Kummers berührten seine harte Seele. Er fühlte keine Gewissensbisse beim Gedanken an die tote Alte. Nur eins erfüllte ihn mit Entsetzen: der unwiederbringliche Verlust des Geheimnisses, von dem er die erhoffte Bereicherung erwartet hatte.

„Sie sind ein Ungeheuer!“ sagte Lisaweta Iwanowna endlich.

„Ich wollte ihren Tod nicht“, antwortete Hermann, „meine Pistole war nicht geladen.“ Sie schwiegen.

Der Morgen brach an. Lisaweta Iwanowna löschte die heruntergebrannte Kerze. Blasses Licht erhellte ihr Zimmer. Sie trocknete die verweinten Augen und blickte zu Hermann. Er saß auf dem Fensterbrett mit verschränkten Armen und finsterer Miene. In dieser Stellung erinnerte er erstaunlich an das Bild Napoleons. Die Ähnlichkeit machte sogar Lisaweta Iwanowna betroffen.

„Wie sollen Sie nun das Haus verlassen?“ sagte Lisaweta Iwanowna. „Ich wollte Sie eine geheime Treppe hinunterführen, aber da muß man am Schlafzimmer vorbei, und ich fürchte mich.“

„Beschreiben Sie mir, wie diese geheime Treppe zu finden ist, und ich gehe.“

Lisaweta Iwanowna erhob sich, entnahm der Kommode einen Schlüssel, überreichte ihn Hermann und gab ihm ausführliche Weisungen. Hermann drückte ihre kalte Hand, die seinen Druck nicht erwiderte, küßte ihr gesenktes Haupt und ging hinaus.

Er ging die Wendeltreppe hinunter und trat wieder in das Schlafzimmer der Gräfin. Die tote Greisin saß versteinert, ihr Gesicht drückte tiefe Ruhe aus. Hermann blieb vor ihr stehen und sah sie lange an, als wolle er sich von der schrecklichen Wahrheit überzeugen. Endlich trat er in das Kabinett, fand tastend hinter der Tapete die Tür und stieg die dunkle Treppe hinab, von sonderbaren Gefühlen erregt. „Diese Treppe“, dachte er, „hat vor sechzig Jahren, vielleicht zur gleichen Stunde, ein junger glücklicher Liebhaber in einem gestickten Rock benutzt, á l'oiseau royal frisiert, den Dreispitz an die Brust gedrückt. Nun ist er längst im Grabe vermodert, und das Herz seiner uralten Geliebten hat erst heute zu schlagen aufgehört ...“

Unterhalb der Treppe erblickte Hermann eine Tür, die er mit dem Schlüssel aufsperrte, und fand sich in einem zugigen Gang, der auf die Straße hinausführte.

V

In dieser Nacht erschien mir
die verstorbene Baronin ...
Sie war ganz in Weiß gekleidet
und sagte zu mir: „Seid gegrüßt, Herr Rat!“
Swedenborg

Drei Tage nach der verhängnisvollen Nacht begab sich Hermann in das Kloster ..., wo das Totenamt für die entschlafene Gräfin gehalten werden sollte. Ohne Reue zu fühlen, konnte er doch die Stimme des Gewissens nicht vollkommen unterdrücken, die ihm zuflüsterte: Du bist der Mörder der Greisin.

Ohne wahren Glauben zu haben, war er doch von vielerlei Aberglauben beherrscht. Er glaubte, daß die tote Gräfin einen schädlichen Einfluß auf sein Leben haben könnte, und beschloß, bei ihrem Begräbnis zu erscheinen, um Verzeihung von ihr zu erbitten.

Die Kirche war voller Menschen. Hermann mußte sich mühsam durch die Volksmenge drängen. Der Sarg stand auf einem reichen Katafalk unter einem samtenen Baldachin. Die Verblichene lag darin mit auf der Brust gefalteten Händen, sie war bekleidet mit einer Spitzenhaube und einem weißen Atlasgewand. Ringsum standen ihre Hausgenossen. Es waren ihre Diener in schwarzen Röcken mit Wappenbändern an den Schultern und Kerzen in den Händen, daneben Verwandte in tiefer Trauer, Kinder, Enkel und Urenkel. Niemand weinte. Tränen wären *une affectation* gewesen. Die Gräfin war so alt, daß ihr Tod niemanden überraschen konnte und ihre Verwandten sie längst als eine Abgelebte betrachteten. Ein junger Bischof hielt die Grabrede. In einfachen und ergreifenden Ausdrücken schilderte er das friedliche Entschlafen einer Gerechten, deren lange Jahre eine allmähliche, rührende Vorbereitung auf einen christlichen Tod waren. „Der Engel des Todes nahm sie in seine Arme“, sagte der Redner, „als sie in guten Gedanken wachte, in Erwartung des mitternächtlichen Bräutigams.“ Der Gottesdienst verlief in trauervoller Vornehmheit. Die Verwandten traten zuerst an die Leiche, um Abschied zu nehmen. Dann näherten sich auch die zahlreichen Gäste, die ihren letzten Gruß derjenigen darzureichen gekommen waren, die so lange Teilnehmerin ihrer eitlen Vergnügungen war. Nach ihnen folgten die Hausgenossen, zuletzt die älteste Kammerfrau, eine Altersgenossin der Verstorbenen. Sie konnte sich nicht mehr bis zum Boden verneigen, und sie vergoß als einzige einige Tränen, als sie die kalte Hand ihrer Herrin küßte. Nach ihr entschloß sich Hermann, sich dem Sarg zu nähern. Er verneigte sich bis zum Boden und lag einige Augenblicke auf den kalten Fliesen, die mit Tannenzweigen bestreut waren. Endlich erhob er sich, bleich wie die Entschlafene selbst, bestieg die Stufen des Katafalks und verneigte sich … In diesem Augenblick schien es ihm, daß die Tote ihn spöttisch ansehe und mit einem Auge blinzle. Hermann trat rasch zurück, verfehlte die Stufe und fiel rücklings zu Boden. Er wurde aufgerichtet. Zur gleichen Zeit wurde Lisaweta Iwanowna ohnmächtig zum Kirchenportal hinausgetragen. Dieser Vorfall störte einige Augenblicke die Feierlichkeit der düsteren Zeremonie. Unter den Anwesenden erhob sich dumpfes Gemurmel, und ein hagerer Kammerherr, ein naher Verwandter der Verstorbenen, flüsterte einem Engländer, der neben ihm stand, ins Ohr, der junge Offizier sei ihr illegitimer Sohn, worauf der Engländer kühl mit einem „Oh!" antwortete.

Den ganzen Tag war Hermann sehr verstört. Während des Mittagessens in einem einsamen Wirtshaus trank er gegen seine Gewohnheit sehr viel, in der Hoffnung, die innere Erregung zu betäuben. Aber der Wein erhitzte seine Phantasie noch mehr. Nach Hause zurückgekehrt, warf er sich unausgekleidet aufs Bett und schlief fest ein.

Als er erwachte, war es bereits Nacht. Der Mond beschien sein Zimmer. Er sah auf die Uhr, es war ein Viertel vor drei. Sein Schlaf war dahin. Er setzte sich auf das Bett und dachte an die Beerdigung der alten Gräfin.

In diesem Augenblick sah jemand von der Straße zu ihm ins Fenster hinein und trat sofort zurück. Hermann schenkte dem gar keine Aufmerksamkeit. Einen Augenblick darauf hörte, daß die Tür im Vorderzimmer aufgeschlossen wurde. Er glaubte, sein Bursche, betrunken wie gewöhnlich, sei von einem späten Spaziergang zurückgekehrt. Aber er vernahm fremde Schritte, es schlürfte jemand mit Pantoffeln. Die Tür öffnete sich, und eine Frau in einem weißen Kleid trat ein. Hermann hielt sie für seine alte Amme und war neugierig, was sie zu solcher Stunde zu ihm führte. Aber leicht gleitend stand die weiße Frau plötzlich vor ihm – und er erkannte die Gräfin!

„Ich bin gegen meinen Willen zu dir gekommen", sagte sie mit fester Stimme, „aber es ist mir befohlen worden, deine Bitte zu erfüllen. Drei, Sieben und As werden dir hintereinander Glück bringen, aber nur unter der Bedingung, daß du an einem Abend nicht mehr als eine Karte setzt und daß du dann nie mehr in deinem Leben spielst. Ich verzeihe dir meinen Tod unter der Bedingung, daß du meine Pflegetochter Lisaweta Iwanowna heiratest ..."

Bei diesen Worten wandte sie sich leise um, ging zur Tür und verschwand, wobei die Pantoffeln über den Boden schlurften. Hermann hörte, wie die Tür im Flur zuschlug, und sah, daß jemand von außen durchs Fenster hineinsah.

Hermann konnte lange nicht zu sich kommen. Er begab sich ins andere Zimmer. Sein Bursche schlief auf dem Fußboden. Hermann weckte ihn mit Mühe auf. Der Bursche war wie immer betrunken, man konnte aus ihm nichts herausbringen. Die Tür im Flur war verschlossen. Hermann kehrte in sein Zimmer zurück, zündete eine Kerze an und schrieb seine Vision auf.

VI

„Attendez!"
„Wie können Sie es wagen,
‚attendez' zu mir zu sagen?"
„Verzeihung, Euer Exzellenz,
ich hab es mit Respekt getan."

Zwei fixe Ideen können nicht gleichzeitig die Gedanken eines Menschen beherrschen, ebensowenig wie in der physischen Welt zwei Körper denselben Raum einnehmen können. Drei, Sieben und As gingen Hermann nicht aus dem Sinn, verdrängten die Gestalt der toten Gräfin und bewegten sich unaufhörlich auf seinen Lippen. Sah er ein junges Mädchen, so sagte er: „Wie schlank ist sie – wie eine Cœur-Drei." Fragte man ihn, wieviel Uhr es sei, so antwortete er: „In fünf Minuten sieben." Jeder dickbäuchige Mann erinnerte ihn an ein As. Drei, Sieben und As verfolgten ihn im Schlaf in allen möglichen Gestalten. Die Drei kniete vor ihm in der Gestalt einer üppigen Blume, die Sieben stellte sich ihm als ein gotisches Tor dar, das As als eine riesengroße Spinne. Alles Gedanken vereinten sich zu einem einzigen – das Geheimnis auszunutzen, das ihm so teuer zu stehen gekommen war. Er begann an den Abschied zu denken und an eine Reise. Er wollte in den öffentlichen Spielhäusern von Paris der verzauberten Fortuna ihren Schatz entreißen. Ein Zufall befreite ihn von solchen Bemühungen.

In Moskau hatte sich eine Gesellschaft reicher Spieler unter dem Vorsitz des berühmten Tschekalinskij zusammengefunden, der sein ganzes Leben mit Kartenspiel verbrachte und einst Millionen erworben hatte, indem er Wechsel gewann und bares Geld verlor. Die langjährige Erfahrung brachte ihm das Vertrauen der Kameraden ein, und sein gastfreies Haus, sein berühmter Koch, seine Freundlichkeit und gute Laune die Achtung der Gesellschaft. Er kam nach Petersburg. Die Jugend drängte sich zu ihm, vergaß die Bälle um der Karten willen und zog die Verführungen des Pharao den Verführungen des Hofmachens vor. Narumow führte Hermann bei ihm ein.

Sie durchschritten eine Reihe prunkvoller Gemächer, in denen es von höflichen Dienern wimmelte. Es war voll von Gästen. Generale und Geheimräte spielten Whist, junge Menschen räkelten sich auf seidenen Sofas und rauchten Pfeife. Im Salon saß an einem langen Tisch, um den herum sich an die zwanzig Spieler drängten, der Hausherr und hielt die Bank. Es war ein Sechziger von ehrwürdigem Äußeren, sein Kopf war mit Silberhaaren bedeckt. Das runde und frische Gesicht drückte Seelenruhe aus, die Augen glänzten, von einem ständigen Lächeln belebt. Narumow stellte ihm Hermann vor. Tschekalinskij drückte ihm freundlich die Hand, bat ihn, sich wie zu Hause zu fühlen, und fuhr im Spiel fort.

Das Spiel dauerte lange. Auf dem Tisch lagen mehr als dreißig Karten. Tschekalinskij machte nach jeder Runde eine Pause, um den Spielern Zeit zu lassen, sich zu sammeln, schrieb die Verluste auf, hörte höflich ihre Forderungen an und bog noch höflicher manche Ecke auf, die eine zerstreute Hand überflüssigerweise eingebogen hatte. Endlich war ein Spiel zu Ende. Tschekalinskij mischte die Karten und schickte sich an, ein neues zu beginnen.

„Erlauben Sie, daß ich setze", sagte Hermann und streckte seine Hand hinter einem dicken Herrn hervor, der gerade pointierte. Tschekalinskij lächelte und verneigte sich schweigend zum Zeichen ergebener Zustimmung. Narumow gratulierte Hermann lachend zur Erlösung vom langwährenden Fasten und wünschte ihm einen glücklichen Beginn.

„Ich bin fertig", sagte Hermann, indem er mit Kreide eine Zahl auf seine Karte schrieb.

„Wieviel?" fragte der Bankhalter mit zusammengekniffenen Augen. „Verzeihen Sie, ich kann es nicht entziffern."

„Siebenundvierzigtausend", antwortete Hermann.

Bei diesen Worten wandten sich alle Köpfe um und alle Augen blickten auf ihn. „Er ist verrückt geworden", dachte Narumow.

„Gestatten Sie mir zu bemerken", sagte Tschekalinskij mit seinem unveränderlichen Lächeln, „daß Ihr Einsatz sehr hoch ist. Noch niemand hat hier mehr als zweihundertfünfundsiebzig auf eine Karte gesetzt."

„Nun", erwiderte Hermann, „nehmen Sie meine Karte an oder nicht?"

Tschekalinskij verneigte sich mit demselben Ausdruck des ergebenen Einverständnisses.

„Ich wollte nur bemerken", sagte er, „daß ich wegen des Vertrauens, das mir meine Kameraden schenken, nicht anders Bank halten kann als mit barem Geld. Ich selbst bin natürlich davon überzeugt, daß Ihr Wort genügt. Aber der Ordnung des Spiels und der Rechnungen wegen bitte ich Sie, das Geld auf die Karte zu legen."

Hermann zog eine Banknote aus der Tasche und reichte sie Tschekalinskij, der sie flüchtig ansah und auf Hermanns Karte legte. Er begann die Karten aufzulegen, rechts lag eine Neun, links eine Drei.

„Gewonnen“, sagte Hermann, indem er seine Karte zeigte.

Unter den Spielern erhob sich ein Geflüster. Tschekalinskij verfinsterte sich, doch das Lächeln kehrte sofort in sein Gesicht zurück.

„Wollen Sie das Geld gleich haben?“ fragte er Hermann.

„Ich bitte darum.“

Tschekalinskij zog einige Banknoten aus der Tasche und zahlte sofort aus. Hermann nahm sein Geld in Empfang und trat vom Tisch zurück. Narumow war fassungslos. Hermann trank ein Glas Limonade und begab sich nach Hause.

Am nächsten Abend erschien er wieder bei Tschekalinskij. Wieder hielt der Hausherr die Bank. Hermann trat an den Tisch, die Spieler machten ihm sofort Platz. Tschekalinskij begrüßte ihn freundlich. Hermann wartete ein neues Spiel ab, setzte auf eine Karte, indem er seine siebenundvierzigtausend und den gestrigen Gewinn darauf legte. Tschekalinskij legte die Karte auf, rechts kam ein Bube, links eine Sieben.

Hermann schlug seine Sieben auf. Den Anwesenden entrang sich ein Schrei.

Tschekalinskij war sichtlich betroffen. Er zählte vierundneunzigtausend ab und überreichte sie Hermann. Hermann nahm sie kaltblütig in Empfang und entfernte sich gleich.

Am nächsten Abend erschien Hermann wieder am Tisch. Alle hatten ihn erwartet. Die Generale und Geheimräte verließen ihren Whist, um sich das ganz ungewöhnliche Spiel anzusehen. Die jungen Offiziere sprangen von den Sofas auf, die Diener versammelten sich im Salon. Alles umdrängte Hermann. Die übrigen Spieler setzten aus und warteten mit Spannung auf den Ausgang. Hermann stand am Tisch, er war im Begriff, allein gegen den bleichen, aber noch immer lächelnden Tschekalinskij zu pointieren. Jeder von ihnen entsiegelte ein neues Spiel. Tschekalinskij mischte die Karten. Hermann hob ab und setzte auf seine Karte, indem er sie mit einem Haufen Geldscheine bedeckte. Es glich einem Zweikampf. Tiefes Schweigen herrschte ringsum. Tschekalinskij begann die Karten aufzulegen. Rechts lag eine Dame, links ein As.

„As hat gewonnen!“ sagte Hermann und deckte seine Karte auf.

„Ihre Dame ist geschlagen“, sagte Tschekalinskij freundlich.

Hermann fuhr zusammen: in der Tat, anstatt eines Asses lag vor ihm die Pique-Dame. Er traute seinen Augen nicht. Er begriff nicht, wie er sich so hatte vergreifen können.

In diesem Augenblick schien es ihm, daß die Pique-Dame die Augen zukniff und lächelte. Die auffallende Ähnlichkeit traf ihn wie ein Blitz.

„Die Alte!“ schrie er entsetzt.

Tschekalinskij zog die verlorenen Banknoten an sich. Hermann stand unbeweglich da. Als er sich vom Tisch entfernte, erhob sich ein lautes Gespräch.

„Glänzend pointiert“, sagten die Spieler.

Tschekalinskij mischte wieder die Karten, das Spiel nahm seinen Fortgang.

Epilog

Hermann ist wahnsinnig geworden. Er sitzt im Obuchowschen Krankenhaus im Zimmer Nr. 17, antwortet auf keine Frage und murmelt ungewöhnlich schnell: „Drei, Sieben, As! Drei, Sieben, Dame!“

Lisaweta Iwanowna hat sich mit einem sehr liebenswerten jungen Menschen verheiratet. Er bekleidet ein Amt und hat ein ansehnliches Vermögen. Er ist der Sohn des früheren Verwalters der alten Gräfin. Lisaweta Iwanowna hat eine arme Verwandte als Pflegetochter in ihrem Haus aufgenommen. Tomskij ist zum Rittmeister ernannt und heiratet Prinzessin Pauline.

Kirdschali

Kirdschali war Bulgare von Geburt. Das Wort Kirdschali ist türkisch und bedeutet Ritter oder Held. Seinen wahren Namen kenne ich nicht.

Kirdschali hielt durch seine Räubertaten die ganze Moldau in Schrecken. Um eine Vorstellung von ihm zu geben, will ich eine seiner Taten erzählen. Eines Nachts überfiel er zusammen mit dem Arnauten Michailaki ein bulgarisches Dorf. Sie zündeten es an beiden Enden an, dann gingen sie von Hütte zu Hütte. Kirdschali schlachtete und Michailaki machte Beute. Beide schrien dabei: „Kirdschali! Kirdschali!" Das ganze Dorf flüchtete.

Als der Grieche Alexander Ypsilanti den Aufstand gegen die Türken verkündete und ein Heer zu werben begann, führte ihm Kirdschali einige seiner alten Kameraden zu. Das wahre Ziel des Aufstandes war ihnen nur flüchtig bekannt, aber der Krieg bot die Möglichkeit, sich auf Kosten der Türken und vielleicht auch der Moldauer zu bereichern, und das leuchtete ihnen ein.

Alexander Ypsilanti war persönlich sehr tapfer, besaß aber die Eigenschaften nicht, die seine von ihm so heiß und unvorsichtig übernommene Rolle erforderte. Er verstand es nicht, mit den Leuten auszukommen, die anzuführen er gezwungen war. Sie hatten weder Achtung vor ihm noch Vertrauen zu ihm. Nach einer unglücklichen Schlacht, in der die ganze Blüte der griechischen Jugend umgekommen war, riet ihm Jordaki Olimpyoti, sich zurückzuziehen, und nahm selber seinen Platz ein. Ypsilanti sprengte nach der österreichischen

Grenze davon und sandte von dort aus seinen Fluch den Leuten entgegen, die er ungehorsam, feig und Lumpen nannte. Diese Feiglinge und Lumpen sind übrigens später zum größten Teil in den Mauern des Klosters Seku und am Ufer des Pruth während eines verzweifelten Widerstandes gegen einen zehnfach überlegenen Feind umgekommen.

Kirdschali befand sich bei der Truppe des Georgios Kantakusenos, von dem das gleiche wie von Ypsilanti gilt. Am Tage vor der Schlacht bei Skuljany ersuchte Kantakusenos die russische Obrigkeit um die Erlaubnis, sich in unsere Quarantäne begeben zu dürfen. Die Truppe blieb ohne Führer. Aber Kirdschali, Saphianos, Kantagoni und andere hielten einen Führer gar nicht für notwendig.

Die Schlacht bei Skuljany ist, glaube ich, in ihrer rührenden Wahrheit noch gar nicht beschrieben worden. Stellt euch siebenhundert Mann vor, Arnauten, Albanier, Griechen, Bulgaren und sonst allerlei zusammengelaufenes Volk, das keine Ahnung von der Kriegskunst hat und angesichts von fünfzehntausend Mann türkischer Reiterei sich zurückzieht. Dieser Trupp schmiegte sich an das Ufer des Pruth und stellte zwei winzige Kanonen vor sich auf, die in Jassy im Hof des Hospodaren gefunden worden waren und aus denen man während der Festmahle zu schießen pflegte. Die Türken wären gern mit Kartätschen vorgegangen, wagten es aber nicht ohne die Erlaubnis des russischen Kommandos. Die Kartätschen wären nämlich auch auf unser Ufer hinübergeflogen. Der Chef der Quarantäne – inzwischen schon tot – der bereits vierzig Jahre im Heeresdienst stand, hatte zeit seines Lebens noch keine Kugel pfeifen hören, nun mußte er es, Gott sei's geklagt, erleben. Einige von ihnen pfiffen an seinem Ohr vorbei. Der Alte wurde schrecklich böse und schimpfte den Major des Ochotskischen Infanterieregiments aus, der der Quarantäne zugeteilt war. Der Major, der nicht wußte, was er tun sollte, lief zum Fluß hinab, an dessen gegenüberliegendem Ufer sich die Türken zu Pferde tummelten, und drohte ihnen mit dem Finger. Als die Türken das sahen, machten sie kehrt und sprengten davon, und hinter ihnen folgte die ganze türkische Abteilung. Der Major, der mit dem Finger gedroht hatte, hieß Chortschewski. Ich weiß nicht, was aus ihm geworden ist.

Am nächsten Tag jedoch griffen die Türken die Aufständischen an. Da sie weder Kartätschen noch Granaten zu gebrauchen wagten, so entschlossen sie sich gegen ihre Gewohnheit, mit blanker Waffe vorzugehen. Die Schlacht war grausam. Es wurde mit den Jatagans gekämpft. Auf seiten der Türken wurden Speere beobachtet, die sie bis dahin nicht hatten. Diese Speere waren russisch; Mannschaften vom Nekrassowschen Regiment kämpften in ihren Reihen. Die Aufständischen durften mit Erlaubnis unseres Kaisers den Pruth überschreiten und in unserer Quarantäne Zuflucht suchen. Sie begannen hinüberzusetzen. Kantagoni und Saphianos blieben als die letzten auf dem türkischen Ufer. Kirdschali, der tags zuvor verwundet worden war, lag bereits in der Quarantäne. Saphianos wurde getötet. Kantagoni, ein sehr dicker Mann, wurde von einem Speer am Bauch verwundet. Er hob mit der einen Hand das Schwert, packte mit der anderen den feindlichen Speer und stieß ihn sich noch tiefer in den Leib, um auf diese Weise den Mörder mit dem Säbel erreichen zu können, mit dem er zusammen zu Boden stürzte.

Alles war zu Ende. Die Türken blieben Sieger. Die Moldau wurde gesäubert. Ungefähr sechshundert Arnauten zerstreuten sich über Bessarabien. Ohne zu wissen, wie sie sich durchbringen sollten, waren sie Rußland dennoch dankbar für seinen Schutz. Sie führten ein müßiges, aber keineswegs ausschweifendes Leben. Man konnte sie immer in den Kaffeehäusern des halbtürkischen Bessarabien sehen, die lange Pfeife im Mund, dicken Kaffee aus kleinen Tassen schlürfend. Ihre bunt gemusterten Jacken und die roten spitzen Pantoffeln begannen sich bereits abzunutzen, aber die Käppchen mit den Federbüschen saßen ihnen noch immer auf dem Ohr, und die Jatagans und Pistolen staken nach wie vor in ihren breiten Gürteln. Niemand hatte Grund, über sie zu klagen. Man hätte nicht vermutet, daß diese friedlichen armen Teufel die berüchtigsten Räuber der Moldau waren, Genossen des schrecklichen Kirdschali, und daß er selbst unter ihnen war.

Der Pascha, der in Jassy den Oberbefehl hatte, erfuhr es und forderte von der russischen Behörde auf Grund der Friedensverträge die Auslieferung des Räubers. Die Polizei begann zu forschen. Man erfuhr, daß Kirdschali sich in der Tat in Kischinew befand. Er wurde im Hause eines flüchtigen Mönches erwischt, am Abend, als er mit sieben Kameraden im Finstern zu Abend aß.

Kirdschali wurde verhaftet. Er versuchte nicht, die Wahrheit zu verbergen und gab zu, daß er Kirdschali sei. „Aber", fügte er hinzu, „seitdem ich den Pruth überschritten habe, habe ich niemandem ein Haar gekrümmt, ich habe nicht einmal den niedrigsten Zigeuner gekränkt. Für die Türken, Moldauer, Walachen bin ich natürlich ein Räuber, für die Russen bin ich ein Gast. Als Saphianos seine ganzen Kartätschen verschossen hatte und zu uns in die Quarantäne kam, um den Verwundeten für die letzten Geschosse Knöpfe, Nägel, Ketten und die Griffe von den Jatagans abzunehmen, gab ich ihm meine letzten zwanzig Beschlyks und blieb ohne Geld. Gott ist mein Zeuge, daß ich, Kirdschali, von Almosen lebte! Wofür also verraten mich die Russen an meine Feinde?" Darauf verstummte Kirdschali und wartete ruhig sein Schicksal ab.

Er wartete nicht lange. Die Obrigkeit, die nicht verpflichtet ist, Räuber nach ihrer romantischen Seite zu beurteilen und die von der Rechtlichkeit der Forderung überzeugt war, befahl, Kirdschali nach Jassy zu transportieren. Ein Mann von Verstand und Herz, damals ein noch unbekannter junger Beamter, der heute einen wichtigen Posten innehat, schilderte mir sehr anschaulich Kirdschalis Abreise.

Vor dem Gefängnistor stand eine Postkaruzza. Ihr wißt vielleicht nicht, was eine Karuzza ist. Es ist ein niedriges, geflochtenes Gefährt, vor das man sechs oder acht Pferdchen spannte. Ein Moldauer saß auf einem von ihnen, schrie fortwährend und knallte mit der Peitsche, und seine Pferdchen liefen in ziemlichem Trab. Wenn eins von ihnen zu ermatten begann, spannte er es unter fürchterlichen Flüchen aus und ließ es unterwegs zurück, ohne sich um sein weiteres Schicksal zu kümmern. Er war sicher, es auf dem Rückweg an derselben Stelle in der grünen Steppe ruhig grasend zu finden. Es geschah nicht selten, daß ein Reisender, der von einer Station mit einem Achtgespann abreiste, auf der nächsten nur mit einem Zweigespann ankam. So war es vor fünfzehn Jahren. Jetzt hat man im russifizierten Bessarabien auch das russische Gespann und das russische Fuhrwerk eingeführt.

So eine Karuzza stand vor dem Tor des Gefängnisses im Jahre 1821, an einem der letzten Tage des Monats September. Jüdinnen mit hängenden Ärmeln und mit den Pantoffeln schlurfend, Arnauten in ihrer zerlumpten und malerischen Tracht, schlanke Moldauerinnen mit schwarzäugigen Kindern auf den Armen umringten die Karuzza. Die Männer bewahrten Schweigen, die Frauen schienen erregt auf etwas zu warten. Das Tor ging auf, und einige Polizeioffiziere traten auf die Straße. Hinter ihnen führten zwei Soldaten den in Ketten geschmiedeten Kirdschali.

Er schien dreißig Jahre alt. Die Züge seines braunen Gesichts waren regelmäßig und hart. Er war von hohem Wuchs, breitschulterig, und alles an ihm zeugte von großer physischer Kraft. Ein bunter, schief sitzender Turban bedeckte seinen Kopf, ein breiter Gürtel umspannte seine schlanken Hüften. Ein Dolman aus dickem, blauem Tuch, die weiten, bis zum Knie reichenden Falten seines Hemdes und rote Pantoffeln bildeten seine übrige Bekleidung. Sein Aussehen war stolz und ruhig.

Einer der Beamten, ein Alter mit einer roten Fratze, der eine verschossene Uniform trug, an der drei Knöpfe lose herunterhingen, klemmte mit der bleigefaßten Brille die grellrote Beule ein, die bei ihm die Nase ersetzte, faltete ein Schriftstück auseinander und begann es näselnd in moldauischer Sprache zu verlesen. Von Zeit zu Zeit sah er hochmütig auf den gefesselten Kirdschali, auf den das Schriftstück sich offenbar bezog. Kirdschali hörte aufmerksam zu. Der Beamte las zu

Ende, faltete das Papier wieder zusammen, schrie das Volk streng an, befahl Platz zu machen und ließ die Karuzza vorfahren. Da wandte sich Kirdschali zu ihm und sagte ihm einige Worte auf moldauisch. Seine Stimme zitterte, das Gesicht veränderte sich. Er weinte und warf sich dem Beamten zu Füßen, wobei seine Ketten klirrten. Der Polizeibeamte wich erschreckt zurück, die Soldaten wollten Kirdschali aufrichten, er aber richtete sich selbst auf, indem er die Ketten hob, stieg in die Karuzza und rief: „Haidi!" Ein Gendarm setzte sich zu ihm. Der Moldauer knallte mit der Peitsche, und die Karuzza rollte davon.

„Was hat Kirdschali zu Ihnen gesagt?" fragte der junge Beamte den Polizeioffizier.

„Er hat mich gebeten, mich um sein Weib und Kind zu kümmern, die unweit von Kilia in einem bulgarischen Dorf wohnen", antwortete der Polizeioffizier lachend. „Er fürchtet, sie werden seinetwegen leiden müssen, denn das Volk sei ja so dumm."

Die Erzählung des jungen Beamten hatte mich sehr ergriffen. Es tat mir leid um den armen Kirdschali. Lange hörte ich nichts von seinem Schicksal. Einige Jahre später traf ich den jungen Beamten wieder. Wir sprachen von der Vergangenheit.

„Und was macht Ihr Freund Kirdschali?" fragte ich. „Wissen Sie vielleicht, was aus ihm geworden ist?"

„Freilich weiß ich es", antwortete er und erzählte mir folgendes.

Als Kirdschali nach Jassy gebracht worden war, wurde er vor den Pascha geführt, der ihn zum Tod durch den Pfahl verurteilte. Die Hinrichtung wurde bis zu irgendeinem Fest verschoben. Bis dahin wurde er im Gefängnis untergebracht. Der Gefangene wurde von sieben Türken bewacht – einfache Leute und im Herzen ebensolche Räuber wie Kirdschali. Sie verehrten ihn und hörten mit jener Gier, die dem ganzen Orient eigen ist, seinen wunderbaren Geschichten zu.

Zwischen den Wächtern und dem Gefangenen knüpfte sich eine enge Verbindung an. Eines Tages sprach Kirdschali zu ihnen: „Brüder, meine Stunde ist nah! Niemand entgeht seinem Schicksal. Ich werde bald von euch scheiden. Ich möchte euch gern ein Andenken hinterlassen."

Hier horchten die Türken auf.

„Brüder", fuhr Kirdschali fort, „vor drei Jahren, als ich mit dem verstorbenen Michailaki das Räuberhandwerk trieb, da vergruben wir unweit von Jassy einen Kessel mit Goldstücken. Es scheint, daß es weder ihm noch mir beschieden ist, diesen Schatz zu besitzen. Sei es drum, nehmt ihr ihn und teilt ihn gütlich unter euch."

Die Türken verloren fast den Verstand. Es begannen Beratungen, wie man den heimlichen Ort finden könnte. Sie überlegten hin und her und beschlossen, daß Kirdschali sie selber hinführen solle.

Die Nacht brach an. Die Türken lösten die Ketten von den Füßen des Gefangenen, fesselten ihm die Hände mit einem Strick und zogen mit ihm zur Stadt hinaus in die Steppe. Kirdschali führte sie immer in der gleichen Richtung von einem Grabhügel zum anderen. Sie gingen lange. Endlich blieb Kirdschali vor einem breiten Stein stehen, maß zwölf Schritt gegen Mittag, stampfte auf und sagte: „Hier!"

Die Türken trafen ihre Anstalten. Vier von ihnen zogen ihre Jatagans und begannen zu graben. Drei hielten Wache. Kirdschali setzte sich auf den Stein und sah ihnen zu.

„Nun, ist es schon soweit?" fragte er. „Habt ihr ihn schon?"

„Noch nicht", antworteten die Türken und gruben mit einem Eifer, daß der Schweiß an ihnen herunterrann.

Kirdschali begann, Ungeduld zu zeigen.

„Was ist das für ein Volk?" sprach er. „Nicht einmal graben können sie ordentlich. Ich hätte die Sache in zwei Minuten erledigt! Löst mir meine Hände, gebt mir einen Jatagan."

Die Türken wurden nachdenklich und hielten Rat. „Was soll's", beschlossen sie, „lösen wir ihm die Hände, geben wir ihm einen Jatagan. Es ist kein Unglück! Er ist allein, und wir sind unser sieben." Und die Türken lösten ihm die Hände und gaben ihm einen Jatagan.

Endlich war Kirdschali frei und bewaffnet. Was mußte er da fühlen! Er begann flink zu graben, die Wächter halfen ihm. Plötzlich stieß er seinen Jatagan in einen von ihnen und zog ihm, indem er den Stahl in seiner Brust stecken ließ, beide Pistolen aus dem Gürtel.

Die anderen sechs flohen, als sie Kirdschali mit zwei Pistolen bewaffnet sahen.

Kirdschali treibt jetzt sein Räuberhandwerk in der Nähe von Jassy. Vor kurzem schrieb er an den Hospodaren und forderte von ihm fünftausend Lei und drohte, wenn die Zahlung nicht pünktlich erfolge, Jassy anzuzünden und dem Hospodaren selbst auf den Leib zu rücken. Die fünftausend Lei wurden ihm zugestellt.

Wie findet ihr Kirdschali?

Der Mohr Peters des Großen

I

Unter den jungen Leuten, die von Peter dem Großen ins Ausland geschickt wurden, um dort Kenntnisse zu erwerben, die ein reformierter Staat notwendig brauchte, befand sich sein Patenkind, der Mohr Ibrahim. Er studierte auf der Pariser Militärschule, verließ sie als Hauptmann der Artillerie, zeichnete sich im spanischen Feldzug aus und kehrte schwer verwundet nach Paris zurück. Der Kaiser hörte nicht auf, sich inmitten seiner weitausgedehnten Arbeiten, nach seinem Liebling zu erkundigen, und erhielt über seine Fortschritte und sein Betragen stets Auskünfte, die dem Zögling Ehre machten. Peter war mit ihm außerordentlich zufrieden und rief ihn wiederholt nach Rußland zurück. Ibrahim aber hatte keine Eile. Er redete sich unter allerhand Vorwänden heraus, bald mit der Wunde, bald mit dem Wunsch, seine Kenntnisse zu vervollkommnen, bald mit Geldmangel, und Peter stimmte zu und bat ihn, sich um seine Gesundheit zu kümmern, dankte für den Eifer im Studium und schonte trotz eigener Sparsamkeit für ihn die Schatzkammer nicht, und zu den Dukaten fügte er väterliche Ratschläge und warnende Ermahnungen hinzu.

Nach dem Zeugnis aller historischen Aufzeichnungen konnte sich mit dem Leichtsinn, der Tollheit und Pracht der Franzosen jener Zeit nichts vergleichen. Die letzten Regierungsjahre Ludwigs XIV., die sich durch strenge Frömmigkeit, Vornehmheit und Gesittung des Hofes auszeichneten, hatten gar keine Spuren hinterlassen. Der Herzog von Orleans, der viele glänzende Eigenschaften mit Lastern aller Art in sich vereinigte, besaß zum Unglück auch nicht einen Schatten von Heuchelei. Die Orgien des Palais-Royal waren kein Geheimnis für Paris, und das Beispiel war ansteckend. Zu jener Zeit erschien Law. Die Geldgier vereinte sich mit der Gier nach Genuß und Zerstreuung. Die Vermögen schwanden, die Moral ging zugrunde. Die Franzosen lachten und spekulierten – und der Staat zerfiel unter der lustigen Begleitung der satirischen Vaudeville.

Indessen bot die Gesellschaft ein interessantes Bild. Die Bildung und das Bedürfnis nach Belustigungen hatte alle Stände einander genähert. Reichtum, Liebenswürdigkeit, Ruhm, Talente, selbst Sonderbarkeiten – alles, was der Neugierde Nahrung bot oder ein Vergnügen versprach, wurde mit dem gleichen Wohlwollen aufgenommen. Literatur, Wissenschaft und Philosophie hatten ihr stilles Arbeitszimmer verlassen, erschienen im Kreise der großen Welt, um der Mode willfährig zu sein, und sie regierten ihre Meinungen. Die Frauen herrschten, verlangten aber keine Anbetung mehr. Eine oberflächliche Höflichkeit ersetzte die tiefe Ehrfurcht vor ihnen. Die Streiche des Herzogs von Richelieu, dieses Alkibiades des neuen Athen, gehören der Geschichte an und geben einen Begriff von den Sitten dieser Zeit.

Temps fortuné, marqué par la licence,
Où la folie, agitant son grelot,
D'un pied leger parcourt toute la France,
Ou nul mortel ne daigne être dévot,
Ou l'on fait tout excepté pénitence.

Das Erscheinen Ibrahims, sein Äußeres, seine Bildung und sein natürlicher Verstand erregten in Paris allgemeine Aufmerksamkeit. Alle Damen wollten le nègre du czar bei sich sehen und rissen sich um ihn. Der Regent lud ihn des öfteren zu seinen lustigen Abenden ein. Er war bei den Soupers zugegen, die von der Jugendlichkeit Arouets und vom Alter Chaulieus, von den Gesprächen Montesquieus und Fontenelles belebt wurden. Er versäumte keinen Ball, kein Fest, keine erste Vorstellung und gab sich dem allgemeinen Wirbel mit der ganzen Leidenschaftlichkeit seines Alters und seiner Rasse hin. Aber der Gedanke, diese Zerstreuung, die glänzenden Vergnügungen mit der Einfachheit des Petersburger Hofes zu vertauschen, war nicht das einzige, was Ibrahim schreckte. Andere, stärkere Bande knüpften ihn an Paris. Der junge Afrikaner liebte.

Die Gräfin L., schon nicht mehr in der ersten Blüte der Jahre, war noch immer wegen ihrer Schönheit berühmt. Im Alter von siebzehn Jahren wurde sie, gleich nach Verlassen der Klosterschule, mit einem Mann verheiratet, den sie noch nicht liebte und der sich auch später nicht um sie kümmerte. Nach der öffentlichen Meinung hatte sie wohl Liebhaber, aber bei den nachsichtigen Gesetzen der größen Welt genoß sie einen guten Ruf, weil man ihr weder ein lächerliches noch ein anstößiges Abenteuer vorwerfen konnte. Ihr Haus war das modischste von allen. Die beste Pariser Gesellschaft pflegte sich bei ihr zu versammeln. Ibrahim wurde ihr vom jungen Merville vorgestellt, der als ihr letzter Liebhaber galt, was er mit allen Mitteln zu zeigen bemüht war.

Die Gräfin empfing Ibrahim höflich, aber ohne jede besondere Auszeichnung. Das schmeichelte ihm, denn sonst wurde der junge Neger von allen wie ein Wunder angesehen, man umringte ihn, überschüttete ihn mit Freundlichkeiten und Fragen – und diese Neugierde, die Wohlwollen nur vortäuschte, kränkte seine Eigenliebe. Die liebliche Aufmerksamkeit der Frauen, fast das einzige Ziel unserer Anstrengungen, freute ihn nicht nur nicht, sondern erfüllte sogar sein Herz mit Bitterkeit und Zorn. Er fühlte, daß er für sie eine Art seltenes Tier, ein besonderes, fremdartiges Geschöpf war, das zufällig in eine Welt verpflanzt worden war, zu der es durchaus nicht gehörte. Er beneidete sogar die Menschen, die von niemand beachtet wurden, und hielt ihre Nichtigkeit für Glück.

Der Gedanke, er sei von der Natur nicht dazu geschaffen, seine Leidenschaft erwidert zu sehen, bewahrte ihn vor Einbildung und vor den Ansprüchen der Eitelkeit, was seinem Benehmen Frauen gegenüber einen seltenen Reiz verlieh. Seine Unterhaltung war einfach und würdig. Er gefiel der Gräfin L., die die anspruchsvollen Witze und die feinen Anspielungen des französischen Esprit satt hatte.

Ibrahim besuchte sie oft. Allmählich gewöhnte sie sich an das Äußere des jungen Negers und fing an, an diesem Krauskopf, der unter den gepuderten Perücken ihres Salons schwarz schimmerte, Gefallen zu finden. Ibrahim war am Kopf verwundet und trug statt der üblichen Perücke einen Verband. Er war siebenundzwanzig Jahre alt, hochgewachsen und schlank, und manche Schöne sah ihn mit einem Gefühl an, das schmeichelhafter war als einfache Neugierde. Aber der voreingenommene Ibrahim bemerkte entweder nichts oder sah nur Koketterie darin. Doch wenn seine Blicke denen der Gräfin begegneten, schwand sein Mißtrauen. Ihre Augen drückten eine so liebe Gutmütigkeit aus, ihr Benehmen ihm gegenüber war so einfach, so ungezwungen, daß es unmöglich war, in ihr auch nur den Schatten von Koketterie oder Spott zu vermuten. Er wagte nicht an Liebe zu denken, aber die Gräfin täglich zu sehen, wurde ihm zum Bedürfnis. Er suchte überall nach Begegnungen mit ihr, und sie schienen ihm jedesmal eine Gnade des Himmels. Die Gräfin erriet früher als er selbst seine Gefühle. Was man auch sagen mag, aber Liebe ohne Hoffnung und ohne Ansprüche rührt das weibliche Herz sicherer als alle Berechnungen der Verführung. In Ibrahims Gegenwart verfolgte die Gräfin alle seine Bewegungen, lauschte auf alle seine Worte. In seiner Abwesenheit versank sie in Nachdenken und verfiel in ihre gewohnte Zerstreutheit. Merville bemerkte als erster diese gegenseitige Neigung und beglückwünschte Ibrahim. Nichts entfacht die Liebe so, wie die beifällige Bemerkung eines Außenstehenden. Die Liebe ist blind, und weil sie sich selber mißtraut, greift sie hurtig nach jeder Stütze.

Mervilles Worte weckten Ibrahim auf. Die Möglichkeit, die geliebte Frau zu besitzen, hatte sich bis jetzt seiner Phantasie noch gar nicht dargeboten. Hoffnung erhellte plötzlich seine Seele, und er verliebte sich besinnungslos. Vergeblich versuchte die Gräfin, die vor dem Ausbruch seiner Leidenschaft erschrak, ihr die Ermahnungen der Freundschaft und die Ratschläge der Vernunft gegenüberzustellen. Sie wurde nach und nach selber schwach. Unvorsichtige Belohnungen folgten eine der anderen. Und endlich wurde sie von der Kraft der Leidenschaft, die sie selbst eingeflößt hatte, überwältigt, und erlag ihrem Einfluß. Sie gab sich dem entzückten Ibrahim hin ...

Nichts bleibt den beobachtenden Blicken der Welt verborgen. Die neue Verbindung der Gräfin wurde bald allgemein bekannt. Einige Damen staunten über ihre Wahl, vielen erschien sie sehr natürlich. Die einen lachten, die anderen sahen darin eine unverzeihliche Unvorsichtigkeit. Im ersten Rausch der Leidenschaft merkten Ibrahim und die Gräfin nichts. Bald aber mußten sie die zweideutigen Scherze der Männer und die bissigen Bemerkungen der Frauen fühlen. Das vornehme und kühle Benehmen Ibrahims hatte ihn bis dahin vor solchen Angriffen geschützt. Er ertrug sie jetzt ungeduldig und wußte nicht, wie er sie abwehren sollte. Die Gräfin, an die Achtung der Welt gewöhnt, konnte es nicht kaltblütig ertragen, sich als Gegenstand des Klatsches und der Spötteleien zu wissen. Bald klagte sie Ibrahim unter Tränen ihr Leid, bald machte sie ihm Vorwürfe, bald wieder flehte sie ihn an, nicht für sie einzutreten, um nicht durch das unnütze Gerede sie vollends zugrunde zu richten.

Ein neuer Umstand verwirrte ihre Lage noch mehr: die Folgen der unvorsichtigen Liebe stellten sich ein. Die Gräfin erklärte Ibrahim voll Verzweiflung, daß sie schwanger sei. Tröstungen, Ratschläge und Pläne – alles wurde versucht, alles wurde abgelehnt. Die Gräfin sah den unvermeidlichen Untergang und erwartete ihn mit Verzweiflung.

Sobald der Zustand der Gräfin bekannt wurde, begann das Gerede mit erneuter Kraft. Die empfindsamen Damen ächzten vor Entsetzen. Die Männer gingen Wetten ein, ob die Gräfin ein weißes oder ein schwarzes Kind zur Welt bringen werde. Und es regnete Epigramme auf ihren Gatten, der als einziger in ganz Paris nichts wußte und keinen Verdacht hegte.

Der fatale Augenblick nahte. Der Zustand der Gräfin war schrecklich. Ibrahim besuchte sie jeden Tag. Er sah ihre seelischen und körperlichen Kräfte allmählich schwinden. Ihre Tränen, ihr Entsetzen erneuerten sich jeden Augenblick.

Endlich fühlte sie die ersten Wehen. In Eile wurden Maßnahmen ergriffen. Man fand ein Mittel, den Grafen zu entfernen. Der Arzt kam. Zwei Tage vorher hatte man die arme Frau überredet, das neugeborene Kind in fremde Hände zu geben. Es wurde daraufhin eine Vertrauensperson abgesandt. Ibrahim befand sich in einem Kabinett neben dem Schlafgemach, in dem die unglückliche Gräfin lag. Er hörte, ohne daß er zu atmen wagte, ihr dumpfes Stöhnen, das Geflüster der Dienerin und die Anordnungen des Arztes. Sie quälte sich lange. Jeder Schrei zerriß Ibrahim das Herz, jede Pause erfüllte ihn mit Schrecken ... Plötzlich vernahm er den schwachen Schrei des Kindes – und außerstande, sein Entzücken zurückzuhalten, stürzte er in das Zimmer der Gräfin. Ein schwarzes Knäblein lag am Fußende des Bettes. Ibrahim näherte sich ihm. Sein Herz schlug heftig. Er segnete seinen Sohn mit zitternder Hand. Die Gräfin lächelte schwach und reichte ihm die kraftlose Hand ... aber der Arzt, der allzu schwere Erschütterungen für sie fürchtete, zog Ibrahim von ihrem Bett fort. Der Neugeborene wurde in einen zugedeckten Korb getan und über eine Geheimtreppe aus dem Haus getragen. Ein anderes Kind wurde gebracht und die Wiege im Schlafgemach der Wöchnerin aufgestellt. Ibrahim fuhr ein wenig später beruhigt davon. Man erwartete den Grafen. Dieser kam spät zurück, erfuhr von der glücklichen Entbindung seiner Gemahlin und war sehr befriedigt. Auf diese Weise fand sich die Gesellschaft, die einen lauten Skandal erwartet hatte, in ihren Hoffnungen betrogen und mußte sich mit dem Klatsch trösten. Alles nahm wieder seinen gewohnten Gang.

Ibrahim fühlte, daß in seinem Schicksal eine Wende bevorstehe und daß ihre Beziehungen früher oder später dem Grafen zur Kenntnis gelangen mußten. In diesem Falle war, was immer auch geschah, der Untergang der Gräfin unvermeidlich. Ibrahim liebte leidenschaftlich und wurde auch wiedergeliebt. Aber die Gräfin war launenhaft und leichtsinnig: sie liebte nicht zum erstenmal. Widerwille, ja Haß konnten in ihrer Seele die zärtlichsten Gefühle verdrängen. Ibrahim sah den Moment ihrer Erkaltung voraus. Bis jetzt hatte er Eifersucht nicht gekannt, ahnte sie aber mit Schrecken. Er bildete sich ein, daß die Leiden der Trennung weniger qualvoll sein müßten, und er trug sich mit dem Gedanken, die unglückliche Verbindung aufzugeben, Paris zu verlassen und nach Rußland zu gehen, wohin ihn seit langem sowohl Peter als ein dunkel Pflichtgefühl zurückrief.

II

Tage und Monate vergingen, aber der verliebte Ibrahim konnte sich nicht entschließen, die von ihm verführte Frau zu verlassen. Die Gräfin gewöhnte sich immer mehr an ihn. Ihr Sohn wurde in einer entlegenen Provinz erzogen. Der Klatsch in der Gesellschaft legte sich allmählich, und die Verliebten konnten mehr Ruhe genießen, gedachten schweigend des vergangenen Sturms und waren bemüht, an die Zukunft nicht zu denken.

Einmal war Ibrahim beim Herzog von Orleans zum Empfang. Der Herzog blieb, als er an ihm vorüberschritt, stehen und überreichte ihm einen Brief, den er ihm mit Muße zu lesen empfahl. Es war ein Brief Peters I. Der Kaiser, der den wahren Grund seines Fernbleibens erriet, schrieb dem Herzog, daß er durchaus nicht beabsichtige, Ibrahim in irgend etwas zu nötigen, daß er es seinem guten Willen anheimstelle, nach Rußland zurückzukehren oder nicht, daß er aber auf keinen Fall seinen früheren Zögling im Stich lassen werde. Dieser Brief rührte Ibrahim bis in die Tiefe der Seele. Von diesem Augenblick an war sein Schicksal entschieden. Am nächsten Tag offenbarte er dem Regenten seinen Entschluß, unverzüglich nach Rußland zu reisen.

„Überlegen Sie, was Sie tun", sagte der Herzog zu ihm. „Rußland ist nicht Ihr Vaterland, ich glaube nicht, daß es Ihnen je gelingen wird, in Ihre glühende Heimat zurückzukehren, aber Ihr langjähriger Aufenthalt in Frankreich hat Sie dem Klima und der Lebensweise in dem halbwilden Rußland entfremdet. Sie sind nicht als Untertan Peters geboren. Glauben Sie mir, nützen Sie seinen großmütigen Vorschlag und bleiben Sie in Frankreich, für das Sie bereits Ihr Blut vergossen haben, und seien Sie überzeugt, daß Ihre Verdienste und Talente auch hier nicht ohne würdigen Lohn bleiben werden."

Ibrahim dankte dem Herzog aufrichtig, blieb aber in seinem Entschlusse fest.

„Ich bedauere es", sagte der Regent zu ihm, „aber Sie haben recht." Er versprach ihm seinen Abschied und berichtete an den russischen Zaren.

Ibrahim machte sich bald reisefertig. Den Abend vor seiner Abreise verbrachte er gewohnheitsmäßig bei der Gräfin. Sie wußte von nichts. Ibrahim hatte nicht den Mut, sich ihr zu eröffnen. Die Gräfin war ruhig und heiter. Sie rief ihn einigemal zu sich und scherzte über seine Nachdenklichkeit. Nach dem Nachtmahl blieben im Salon der Gräfin nur Ibrahim und ihr Gatte. Der Unglückliche hätte alles in der Welt darum gegeben, nur um mit ihr allein zu bleiben, aber der Graf schien sich so ruhig am Kamin niedergelassen zu haben, daß man nicht hoffen durfte, ihn aus dem Zimmer zu entfernen. Alle drei schwiegen.

„Bonne nuit", sagte endlich die Gräfin.

Ibrahims Herz wurde beklommen und fühlte auf einmal alle Schrecken der Trennung. Er stand unbeweglich da.

„Bonne nuit, messieurs", wiederholte die Gräfin.

Er rührte sich noch immer nicht. Endlich wurden seine Augen dunkel, und der Kopf drehte sich ihm; er konnte kaum das Zimmer verlassen. Als er nach Hause kam, schrieb er fast besinnungslos folgenden Brief:

„Ich verreise, liebe Leonore, ich verlasse Dich für immer. Ich schreibe Dir, weil ich keine Kraft hatte, mich mit Dir auszusprechen. Mein Glück durfte nicht von Dauer sein, ich habe es genossen gegen Schicksal und Natur. Lange hättest Du mich nicht mehr lieben können, der Zauber wäre geschwunden. Dieser Gedanke verfolgte mich immer, sogar in den Minuten, in denen ich scheinbar alles vergaß, da ich von Deiner leidenschaftlichen Selbstverleugnung, von Deiner grenzenlosen Zärtlichkeit trunken zu Deinen Füßen lag ... Die leichtsinnige Welt verfolgt schonungslos in der Wirklichkeit das, was sie in der Theorie erlaubt: ihr kalter Spott hätte Dich früher oder später besiegt, Deine glühende Seele gebeugt, und Du hättest Dich schließlich Deiner Leidenschaft geschämt ... Was wäre dann aus mir geworden? Nein, lieber sterben, lieber Dich vor dem Schrecken eines solchen Augenblicks verlassen ... Deine Ruhe ist mir teurer als alles. Du könntest sie nicht genießen, solange die Blicke der Welt auf uns gerichtet blieben. Erinnere Dich an alles, was Du erduldet hast – an alle die Kränkungen der Eigenliebe, alle die Qualen der Angst. Erinnere Dich an die schreckliche Geburt unseres Sohnes. Bedenke, darf ich Dich noch länger all diesen Aufregungen und Gefahren aussetzen? Wozu das Schicksal eines so zarten, herrlichen Geschöpfes mit dem unglückseligen Schicksal eines Negers verknüpfen, der jämmerlichen Kreatur, die kaum ein Mensch genannt werden kann?

Vergib, Leonore, vergib, meine liebe, einzige Freundin! Da ich Dich verlasse, verlasse ich die ersten und letzten Freuden meines Lebens. Ich habe kein Vaterland, keine Verwandten. Ich reise nach Rußland, wo vollkommene Einsamkeit mein Trost sein wird. Strenge Arbeit, der ich mich von nun an widmen werde, soll Erinnerungen an die Tage des Entzückens und der Seligkeit, wenn auch nicht betäuben, so doch immerhin zerstreuen ... Leb wohl, ich reiße mich von diesem Brief wie aus Deinen Armen los. Leb wohl, sei glücklich und denke zuweilen an den Neger, an Deinen treuen Ibrahim."

In derselben Nacht noch reiste er nach Rußland.

Die Reise erschien ihm nicht so schrecklich, wie er erwartet hatte. Seine Phantasie triumphierte über die Wirklichkeit. Je mehr er sich von Paris entfernte, desto lebhafter stellte er sich die Dinge vor, die er für immer verließ.

Unmerklich fand er sich an der russischen Grenze. Der Herbst hatte schon begonnen, aber die Kutscher fuhren ihn trotz des schlechten Wetters mit Windeseile, und am siebzehnten Tag nach seiner Abreise langte er am Morgen in Krasnoje Selo an, wodurch ihn die damalige große Fahrstraße führte. Es blieben nur noch achtundzwanzig Werst bis Petersburg. Während die Pferde vorgespannt wurden, trat Ibrahim in die Kutscherstube. In einer Ecke saß ein hochgewachsener Mann in einem grünen Rock mit einer Tonpfeife im Mund und las Hamburger Zeitungen. Die Arme hatte er auf den Tisch gestützt. Als er hörte, daß jemand hereingekommen war, erhob er den Kopf.

„Ibrahim!“ – rief er, indem er sich von der Bank erhob. „Willkommen, Patenkind!“

Ibrahim erkannte Peter, wollte in seiner Freude auf ihn stürzen, hielt sich aber ehrerbietig zurück. Der Kaiser ging auf ihn zu, umarmte ihn und küßte ihn auf den Kopf.

„Ich bin von deinem Kommen benachrichtigt worden“, sagte Peter, „und bin dir entgegengefahren. Ich warte hier schon seit gestern.“

Ibrahim fand keine Worte, um seine Dankbarkeit auszudrücken.

„So laß doch dcincn Wagen hinterher fahren, und du setz dich zu mir – wir wollen gleich zu mir!“

Der Wagen des Kaisers fuhr vor, er setzte sich mit Ibrahim hinein, und sie jagten davon. Nach anderthalb Stunden kamen sie in Petersburg an. Ibrahim betrachtete mit Neugierde die neugeborene Residenz, die auf den Wink ihres Kaisers dem Sumpf entstiegen war. Kahle Schleusen, Kanäle ohne Dämme und hölzerne Brücken legten überall von dem Sieg Zeugnis ab, den der menschliche Wille über den Widerstand der Elemente erst kürzlich errungen hatte. Die Häuser schienen in aller Eile gebaut zu sein. In der ganzen Stadt gab es nichts Prächtiges, mit Ausnahme der Newa, die zwar noch nicht mit dem granitenen Rahmen geschmückt, aber schon mit einer Menge Kriegs- und Handelsschiffe bedeckt war. Der kaiserliche

Wagen hielt vor dem Palast, dem sogenannten Garten der Zarin. Auf der Rampe wurde Peter von einer etwa fünfunddreißigjährigen, sehr schönen und nach der letzten Pariser Mode gekleideten Frau empfangen. Peter küßte sie und sagte, indem er Ibrahim bei der Hand nahm: „Erkennst du meinen Paten, Katjenka? Ich bitte dich, ihn wie einst zu lieben und ihm gewogen zu sein."

Katharina richtete ihre schwarzen durchdringenden Augen auf ihn und reichte ihm leutselig die Hand. Zwei schöne Mädchen, hochgewachsen, schlank und frisch wie die Rosen, standen hinter ihr und traten nun respektvoll auf Peter zu.

„Lisa", sagte er zu einer von ihnen, „erinnerst du dich an den kleinen Mohrenknaben, der in Oranienbaum einst für dich aus meinem Garten Äpfel stahl? Hier ist er, hiermit stelle ich ihn dir vor."

Die Großfürstin lachte und errötete. Man begab sich in den Speisesaal. In Erwartung des Kaisers war die Tafel bereits gedeckt. Peter setzte sich mit der ganzen Familie zu Tisch und lud auch Ibrahim ein. Während des Mahles sprach der Kaiser mit ihm über allerlei Dinge, fragte ihn über den spanischen Feldzug, über die innere Lage Frankreichs, über den Regenten aus, den er gern hatte, obschon er vieles an ihm tadelte. Ibrahim zeichnete sich durch einen genauen und beobachtenden Verstand aus. Peter war mit seinen Antworten sehr zufrieden. Er erinnerte sich an einige Züge aus Ibrahims Kindheit und erzählte sie mit solcher Gutmütigkeit und Fröhlichkeit, daß niemand in diesem herzlichen und gastfreundlichen Hausherrn den Helden von Poltawa, den mächtigen und strengen Reformator Rußlands vermutet hätte.

Nach dem Essen zog sich der Kaiser nach russischem Brauch zurück, um auszuruhen. Ibrahim blieb allein mit der Kaiserin und den Großfürstinnen. Er bemühte sich, ihre Neugierde zu befriedigen, beschrieb die Pariser Lebensweise, die dortigen Feste und launischen Moden. Inzwischen versammelten sich einige dem Kaiser nahestehende Persönlichkeiten im Palast. Ibrahim erkannte den üppigen Fürsten Menschikow, der den

Mohren von der Seite stolz ansah, als er ihn im Gespräch mit Katharina fand, den Fürsten Jakob Dolgorukij, den unbeugsamen Ratgeber Peters, den gelehrten Brjuß, der im Volk als der russische Faust galt, den jungen Ragusinskij, seinen einstigen Spielgenossen, und viele andere, die zum Kaiser gekommen waren, um ihm Bericht zu erstatten oder um Befehle von ihm entgegenzunehmen.

Der Kaiser erschien etwa nach zwei Stunden.

„Wir wollen sehen", sagte er zu Ibrahim, „ob du dein altes Amt noch nicht vergessen hast. Nimm die Schiefertafel und folge mir."

Peter schloß sich in der Drechslerwerkstatt ein und befaßte sich dort mit den Staatsgeschäften. Er arbeitete der Reihe nach mit Bjruß, mit dem Fürsten Dolgorukij, mit dem Generalpolizeimeister Devier und diktierte Ibrahim einige Resolutionen und Beschlüsse. Ibrahim staunte über seinen raschen, sicheren Verstand, über die Kraft und Biegsamkeit seiner Auffassung und die Vielseitigkeit seines Wissens. Nach der Beendigung der Arbeit zog Peter ein Notizbuch aus der Tasche, um nachzusehen, ob alles, was er sich für den heutigen Tag vorgenommen hatte, auch ausgeführt worden sei. Dann sagte er beim Verlassen der Drechslerwerkstatt zu Ibrahim: „Es ist schon spät. Du bist müde, nehme ich an, bleib hier über Nacht wie in alten Zeiten, morgen werde ich dich wecken."

Als Ibrahim allein geblieben war, konnte er kaum zu sich kommen. Er befand sich in Petersburg. Er hatte den großen Mann wiedergesehen, in dessen Nähe er, ohne seinen Wert zu kennen, seine Kindheit verlebt hatte. Fast ohne Reue gestand er sich in seinem Innern, daß zum erstenmal seit der Trennung von der Gräfin diese nicht den ganzen Tag sein Denken beherrscht hatte. Er sah, daß die neue Lebensweise, die ihn erwartete, die Tätigkeit und ständige Arbeit seine Seele beleben würden, die von Leidenschaften, Müßiggang und heimlicher Niedergeschlagenheit ermüdet war. Der Gedanke, der Gefährte eines großen Mannes zu sein und in Gemeinschaft mit ihm auf die Schicksale eines großen Volkes einzuwirken, weckten zum erstenmal in ihm das edle Gefühl des Ehrgeizes. In dieser Gemütsverfassung legte er sich auf das für ihn bereitete Feldbett, und erst dann trug ihn der gewohnte Traum nach dem fernen Paris in die Arme der geliebten Gräfin.

III

Am nächsten Morgen weckte Peter getreu seinem Versprechen Ibrahim und beglückwünschte ihn zum Titel eines Kapitänleutnants der Bombardierkompanie des Preobraschenskischen Regiments, deren Hauptmann er selbst war. Die Höflinge umringten Ibrahim, jeder in seiner Weise bemüht, dem neuen Günstling seine Freundlichkeit zu bezeigen. Der hochmütige Fürst Menschikow drückte ihm die Hand. Scheremetjew erkundigte sich nach seinen Pariser Bekannten, und Golowin lud ihn zum Mittagessen ein. Dem Beispiel des letzteren folgten auch die anderen, so daß Ibrahim Einladungen für mindestens einen Monat erhielt.

Ibrahim verbrachte die Tage eintönig, aber tätig. So kannte er die Langeweile nicht. Von Tag zu Tag gewann er den Kaiser mehr lieb und begriff seine erhabene Seele besser. Den Gedanken eines großen Mannes zu folgen ist die unterhaltendste Wissenschaft. Ibrahim sah Peter im Senat, bei der Behandlung wichtiger Fragen der Gesetzgebung, von Buturlin und Dolgorukij bekämpft, oder im Admiralitätskollegium, das die Meeresmacht Rußlands gründete. Er sah ihn zusammen mit Theophan, Gawrjil Buschinskij und Kopiewitsch in den Mußestunden die Übersetzungen ausländischer Publizisten durchsehen, oder er sah ihn die Fabrik eines Kaufmanns, die Werkstatt eines Handwerkers, das Arbeitszimmer eines Gelehrten aufsuchen. Rußland erschien Ibrahim wie eine riesengroße Werkstatt, in der sich nur die Maschinen bewegten, und jeder Arbeiter, fest eingefügt in die neue Ordnung, mit seiner Arbeit beschäftigt war. Er hielt auch sich für verpflichtet, in seiner

Werkstatt zu arbeiten, und gab sich Mühe, an die Vergnügungen des Pariser Lebens möglichst wenig zu denken. Schwerer fiel es ihm, die andere liebe Erinnerung zu verscheuchen. Er dachte oft an die Gräfin, stellte sich ihre gerechte Empörung, ihre Tränen und Niedergeschlagenheit vor ... Und zuweilen beengte ein schrecklicher Gedanke ihm die Brust: die Zerstreuungen der großen Welt, eine neue Verbindung, ein anderer Glücklicher! Er fuhr zusammen, Eifersucht begann in seinem afrikanischen Blut zu sieden, und heiße Tränen waren bereit, über sein schwarzes Gesicht herabzurinnen.

Eines Morgens saß er in seinem Arbeitszimmer, von Akten umgeben, als er plötzlich eine laute Begrüßung in französischer Sprache vernahm. Ibrahim wandte sich lebhaft um, und der junge Korsakow, den er in Paris im Wirbel der großen Welt zurückgelassen hatte, umarmte ihn unter freudigen Ausrufen. „Ich bin eben angekommen und komme sofort zu dir gelaufen. Alle unsere Pariser Bekannten grüßen dich und bedauern deine Abwesenheit. Die Gräfin L. befahl, dich unbedingt zurückzuholen, und hier ist auch ein Brief von ihr."

Ibrahim riß ihn mit Beben an sich und betrachtete die bekannte Handschrift, ohne seinen eigenen Augen zu trauen.

„Wie bin ich froh", fuhr Korsakow fort, „daß du in diesem barbarischen Petersburg vor Langeweile noch nicht gestorben bist! Was macht man hier, womit beschäftigt man sich? Wer ist dein Schneider? Gibt es hier wenigstens eine Oper?"

Ibrahim antwortete zerstreut, daß der Kaiser jetzt wohl auf der Schiffswerft arbeite. Korsakow lachte.

„Ich sehe", sagte er, „daß du jetzt an andere Dinge denkst. Ein andermal wollen wir uns satt reden. Jetzt fahre ich, mich dem Kaiser vorzustellen." Mit diesen Worten drehte er sich auf einem Bein um und verließ laufend das Zimmer.

Als Ibrahim allein war, erbrach er eilig den Brief. Die Gräfin klagte zärtlich, machte ihm über seine Verstellung und sein Mißtrauen Vorwürfe. „Du sagst", schrieb sie, „daß meine Ruhe Dir teurer ist als alles auf der Welt. Ibrahim! Wenn das wahr wäre, hättest Du mich da in den Zustand versetzen können, in den mich die plötzliche Nachricht von Deiner Abreise gebracht hat? Du hast gefürchtet, daß ich Dich zurückhalten könnte. Sei überzeugt, daß ich es trotz meiner Liebe vermocht hätte, Deinem Glück und dem, was Du Deine Pflicht nennst, ein Opfer zu bringen." Die Gräfin schloß ihren Brief mit den leidenschaftlichsten Liebesbeteuerungen und beschwor ihn, ihr wenigstens zuweilen zu schreiben, wenn es schon keine Hoffnung für sie gebe, ihn einmal wiederzusehen.

Ibrahim las wohl zwanzigmal den Brief durch und bedeckte die unschätzbaren Zeilen vor Entzücken mit Küssen. Er brannte vor Ungeduld, etwas über die Gräfin zu erfahren, und war im Begriff, sich nach der Admiralität zu begeben, wo er Korsakow noch anzutreffen hoffte. Aber die Tür ging auf, und Korsakow erschien wieder. Er hatte sich dem Kaiser bereits vorgestellt und schien wie gewöhnlich mit sich selbst sehr zufrieden zu sein.

„Entre nous", sagte er zu Ibrahim, „der Kaiser ist ein äußerst sonderbarer Mensch! Stell dir vor, ich habe ihn in einer Leinwandjacke auf dem Mast eines Schiffes angetroffen und war gezwungen, mit meinen Depeschen hinaufzuklettern. Ich stand auf der Strickleiter, hatte nicht Platz genug, um eine anständige Reverenz zu machen, und war völlig verwirrt, was mir in meinem Leben noch nie passiert ist. Als der Kaiser jedoch die Depeschen gelesen hatte, musterte er mich von Kopf bis Fuß und war von dem Geschmack und der Eleganz meiner Kleidung gewiß angenehm überrascht; wenigstens lächelte er und lud mich zur heutigen Assemblee ein. Aber ich bin in Petersburg ein vollkommener Fremdling, im Laufe der sechsjährigen Abwesenheit habe ich die hiesigen Gewohnheiten ganz vergessen. Sei deshalb bitte heute mein Mentor, hol mich ab und führ mich ein."

Ibrahim willigte ein und beeilte sich, das Gespräch auf den ihn mehr interessierenden Gegenstand zu bringen.

„Nun, was macht die Gräfin L.?"

„Die Gräfin? Sie war über deine Abreise am Anfang sehr betrübt. Dann hat sie sich natürlich getröstet und einen neuen

Liebhaber genommen, weißt du wen? Den langen Marquis R. Warum glotzt du mich mit deinen Mohrenaugen denn so an? Erscheint es dir seltsam? Weißt du denn nicht, daß es nicht in der menschlichen Natur liegt, langes Trauern zu ertragen, besonders nicht in der weiblichen? Überleg dir das genau, ich gehe, um mich von der Reise auszuruhen, und vergiß nicht, mich nachher abzuholen."

Welche Gefühle bestürmten nun Ibrahims Brust? Eifersucht? Raserei? Verzweiflung? Nein: aber tiefe, beklommene Niedergeschlagenheit. Er wiederholte sich selbst: „Das habe ich vorausgesehen, es mußte so kommen." Dann öffnete er den Brief der Gräfin wieder, las ihn noch einmal, ließ den Kopf sinken und begann bitterlich zu weinen. Er weinte lange. Die Tränen erleichterten ihm das Herz. Als er auf die Uhr sah, war es Zeit zu fahren. Ibrahim wäre sehr froh gewesen, wenn er hätte wegbleiben dürfen, aber die Assemblee war eine Pflichtsache, und der Kaiser sah streng auf die Anwesenheit seiner Vertrauten. Er kleidete sich um und fuhr, Korsakow zu holen.

Korsakow saß im Schlafrock und las in einem französischen Buch. „So früh?", sagte er zu Ibrahim, als er ihn erblickte.

„Ich bitte dich!" antwortete dieser, „es ist schon halb sechs, wir kommen zu spät. Zieh dich schnell an und laß uns fahren."

Korsakow wurde geschäftig, er begann aus aller Kraft zu läuten. Die Dienerschaft lief zusammen. Der französische Kammerdiener reichte ihm Schuhe mit roten Absätzen, hellblaue Samthosen und einen mit Flitter besetzten rosa Rock. Im Vorzimmer wurde eilig die Perücke gepudert; man brachte sie herein. Korsakow steckte seinen geschorenen Kopf hinein, verlangte Degen und Handschuhe, drehte sich an die zehnmal vor dem Spiegel um und erklärte Ibrahim, daß er fertig sei. Die Heiducken reichten ihnen die Bärenpelze, und sie fuhren in das Winterpalais.

Korsakow überschüttete Ibrahim mit Fragen. Er wollte wissen, wer in Petersburg die erste Schönheit sei, wer als der erste Tänzer gelte, welcher Tanz jetzt in Mode sei. Ibrahim befriedigte seine Neugierde nur höchst ungern. Inzwischen fuhren sie vor dem Palais vor. Eine Menge langer Schlitten, alter Kutschen und vergoldeter Wagen stand schon auf der Wiese. Vor der Rampe drängten sich Kutscher in Livree und mit Schnurrbärten, Schnelläufer, von Flittergold glänzend, mit Federn und Stäben, Husaren, Pagen, ungeschickte Heiducken, mit den Pelzen und Muffen ihrer Herrschaft beladen, ein Gefolge, das nach den Begriffen der damaligen Zeit unerläßlich war. Beim Erscheinen Ibrahims erhob sich unter ihnen allgemeines Geflüster: „Der Mohr, der Mohr, der Mohr des Zaren!" Er führte Korsakow möglichst rasch durch diese bunte Dienerschaft. Ein Hoflakai öffnete die Tür weit vor ihnen, und sie traten in den Saal. Korsakow war starr vor Überraschung ... In einem großen Saal, der von Talgkerzen erleuchtet war, die in Wolken von Tabakrauch trübe brannten, bewegten sich in Scharen die Würdenträger mit blauen Bändern über der Schulter, Gesandte, ausländische Kaufherren, Gardeoffiziere in grüner Uniform, Schiffbauer in Jacken und gestreiften Hosen unter den ununterbrochenen Klängen der Blasinstrumente auf und ab. Die Damen saßen in einer Reihe an den Wänden. Die jungen waren mit der ganzen Pracht der Mode gekleidet. Gold und Silber glänzte auf ihren Roben, und aus den üppigen Reifröcken erhoben sich wie die Stengel ihre schmalen Taillen. Diamanten funkelten in ihren Ohren, in den langen Locken und um ihren Hals. Sie drehten sich lustig nach rechts und links in Erwartung der Kavaliere und der Eröffnung des Balles. Den bejahrten Damen sah man die Mühe an, die neue Art der Kleidung mit Althergebrachtem schlau zu verbinden; ihre Hauben erinnerten sehr an die Zobelmütze der Zarin Natalja Kirilowna, die Reifröcke und die Mantillen an den Sarafan und den Seelenwärmer. Es schien, daß sie mehr mit Staunen als mit Vergnügen bei diesen neu eingeführten Belustigungen zugegen waren und die Frauen und Töchter der holländischen Schiffskapitäne verdrossen und scheel ansahen, die in Röcken aus Segeltuch und roten Miedern Strümpfe strickten, miteinander lachten und sich wie zu Hause fühlten.

Als der Diener die neuen Gäste bemerkte, trat er mit Bier und Gläsern auf einem Brett zu ihnen.

„Que diable est-ce que tout cela?“ fragte Korsakow Ibrahim halblaut.

Ibrahim konnte nicht umhin zu lächeln. Die Kaiserin und die Großfürstinnen bewegten sich, in ihrer Schönheit und Pracht glänzend, durch die Reihen, und unterhielten sich freundlich mit den Gästen. Der Kaiser war in einem andern Gemach. Korsakow wollte sich ihm zeigen und drängte sich mit Mühe durch die unaufhörlich sich bewegende Menge. Dort saßen meistens Fremde, sie rauchten würdevoll ihre Tonpfeifen und leerten die tönernen Krüge. Auf den Tischen gab es Bier- und Weinflaschen, lederne Tabaksbeutel, Gläser mit Punsch und Schachbretter. An einem von ihnen spielte Peter mit einem breitschultrigen englischen Schiffskapitän Dame. Sie beehrten einander eifrig mit Salven von Tabaksrauch, und der Kaiser war von einem unerwarteten Zug seines Gegners so verblüfft, daß er Korsakow nicht bemerkte, so sehr dieser sich in seiner Nähe auch drehen und wenden mochte. Zur gleichen Zeit trat ein wohlbeleibter Herr mit einem dicken Blumenstrauß auf der Brust geschäftig ein, meldete laut, daß die Tänze bereits begonnen hätten und entfernte sich, und eine Menge Gäste, darunter auch Korsakow, folgten ihm auf dem Fuße.

Ein unerwartetes Schauspiel überraschte ihn. Lang durch den Tanzsaal standen sich zu den Klängen einer unsagbar ärmlichen Musik Damen und Kavaliere in zwei Reihen gegenüber, die Kavaliere verbeugten sich tief und die Damen knicksten noch tiefer, erst nach vorn, dann nach rechts, dann nach links und so fort. Korsakow machte beim Anblick dieses schnurrigen Zeitvertreibs große Augen und biß sich auf die Lippen. Die Knickse und Verbeugungen dauerten etwa eine halbe Stunde. Endlich hörten sie auf, und der dicke Herr mit dem Blumenstrauß verkündete, daß die zeremoniellen Tänze zu Ende seien, und befahl den Musikanten, ein Menuett aufzuspielen. Korsakow war darüber erfreut und nahm sich vor, zu glänzen... Unter den jungen Damen gefiel ihm eine besonders. Sie war ungefähr sechzehn Jahre alt. Sie war reich, aber mit Geschmack gekleidet und saß neben einem bejahrten Mann von vornehmem und strengem Aussehen. Korsakow schoß auf sie zu und bat sie um die Ehre, mit ihm zu tanzen. Die junge Schöne sah ihn verwirrt an und schien nicht zu wissen, was sie ihm sagen solle. Der Herr neben ihr wurde noch finsterer. Korsakow wartete auf ihre Entscheidung. Jedoch der Herr mit dem Blumenstrauß trat zu ihm, führte ihn in die Mitte des Saales und sagte gewichtig: „Mein Herr, du hast dich unmöglich benommen: erstens weil du dich dieser jungen Person genähert hast, ohne vor ihr die vorgeschriebenen drei Reverenzen zu machen, und zweitens, weil du es dir herausgenommen hast, sie selber zu wählen, während doch im Menuett dieses Recht der Dame und nicht dem Kavalier zusteht. Deshalb mußt du gehörig bestraft werden, und zwar mußt du den Becher des großen Adlers leeren."

Korsakow wunderte sich von Stunde zu Stunde mehr. In wenigen Augenblicken wurde er von den Gästen umringt, die laut die sofortige Erfüllung des Gesetzes verlangten. Als Peter den Lärm und das laute Lachen vernahm, kam er aus dem anderen Gemach herein, da er bei solchen Strafen gern persönlich zugegen war. Die Menge machte ihm Platz, und er trat in den Kreis, wo der Verurteilte stand und vor ihm der Marschall der Assemblee mit einem riesengroßen, mit Malvasierwein gefüllten Becher. Er redete dem Verbrecher vergeblich zu, freiwillig dem Gesetz zu gehorchen.

„Aha", sagte Peter, als er Korsakow erblickte, „bist reingefallen, Bruder. Jetzt trink gefällig, Musjöh, ohne das Gesicht zu verziehen." Es war nichts zu machen, der arme Geck leerte den Becher, ohne Atem zu holen, und übergab ihn dem Marschall.

„Höre, Korsakow", sagte Peter zu ihm, „du hast samtene Hosen an, wie ich sie nicht trage, der ich doch viel reicher bin als du. Das ist Verschwendung, sieh zu, daß ich deswegen mich nicht mit dir zanke."

Als Korsakow diesen Verweis vernahm, wollte er aus der Mitte treten, wankte aber und wäre zum großen Vergnügen des Kaisers und der ganzen lustigen Gesellschaft beinahe hingefallen. Diese Episode schadete der heiteren Stimmung des Festes nicht, vielmehr belebte sie diese noch. Die Kavaliere begannen zu scharren, die Damen mit großem Eifer zu knicksen und mit den Absätzen zu klopfen, wobei sie den Rhythmus der Musik nicht mehr beachteten. Korsakow konnte an der allgemeinen Fröhlichkeit nicht mehr teilnehmen. Die Dame, die er gewählt hatte, trat auf Geheiß ihres Vaters Gawrila Afanassjewitsch Rschewskij zu Ibrahim und reichte ihm schüchtern die Hand, wobei sie ihre hellblauen Augen senkte. Ibrahim tanzte mit ihr ein Menuett und führte sie auf ihren Platz zurück. Dann fand er Korsakow und führte ihn aus dem Saal, setzte ihn in den Wagen und brachte ihn nach Hause. Unterwegs lallte Korsakow undeutlich: „Verdammte Assemblee! Verdammter Becher des großen Adlers! ...“ Dann schlief er fest ein und fühlte gar nicht, wie er nach Hause kam, wie man ihn auszog und schlafen legte. Er erwachte am nächsten Morgen mit Kopfschmerzen und erinnerte sich unklar an das Scharren, Knicksen, an den Tabakrauch, den dicken Herrn mit dem Blumenstrauß und an den Becher des großen Adlers.

IV

Gemächlich speisten unsere Väter,
Gemächlich kreisten Becher und Pokale
Aus Silber und gefüllt bis an den Rand
Mit schäumendem Bier und Wein.

Ruslan und Ludmilla

Jetzt muß ich den geneigten Leser mit Gawrila Afanassjewitsch Rschewskij bekannt machen. Er entstammte einem uralten adligen Geschlecht, besaß ein riesengroßes Gut, war gastfreundlich, liebte die Falkenjagd, hatte zahlreiches Gesinde – mit einem Wort, er war ein echter russischer Herr. Er konnte, seinen Worten zufolge, den fremdländischen Geist nicht leiden und war bemüht, in seinem Hauswesen die Bräuche der ihm so lieben alten Zeit zu erhalten. Seine Tochter war siebzehn Jahre alt. Schon als Kind hatte sie die Mutter verloren. Sie war nach alter Art erzogen, das heißt, umgeben von Ammen, Kinderfrauen, Gespielinnen und Mägden. Sie verstand es, in Gold zu sticken, konnte aber weder lesen noch schreiben. Ihr Vater hatte trotz seines Widerwillens gegen alles Ausländische ihrem Wunsch nicht widersprochen, bei dem gefangenen schwedischen Offizier, der in ihrem Hause wohnte, die deutschen Tänze zu erlernen. Dieser verdiente Tanzmeister war fünfzig Jahre alt. Sein rechtes Bein war in der Schlacht bei Narwa durchschossen worden und war deshalb für Couranten und Menuette nicht sehr geeignet, dafür aber machte das linke die schwierigsten Pas mit erstaunlicher Kunst und Leichtigkeit. Die Schülerin machte seinen Bemühungen alle Ehre. Natalja Gawrilowna galt in den Assembleen als die beste Tänzerin, was zum Teil der Grund für Korsakows Vergehen war, der am nächsten Tag bei Gawrila Afanassjewitsch erschien, um sich zu entschuldigen. Aber die Geschicklichkeit und Eleganz des jungen Salonhelden gefiel dem stolzen Bojaren nicht, der ihn geistreich den französischen Affen nannte.

Es war ein Feiertag. Gawrila Afanassjewitsch erwartete einige Verwandte und Freunde. In dem altertümlichen Saal war eine große Tafel gedeckt. Die Gäste kamen mit ihren Frauen und Töchtern, die endlich durch die Verordnungen des Kaisers und durch sein eigenes Beispiel von der Zurückgezogenheit befreit waren. Natalja Gawrilowna präsentierte jedem Gast ein silbernes Tablett mit goldnen Gläschen, und jeder trank sein Gläschen aus und bedauerte, daß der Kuß, den man in alten Zeiten bei solcher Gelegenheit bekam, aus der Mode gekommen war. Man setzte sich zu Tisch. Den ersten Platz neben dem Hausherrn nahm sein Schwiegervater ein, der Fürst Boris Alexejewitsch Lykow, ein siebzigjähriger Bojar, die übrigen Gäste setzten sich streng nach der Rangstufe und gedachten auf diese Weise der glücklichen Tage des Rangstreites. Die Männer saßen auf der einen Seite der Tafel, die Frauen auf der andern. Am Ende des Tisches saßen der Gewohnheit entsprechend die Lieblingskammerfrau in altertümlichem Sarafan und Kopfputz, die Zwergin, ein dreißigjähriges winziges Wesen, steif und runzlig, und der gefangene Tanzmeister in einem blauen, abgetragenen Waffenrock. Der Tisch, der mit einer Menge Schüsseln bedeckt war, wurde von einer geschäftigen Dienerschar umringt, unter denen sich der Hofmeister durch strengen Blick, dicken Wanst und majestätische Unbeweglichkeit auszeichnete. Die ersten Minuten des Essens waren einzig der Aufmerksamkeit gewidmet, die den Werken unserer alten russischen Kochkunst galt. Das Klirren der Teller und das Klappern der Löffel unterbrach allein das allgemeine Schweigen. Als endlich der Hausherr die Zeit für gekommen hielt, die Gäste mit angenehmer Unterhaltung zu zerstreuen, wandte er sich um und fragte: „Wo ist Jekimowna? Ruft sie her!“ Einige Diener wollten schon nach verschiedenen Seiten stürzen, als gleichzeitig eine alte Frau erschien, geschminkt, mit Blumen und Flittergold geschmückt, in einem Reifrock aus Seidenstoff, mit bloßem Hals und Busen, singend und tänzelnd. Ihr Erscheinen rief allgemeine Befriedigung hervor.

„Guten Tag, Jekimowna“, sagte Fürst Lykow, „wie geht es dir?“

„Gut, Gevatter, ich bin gesund und wohl, tanze und singe und warte auf Freier.“

„Wo warst du denn, Närrin?“ fragte der Hausherr.

„Habe mich geschmückt, Gevatter, für die teuren Gäste, zu Gottes Fest, auf des Zaren Befehl, auf des Bojaren Geheiß, zum Gespött für die ganze Welt, nach deutscher Manier.“

Bei diesen Worten erhob sich lautes Lachen, und die Närrin stellte sich auf ihren Platz hinter den Stuhl des Hausherrn.

„Die Närrin schwätzt und sagt dabei manchmal auch die Wahrheit“, sagte Tatjana Afanassjewna, die älteste und von ihm herzlich geschätzte Schwester des Hausherrn. „In der Tat sind die heutigen Trachten das Gespött der ganzen Welt. Wenn ihr euch schon, Väterchen, die Bärte wegrasiert und die gestutzten Röcke angezogen habt, was soll man da noch über die Fetzen der Frauen reden. Aber es ist wirklich schade um den Sarafan, das Mädchenband und das Kopftuch! Wenn man die heutigen Schönen sieht, es ist zum Lachen und zum Weinen: die Haare toupiert wie Filz, eingefettet und mit französischem Mehl bestreut, das Bäuchlein zusammengeschnürt, daß sie beinahe ersticken, die Röcke auf Reifen. In den Wagen müssen sie sich seitwärts hineinsetzen. Wenn sie zur Tür hineingehen, müssen sie sich bücken. Weder aufstehen, noch sich hinsetzen, noch Atem holen können sie, die reinsten Märtyrerinnen, die Ärmsten!"

„Ach, Mütterchen Tatjana Afanassjewna!" sagte Kirila Petrowitsch T., der in Rjasan Statthalter war, wo er dreitausend Seelen und eine junge Frau erworben hatte, beides auf eine nicht ganz rechtmäßige Weise, „meinetwegen soll sich die Frau anziehen, wie sie will, nur soll sie sich nicht jeden Monat neue Kleider bestellen und die früheren, noch ganz neuen, wegwerfen. Früher, da bekam die Enkelin noch den Sarafan der Großmutter, die heutigen Reifröcke aber – heute trägt sie die Gnädige, morgen die Magd. Was ist zu tun? Ein Ruin für den russischen Adel! Ein Unglück, sonst nichts!"

Bei diesen Worten sah er mit einem Seufzer auf seine Marja Iljinischna, der diese Lobreden auf die alte Zeit und der Tadel der neuesten Sitten gar nicht zu gefallen schienen. Die anderen Schönen teilten ihre Unzufriedenheit, schwiegen aber, weil Bescheidenheit damals als unerläßliche Eigenschaft einer jungen Frau galt.

„Und wer ist schuld daran?" sagte Gawrila Afanassjewitsch und füllte sich einen Krug mit schäumendem Kwaß, „etwa nicht wir selbst? Die jungen Weiblein sind närrisch, und wir lassen ihnen ihren Willen."

„Was sollen wir aber tun, wenn es nicht nach unserem Willen gehen darf?" erwiderte Kirila Petrowitsch. „Mancher wäre froh, seine Frau in ihrem Turmgemach einzusperren, sie wird aber mit Paukenschlägen zur Assemblee gefordert. Der Mann ist für die Peitsche und die Frau für den Putz. Ach, diese Assembleen! Bestraft hat uns der liebe Gott für unsere Sünden."

Marja Iljinischna saß wie auf Nadeln, die Zunge juckte ihr. Schließlich konnte sie nicht mehr an sich halten und fragte ihren Mann mit einem säuerlichen Lächeln, was er an den Assembleen auszusetzen habe.

„Schlimm ist", erwiderte der erhitzte Gatte, „daß, seitdem sie eingeführt worden sind, die Männer mit ihren Frauen nicht mehr fertig werden können; die Frauen haben das Wort des Apostels vergessen: Die Frau fürchte den Mann. Sie sorgen nicht für die Wirtschaft, sondern für neue Kleider. Sie trachten nicht danach, ihre Männer zufriedenzustellen, sondern den windigen Offizieren zu gefallen. Und schickt es sich auch, meine Gnädige, für eine russische Bojarengattin oder Bojarentochter, sich zusammen mit den deutschen Tabakrauchern und ihren Arbeiterinnen aufzuhalten? Ist es nicht unerhört, bis zur Mitternacht mit jungen Männern zu tanzen und sich zu unterhalten! Wenn es noch Verwandte wären, aber mit Fremden, Unbekannten!"

„Ich würde gern ein Wörtchen sagen, aber der Wolf ist in der Nähe", sagte Gawrila Afanassjewitsch mit finsterem Gesicht. „Ich gestehe, diese Assembleen sind auch mir nicht nach dem Geschmack. Ehe man sich's versieht, gerät man auf einen Betrunkenen oder wird selbst zum Gespött aller betrunken gemacht. Du mußt aufpassen, daß nicht irgendein Schlingel mit deiner Tochter etwas anstellt, und die Jugend ist heutzutage so mutwillig, daß es gar keine Art hat. Da hat zum Beispiel der Sohn des seligen Jewgraf Sergejewitsch Korsakow auf der letzten Assemblee ein derartiges Aufsehen mit meiner Natascha gemacht, daß es mir die Farbe ins Gesicht getrieben hat. Am nächsten Tag sehe ich ihn zu mir in den Hof sprengen. Ich dachte schon: ‚Wen mag mir da der liebe Gott schicken, am Ende gar den Fürsten Alexander Danilowitsch?' Weit gefehlt: es war Iwan Jewgrafowitsch! Er konnte natürlich nicht vor dem Tor halten lassen und sich zu Fuß bis zur Rampe bemühen – weit gefehlt, er stürzt herein, macht einen Kratzfuß und schwatzt darauflos, daß Gott erbarme! Die Närrin Jekimowna kann ihn nachmachen, zum Totlachen; wenn wir schon davon reden, komm, Närrin, mach uns mal den fremdländischen Affen vor."

Die Närrin Jekimowna ergriff den Deckel einer Schüssel, nahm ihn unter den Arm, als wäre es ein Hut, und begann Grimassen zu schneiden, Kratzfüße zu machen und sich nach allen Seiten zu verbeugen, wobei sie die Worte „Monsieur, mademoiselle, assemblee, pardon" sprach. Allgemeines, anhaltendes Lachen entlud sich, ein Ausdruck des Vergnügens der Gäste.

„Ganz genau Korsakow", sagte der alte Fürst Lykow und trocknete sich die Tränen, nachdem die Ruhe allmählich wieder eingetreten war. „Warum soll man es aber verschweigen? Er ist nicht der erste und auch nicht der letzte, der aus der Fremde nach dem heiligen Rußland als ein Hanswurst zurückgekehrt ist. Was lernen dort unsere Kinder? Kratzfüße machen, Gott weiß in was für einer Sprache schwatzen, die älteren Leute nicht achten und fremden Frauen nachstellen. Von allen jungen Männern, die in den fremden Ländern erzogen worden sind, ist, Gott verzeihe mir, der Mohr des Zaren noch am meisten einem Menschen ähnlich."

„Ach, Väterchen Fürst", sagte Tatjana Afanassjewna, „ich hab ihn ganz nah gesehen: welch eine schreckliche Fratze! Ich war ganz entsetzt!"

„Natürlich", bemerkte Gawrila Afanassjewitsch, „er ist ein ordentlicher und solider Mensch, kein Vergleich mit dem Windbeutel … Aber wer kommt denn da wieder durchs Tor in den Hof? Wieder der fremdländische Affe? Was gafft ihr, ihr Viecher?" fuhr er, zur Dienerschaft gewandt, fort, „lauft, weist ihn ab, und das auch für die Zukunft …"

„Du alter Bart, bist du von Sinnen?" unterbrach ihn die Närrin Jekimowna. „Oder bist du auf einmal blind? Es ist der Schlitten des Kaisers, der Zar ist gekommen."

Gawrila Afanassjewitsch erhob sich rasch von der Tafel. Alle stürzten zu den Fenstern und erblickten in der Tat den Kaiser, der die Rampe hinaufstieg, sich auf die Schulters seines Burschen stützend. Es entstand allgemeine Verwirrung. Der Hausherr stürzte Peter entgegen. Die Diener rannten wie betäubt herum. Die Gäste bekamen Angst, einige überlegten sogar, auf welche Weise sie nach Hause entkommen könnten. Da ertönte im Vorraum die laute Stimme Peters, alles wurde still, und Peter trat ein, geleitet vom Hausherrn, der vor Freude völlig verwirrt war.

„Guten Tag, meine Herrschaften!" sagte Peter mit fröhlichem Gesicht. Alle verbeugten sich tief. Die raschen Blicke des Zaren fanden unter den Anwesenden die junge Tochter des Hausherrn. Er rief sie zu sich heran. Natalja Gawrilowna nahte ziemlich mutig, obgleich sie nicht nur bis über die Ohren, sondern bis über die Schultern errötete.

„Du wirst immer hübscher", sagte ihr der Kaiser und küßte sie, wie es seine Gewohnheit war, auf die Stirn. Dann wandte er sich zu den Gästen: „Nun, störe ich euch? Ihr habt zu Mittag gespeist? Bitte, nehmt wieder Platz, und du, Gawrila Afanassjewitsch, gib mir ein Gläschen Anisschnaps."

Der Hausherr stürzte zum hoheitsvollen Hofmeister, riß ihm das Tablett aus den Händen, schenkte selbst ein goldenes Gläschen ein und reichte es mit einer Verbeugung dem Kaiser. Peter trank aus, aß einen Kringel und lud die Gäste zum zweitenmal ein, das Mahl fortzusetzen. Alle nahmen ihre früheren Plätze ein, mit Ausnahme der Zwergin und der Spaßmacherin, die es nicht wagten, an der Tafel, die durch die Gegenwart des Kaisers geehrt wurde, zu bleiben. Peter setzte sich neben den Hausherrn und bat um Kohlsuppe. Der kaiserliche Bursche reichte ihm einen in Elfenbein gefaßten Holzlöffel, Messer und Gabel mit grünen beinernen Griffen, denn Peter gebrauchte nie anderes Besteck als sein eigenes. Das Mahl, das vor einer Minute noch von Fröhlichkeit und Gesprächen so geräuschvoll belebt worden war, wurde nun in Stille und Verlegenheit fortgesetzt. Der Hausherr aß vor Ehrfurcht und

Freude fast gar nicht. Die Gäste zierten sich ebenfalls und hörten der deutschen Unterhaltung des Kaisers mit dem gefangenen Schweden über den Feldzug des Jahres 1701 andächtig zu. Die Närrin Jekimowna, einigemal vom Kaiser angesprochen, antwortete ihm mit schüchterner Zurückhaltung, was, nebenbei bemerkt, durchaus nicht als Beweis ihrer natürlichen Dummheit dienen konnte. Nun war das Essen zu Ende. Der Kaiser erhob sich und nach ihm auch alle Gäste.

„Gawrila Afanassjewitsch, ich muß mit dir unter vier Augen sprechen“, sagte er zum Hausherrn, wobei er ihn unter den Arm nahm. Er führte ihn in den Salon und schloß die Tür hinter sich. Die Gäste blieben im Speisezimmer zurück und besprachen flüsternd den unerwarteten Besuch. Aus Angst, indiskret zu erscheinen, zogen sie sich einer nach dem anderen zurück, ohne dem Hausherrn für die Bewirtung gedankt zu haben. Sein Schwiegervater, seine Tochter und seine Schwester gaben ihnen leise das Geleit bis zur Schwelle und blieben im Speisezimmer allein, wo sie auf das Erscheinen des Kaisers warteten.

V

Nach einer halben Stunde öffnete sich die Tür, und Peter trat heraus. Mit einem majestätischen Kopfnicken erwiderte er die dreifache Verbeugung des Fürsten Lykow, Tatjana Afanassjewnas und Nataschas und begab sich geradeaus in den Vorraum. Der Hausherr reichte ihm seinen rot überzogenen Schafpelz, geleitete ihn zum Schlitten und dankte auf der Rampe noch einmal für die ihm erwiesene Ehre.

Peter fuhr davon.

Als er ins Speisezimmer zurückkehrte, schien Gawrila Afanassjewitsch sehr besorgt. Ärgerlich befahl er der Dienerschaft, rasch die Tafel abzuräumen, schickte Natascha in ihr Kämmerlein, erklärte dem Schwiegervater und der Schwester, daß er mit ihnen zu reden habe, und führte sie in sein Schlafgemach, wo er nach Tisch zu ruhen pflegte. Der alte Fürst legte sich auf das eichene Bett, Tatjana Afanassjewna setzte sich in einen altertümlichen mit Stoff bezogenen Sessel und schob sich einen Schemel unter die Füße. Gawrila Afanassjewitsch schloß alle Türen, setzte sich aufs Bett, dem Fürsten Lykow zu Füßen, und begann halblaut folgendes Gespräch:

„Nicht ohne Grund hat der Kaiser geruht, zu mir zu kommen. Ratet worüber er sich mit mir unterhalten hat?"

„Woher sollen wir es wissen, Väterchen Bruder!" sagte Tatjana Afanassjewna.

„Hat der Zar dir am Ende befohlen, eine Wojewodschaft zu verwalten?" sagte der Schwiegervater. „Höchste Zeit wäre es. Oder hat er dir vorgeschlagen, eine Gesandtschaft zu übernehmen? Nun, es müssen ja nicht immer die Schriftgelehrten sein, auch vornehme Leute können zu den fremden Fürsten gesandt werden."

„Nein", erwiderte der Schwiegersohn, „ich bin ein Mann von altem Schlage, heutzutage braucht man unsere Dienste nicht mehr, obschon ein rechtgläubiger russischer Edelmann ebensoviel wert ist wie alle heutigen Neulinge, die Pfannenkuchenbäcker und Ungläubigen. Aber das ist eine Sache für sich."

„Worüber also, Brüderchen, geruhte er, sich mit dir so lange zu unterhalten?" sagte Tatjana Afanassjewna. „Ist dir am Ende irgendein Unglück zugestoßen? Gott behüte und beschirme uns."

„Ein Unglück nicht grade, aber ich gestehe, es gibt mir zu denken."

„Was ist es denn, Bruder? Um was handelt es sich?"

„Es handelt sich um Natascha: der Kaiser kam, um für jemand um sie zu werben."

„Gott sei Dank!" sagte Tatjana Afanassjewna und bekreuzigte sich. „Das Mädchen ist heiratsfähig, und: wie der Brautwerber, so der Bräutigam. Gebe ihnen Gott Eintracht und Liebe, die Ehre ist groß. Für wen freit der Kaiser?"

„Hm!“ krächzte Gawrila Afanassjewitsch, „für wen? Da steckt es eben, für wen?“

„Für wen also?“ wiederholte auch der Fürst Lykow, der schon im Begriff war, einzuschlummern.

„Ratet“, sagte Gawrila Afanassjewitsch.

„Väterchen Bruder“, antwortete die Alte, „wie sollten wir es erraten? Es gibt doch so viele Freier bei Hofe. Jeder wäre froh, deine Natascha zu bekommen. Dolgorukij etwa?“

„Nein, nicht Dolgorukij.“

„Auch gut, er ist zu stolz. Schejin? Trojekurow?“

„Weder der eine noch der andere.“

„Aber auch mir wären sie nicht nach dem Herzen. Windbeutel – haben zu viel vom fremden Geist in sich aufgenommen. Nun, also Miloslawskij?“

„Auch nicht.“

„Gott stehe ihm bei, er ist reich und dumm. Wer denn sonst? Jeletzkij? Ljwow? Am Ende Ragusinskij? Sag, was du willst, ich kann nicht darauf kommen. Für wen wirbt denn der Kaiser um Natascha?“

„Für den Mohren Ibrahim.“

Die Alte schrie auf und schlug die Hände zusammen. Fürst Lykow erhob den Kopf von den Kissen und wiederholte mit Staunen: „Für den Mohren Ibrahim?“

„Väterchen Bruder“, sagte die Alte mit Tränen in der Stimme, „richte dein eigenes Kind nicht zugrunde, gib deine Natascha nicht dem schwarzen Teufel in die Krallen!“

„Wie soll ich es aber dem Kaiser abschlagen“, erwiderte Gawrila Afanassjewitsch, „der uns dafür seine Gnade versprach, mir und unserem ganzen Geschlecht?“

„Wie!“ rief der alte Fürst, dem der Schlaf vergangen war, „Natascha, meine Enkelin, soll mit einem gekauften Mohren verheiratet werden?“

„Er ist nicht von geringer Herkunft“, sagte Gawrila Afanassjewitsch, „er ist der Sohn eines arabischen Sultans. Die Ungläubigen haben ihn gefangengenommen und in Konstantinopel verkauft, unser Gesandter hat ihn dort ausgelöst und dem

Zaren geschenkt. Der ältere Bruder des Mohren war damals unterwegs nach Rußland mit einem ansehnlichen Lösegeld und ..."

„Väterchen, Gawrila Afanassjewitsch", unterbrach ihn die Alte, „wir haben das Märchen vom Prinzen Bowa und von Jeruslan Lasarewitsch schon gehört! Erzähl uns lieber, was du dem Kaiser auf seine Werbung erwidert hast."

„Ich sagte ihm, daß er Macht über uns habe und daß es uns, seinen Knechten, zukomme, sich ihm in allem zu fügen."

In diesem Augenblick wurde hinter der Tür ein Geräusch vernommen. Gawrila Afanassjewitsch ging hin, um sie zu öffnen, fühlte aber einen Widerstand. Er stieß stark dagegen – die Tür ging auf, und vor ihm lag Natascha bewußtlos auf dem blutbefleckten Boden.

Als der Kaiser sich mit ihrem Vater eingeschlossen hatte, wollte ihr das Herz ersterben. Eine Ahnung flüsterte ihr zu, daß die Sache sie anging, und als Gawrila Afanassjewitsch sie fortgeschickt hatte, indem er sagte, daß er mit der Tante und mit dem Großvater reden müsse, konnte sie dem Drang der weiblichen Neugierde nicht widerstehen, stahl sich leise durch die inneren Räume zur Tür des Schlafgemachs und ließ sich kein einziges Wort des ganzen schrecklichen Gesprächs entgehen; als dann das arme Mädchen die letzten Worte ihres Vaters vernommen hatte, verlor es das Bewußtsein und fiel mit dem Kopf gegen die eisenbeschlagene Truhe, in der ihre Ausstattung aufbewahrt wurde.

Die Dienerschaft lief zusammen. Natascha wurde aufgehoben, in ihr Kämmerlein gebracht und aufs Bett gelegt. Nach einiger Zeit erwachte sie, öffnete die Augen, erkannte aber weder den Vater noch die Tante. Es stellte sich hohes Fieber ein. Sie phantasierte immer wieder vom Mohren des Zaren, von der Hochzeit und schrie plötzlich mit kläglicher, durchdringender Stimme: „Valerian, lieber Valerian, mein Leben! Rette mich, da sind sie, da sind sie! ..." Tatjana Afanassjewna sah den Bruder unruhig an, der erbleichte, sich auf die Lippen biß und schweigend die Kammer verließ. Er kehrte in die

Kammer zum alten Fürsten zurück, der, da er die Treppe nicht hinaufgehen konnte, unten geblieben war.

„Wie steht es mit Natascha?“ fragte er.

„Schlimm“, antwortete der betrübte Vater, „schlimmer als ich dachte. In der Bewußtlosigkeit phantasiert sie von Valerian.“

„Wer ist dieser Valerian?“ fragte der beunruhigte Alte. „Sollte es jene Waise sein, der Sohn des Strelitzen, der bei dir im Hause erzogen wurde?“

„Er ist es, zu meinem Unglück!“ antwortete Gawrila Afanassjewitsch. „Sein Vater hat mir während des Aufstandes das Leben gerettet, und der Teufel ritt mich, dieses verfluchte Wölflein bei mir aufzunehmen. Als er vor zwei Jahren auf seine Bitte in das Regiment aufgenommen wurde, begann Natascha beim Abschied zu weinen, und er stand wie versteinert da. Das schien mir verdächtig, und ich sprach darüber mit der Schwester. Aber seitdem hat ihn Natascha nie mehr erwähnt, und auch von ihm haben wir nichts mehr vernommen. Ich dachte, sie habe ihn vergessen. Es scheint aber nicht der Fall zu sein. Aber nun ist es beschlossen: sie wird den Mohren heiraten.“

Fürst Lykow widersprach ihm nicht, es wäre auch vergeblich gewesen. Er fuhr nach Hause. Tatjana Afanassjewna blieb an Nataschas Bett. Gawrila Afanassjewitsch schloß sich ein, nachdem er nach dem Arzt geschickt hatte, und in seinem Hause wurde alles still und traurig.

Dieses unerwartete Freien hatte Ibrahim mindestens ebensosehr wie Gawrila Afanassjewitsch überrascht. Es hatte sich folgendermaßen zugetragen. Peter sagte einmal, während er mit Ibrahim arbeitete: „Ich merke, daß du niedergeschlagen bist, Freund. Sag offen, was fehlt dir?“

Ibrahim versicherte dem Kaiser, daß er mit seinem Geschick zufrieden sei und sich kein besseres wünsche.

„Schön“, sagte der Kaiser, „wenn du ohne jeden Grund traurig bist, dann weiß ich, womit ich dich aufheitern kann.“

Als sie mit der Arbeit fertig waren, fragte Peter Ibrahim:

„Gefällt dir das junge Mädchen, mit dem du auf der letzten Assemblee Menuett getanzt hast?"

„Sie ist sehr liebreizend, mein Fürst, und scheint mir ein gutes und bescheidenes Mädchen zu sein."

„So will ich dich mit ihr näher bekannt machen. Möchtest du sie heiraten?"

„Ich, mein Fürst? ..."

„Höre, Ibrahim: du bist einsam, stehst mutterseelenallein da, ohne Verwandte, allen fremd bis auf mich. Wenn ich heute sterbe, was soll aus dir werden, mein armer Mohr? Du mußt dich verheiraten, solange es noch Zeit ist, mußt in neuen Verbindungen eine Stütze suchen und dich mit dem alten russischen Bojarentum verbinden."

„Mein Fürst, ich bin glücklich über das Wohlwollen und die Gnade Eurer Majestät. Gebe Gott, daß ich meinen Zaren und Wohltäter nicht überlebe – mehr wünsche ich mir nicht. Aber wenn ich auch die Absicht hätte, zu heiraten, würden das junge Mädchen und ihre Verwandten einverstanden sein? Mein Äußeres ..."

„Dein Äußeres? Welcher Unsinn! Bist du nicht ein Prachtkerl? Das junge Mädchen muß sich dem Willen der Eltern fügen, und wir wollen doch sehen, was der alte Gawrila Afanassjewitsch sagen wird, wenn ich selbst für dich freien werde?"

Bei diesen Worten befahl der Kaiser, seinen Schlitten vorfahren zu lassen und verließ Ibrahim, der, in tiefes Nachdenken versunken, zurückblieb.

„Heiraten?" dachte der Afrikaner, „warum nicht? Ist es mir denn vom Schicksal bestimmt, das Leben in Einsamkeit zu verbringen und die besten Genüsse und die heiligsten Pflichten des Menschen nicht zu erfahren, nur weil ich unter einem heißen Breitengrad geboren bin? Ich darf nicht hoffen, geliebt zu werden? Welch eine kindliche Vorstellung! Darf man aber der Liebe trauen? Gibt es sie im leichtsinnigen weiblichen Herzen? Nachdem ich den lieblichen Verirrungen für immer entsagt habe, habe ich andere, wesentlichere Lockungen gewählt.

Der Kaiser hat recht: ich muß meine Zukunft sicherstellen. Die Heirat mit der jungen Rschewskaja wird mich dem stolzen alten russischen Adel zugesellen, und ich werde aufhören, in meinem neuen Vaterland ein Fremdling zu sein. Von meiner Frau werde ich keine Liebe verlangen, ich werde mich mit ihrer Treue zufriedengeben und mir ihre Freundschaft durch beständige Zärtlichkeit, Vertrauen und Nachsicht erwerben."

Ibrahim wollte sich seiner Gewohnheit gemäß in die Arbeit vertiefen, aber seine Phantasie war zu sehr abgelenkt. Er ließ die Papiere liegen und begab sich schlendernd auf den Newa-Kai. Plötzlich vernahm er Peters Stimme, wandte sich um und erblickte den Kaiser, der den Schlitten vorausfahren ließ und mit vergnügtem Gesicht hinter ihm herkam.

„Alles ist erledigt, Freund", sagte Peter, indem er ihn unterfaßte. „Ich habe für dich geworben. Fahr morgen zu deinem Schwiegervater, aber sieh zu, schmeichle seinem Bojarenstolz. Laß deinen Schlitten vor dem Tor halten, geh durch den Hof zu Fuß, sprich mit ihm von seinen Verdiensten und von seiner Vornehmheit, und er wird seinen Verstand an dich verlieren. Jetzt", fuhr er fort, „geleite mich zu dem Schelm Danilitsch, mit dem ich noch wegen seiner neuen Streiche reden muß."

Ibrahim dankte Peter herzlich für seine väterliche Sorge um ihn, begleitete ihn bis zum prächtigen Palast des Fürsten Menschikow und kehrte heim.

VI

Still schimmerte das Öllämpchen vor dem altertümlichen Schrein, in dem die goldenen und silbernen Einfassungen der angestammten Heiligenbilder glänzten. Ihr gleißendes Licht erhellte schwach ein verhängtes Bett und ein Tischchen, auf dem etikettierte Fläschchen standen. Am Ofen saß eine Magd am Spinnrad, und das leise Surren ihrer Spindel unterbrach allein die Stille der Kammer.

„Wer ist hier?“ sprach eine schwache Stimme. Die Magd erhob sich sofort, trat ans Bett und schlug vorsichtig den Vorhang zurück.

„Tagt es schon?“ fragte Natalja.

„Es ist schon Mittag“, antwortete die Magd.

„Ach, mein Gott, warum ist es denn so finster?“

„Die Läden sind zu, gnädiges Fräulein.“

„So hilf mir doch schnell, mich anziehen.“

„Es geht nicht, gnädiges Fräulein, der Doktor hat es verboten.“

„Bin ich denn krank? Schon lange?“

„Seit zwei Wochen.“

„Ist das möglich? Und mir schien es, als hätte ich mich erst gestern hingelegt ...“

Natascha hielt inne, sie bemühte sich, die zerstreuten Gedanken zu sammeln: es war irgend etwas mit ihr geschehen, aber was es eigentlich war, vermochte sie sich nicht ins Gedächtnis zu rufen. Die Magd stand vor ihr und wartete auf ihre Befehle. Währenddessen ertönte unten dumpfer Lärm.

„Was ist das?“ fragte die Kranke.

„Die Herrschaften sind bereits mit dem Essen fertig“, antwortete die Magd. „Sie stehen jetzt von der Tafel auf. Bald wird Tatjana Afanassjewna hier erscheinen.“

Natascha schien darüber erfreut zu sein, sie machte eine Bewegung mit der schwachen Hand. Die Magd zog den Bettvorhang zu und setzte sich wieder an das Spinnrad.

Einige Minuten später erschien in der Tür ein Kopf in einer weißen breiten Haube mit dunklen Bändern, und eine halblaute Stimme fragte: „Nun, was macht Natascha?“

„Guten Tag, Tantchen“, sagte die Kranke leise, und Tatjana Afanassjewna eilte zu ihr.

„Das gnädige Fräulein ist bei Bewußtsein“, sagte die Magd, wobei sie vorsichtig einen Sessel heranschob. Die Alte küßte unter Tränen das blasse, matte Gesicht der Nichte und setzte sich zu ihr. Gleich nach ihr trat der deutsche Arzt herein, in einem schwarzen Rock und einer gelehrten Perücke, fühlte

Natascha den Puls und erklärte erst auf lateinisch, dann auf russisch, daß die Gefahr vorüber sei. Er verlangte Papier und Tinte, schrieb ein neues Rezept und fuhr von dannen. Die Alte aber erhob sich, küßte nochmals Natalja und begab sich sofort mit der guten Nachricht zu Gawrila Afanassjewitsch hinunter.

Im Salon saß in Uniform und Degen, den Hut in der Hand, der Mohr des Zaren und unterhielt sich ehrerbietig mit Gawrila Afanassjewitsch. Korsakow, der sich auf dem Daunenkanapee rekelte, hörte ihnen zerstreut zu und spielte mit einem bejahrten Windhund. Nachdem er auch dieser Beschäftigung überdrüssig worden war, trat er vor den Spiegel, der gewöhnlichen Zuflucht des Müßiggangs, und erblickte darin Tatjana Afanassjewna, die in der Tür stand und dem Bruder Zeichen machte, die dieser nicht bemerkte.

„Sie werden gerufen, Gawrila Afanassjewitsch", sagte Korsakow zu ihm, indem er Ibrahims Rede unterbrach. Gawrila Afanassjewitsch ging sofort zur Schwester hinaus und schloß die Tür hinter sich.

„Ich wundere mich über deine Geduld", sagte Korsakow zu Ibrahim. „Eine geschlagene Stunde hörst du die Phantasien über die Altertümlichkeit des Geschlechts der Lykows und Rschewskijs an und machst noch deine moralischen Bemerkungen dazu. An deiner Stelle j'aurais planté lá den alten Lügner und sein ganzes Geschlecht, Natalja Gawrilowna nicht ausgenommen, die sich ziert und sich krank stellt – une petite santé. Sag mir ganz ehrlich, bist du in diese kleine mijaurée verliebt?"

„Nein", antwortete Ibrahim, „ich heirate nicht aus Leidenschaft, sondern aus Überlegung und nur, wenn sie keinen entschiedenen Widerwillen gegen mich empfindet ..."

„Höre, Ibrahim", sagte Korsakow, „folge wenigstens einmal meinem Rat. Ich bin wahrhaftig vernünftiger, als ich scheine. Laß diesen verrückten Gedanken und heirate nicht. Mir scheint, daß deine Braut gar keine besondere Neigung für dich hat. Was nicht alles in der Welt vorkommt! Ich zum Beispiel sehe natürlich nicht besonders gut aus, aber es geschah zuweilen doch, daß ich Männer zu Hahnreien machte, die bei Gott nicht häßlicher waren als ich. Du selbst erinnerst dich wohl an unseren Pariser Freund, den Grafen L.? Man kann sich auf weibliche Treue nicht verlassen! Glücklich ist, der darauf mit Gleichgültigkeit sieht. Aber du! Darfst du dich mit deinem leidenschaftlichen, nachdenklichen und mißtrauischen Charakter, mit deiner plattgedrückten Nase und den wulstigen Lippen, mit diesem struppigen Kopf in alle Gefahren der Ehe stürzen? ..."

„Ich danke für den freundschaftlichen Rat", unterbrach ihn Ibrahim kühl, „aber du kennst doch das Sprichwort: ‚Es ist nicht deine Sorge, fremde Kinder zu wiegen' ..."

„Sieh zu, Ibrahim", erwiderte Korsakow lachend, „daß du später einmal nicht gezwungen wirst, dieses Sprichwort im wörtlichen Sinne in die Tat umzusetzen."

Das Gespräch im anderen Zimmer wurde indessen heftig. „Du wirst sie umbringen", sprach die Alte, „sie wird seinen Anblick nicht ertragen."

„So urteile doch selbst", erwiderte der hartnäckige Bruder, „es sind bereits zwei Wochen, daß er als Bräutigam ins Haus kommt, und hat die Braut bis jetzt noch nicht gesehen. Er kann schließlich denken, daß ihre Krankheit nur ein leerer Vorwand sei, daß wir nur Zeit zu gewinnen suchen, um uns auf irgendwelche Weise seiner zu entledigen. Und was wird der Zar sagen? Er hat sich auch schon dreimal nach Nataljas Gesundheit erkundigen lassen. Tu was du willst, aber ich habe nicht die Absicht, mit ihm zu streiten."

„Ach, mein Gott!" sagte Tatjana Afanassjewna, „was soll aus der Armen werden? So laß mich doch wenigstens zu ihr, um sie auf solchen Besuch vorzubereiten."

Gawrila Afanassjewitsch willigte ein und begab sich wieder in den Salon.

„Gott sei Dank", sagte er zu Ibrahim, „die Gefahr ist vorüber. Natalja geht es besser. Wenn es nicht unangenehm wäre, den lieben Iwan Jewgrafowitsch hier allein zu lassen, so würde ich dich hinaufführen, damit du deine Braut siehst."

Korsakow beglückwünschte Gawrila Afanassjewitsch, bat ihn, keine Umstände zu machen, versicherte, daß er unbedingt fortmüsse, und lief ins Vorzimmer hinaus, ohne zuzulassen, daß der Hausherr ihn begleite.

Inzwischen beeilte sich Tatjana Afanassjewna, die Kranke auf das Erscheinen des gefürchteten Gastes vorzubereiten. Als sie ins Kämmerlein getreten war, setzte sie sich ans Bett, nahm Nataschas Hand und rang nach Atem. Kaum hatte sie ein Wort gesprochen, als die Tür aufging. Natascha fragte, wer gekommen sei. Der Alten vergingen die Sinne. Gawrila Afanassjewitsch zog den Vorhang zurück, sah die Kranke kalt an und fragte, wie es ihr gehe.

Die Kranke wollte ihm zulächeln, konnte aber nicht. Der harte Blick des Vaters hatte sie getroffen, und eine Unruhe bemächtigte sich ihrer. In diesem Augenblick schien es ihr, daß jemand an ihrem Kopfende stehe. Sie erhob mit Anstrengung den Kopf und erkannte plötzlich den Mohren des Zaren. Da erinnerte sie sich an alles, der ganze Schrecken der Zukunft stand plötzlich vor ihr. Aber die erschöpfte Natur trug keine sonderliche Erschütterung davon. Natascha senkte den Kopf wieder auf das Kissen und schloß die Augen. Ihr Herz schlug schmerzhaft. Tatjana Afanassjewna gab dem Bruder ein Zeichen, daß die Kranke einschlafen wolle, und sie verließen alle leise die Kammer, mit Ausnahme der Magd, die sich wieder an das Spinnrad setzte.

Die unglückliche Schöne öffnete wieder die Augen, und da sie an ihrem Bett niemand mehr sah, rief sie die Magd und befahl ihr, die Zwergin zu holen. In diesem Augenblick aber rollte schon die alte, runde, kleine Person wie eine Kugel an ihr Bett. Das Schwälbchen, wie die Zwergin genannt wurde, war mit der ganzen Geschwindigkeit ihrer kurzen Beinchen Gawrila Afanassjewitsch und Ibrahim die Treppe hinaufgefolgt und hatte sich hinter der Tür versteckt, voll von der Neugierde, die dem ganzen schönen Geschlecht eigen ist. Als Natascha sie erblickte, schickte sie die Magd hinaus, und die Zwergin setzte sich auf einen Schemel ans Bett.

Nie hat ein so kleiner Körper so viel seelischen Tatendrang beherbergt. Sie mischte sich in alles, wußte alles und kümmerte sich um alles. Mit Hilfe ihres schlauen Verstandes, der fähig war, sich einzuschmeicheln, hatte sie es verstanden, die Liebe ihrer Herrschaft und den Haß des ganzen Hauses, das sie eigenmächtig regierte, zu gewinnen. Gawrila Afanassjewitsch lieh ihren Klatschereien, Klagen und kleinlichen Bitten sein Ohr. Tatjana Afanassjewna fragte alle Augenblicke nach ihrer Meinung und ließ sich von ihren Ratschlägen leiten, Natascha aber hegte grenzenlose Neigung zu ihr und vertraute ihr alle ihre Gedanken, alle Regungen ihres sechzehnjährigen Herzens an.

„Weißt du, Schwälbchen“, sagte sie, „mein Vater verheiratet mich mit dem Mohren.“

Die Zwergin seufzte tief, und ihr runzliges Gesicht wurde noch runzliger.

„Ist denn gar keine Hoffnung?“ fragte Natascha. „Wird sich mein Vater meiner nicht erbarmen?“

Die Zwergin schüttelte ihre Haube.

„Wird dann nicht der Großvater oder die Tante sich meiner annehmen?“

„Nein, gnädiges Fräulein. Der Mohr hat während deiner Krankheit Zeit gehabt, alle zu bezaubern. Der gnädige Herr ist ganz bezaubert, der alte Fürst phantasiert nur noch von ihm, und Tatjana Afanassjewna sagt: ‚Schade, daß er ein Mohr ist, aber sich einen besseren Bräutigam zu wünschen, wäre eine Sünde!‘“

„Mein Gott, mein Gott!“ stöhnte die arme Natascha.

„Sei nicht traurig, meine Schöne“, sagte die Zwergin und küßte ihre Hand. „Wenn du schon den Mohren heiraten mußt, immerhin wirst du dadurch frei. Heutzutage ist es nicht so wie in alten Zeiten. Die Männer schließen ihre Frauen nicht mehr ein. Der Mohr ist reich, sagt man, ihr werdet in eurem Hause alles in Hülle und Fülle haben – du wirst es gut haben.“

„Armer Valerian“, sagte Natascha so leise, daß die Zwergin diese Worte eher erraten als hören konnte.

„Das ist es eben, gnädiges Fräulein“, sagte sie, die Stimme geheimnisvoll senkend, „dächtest du nur weniger an das Waisenkind des Strelitzen, dann würdest du nicht im Fieber von ihm gesprochen haben, und der Vater hätte dir nicht gezürnt.“

„Was?“ fragte die erschreckte Natascha, „ich habe von Valerian phantasiert? Der Vater hat es gehört? Der Vater zürnt mir?“

„Das ist eben das Unglück“, antwortete die Zwergin. „Wenn du ihn jetzt bittest, dich mit den Mohren nicht zu verheiraten, dann wird er denken, daß Valerian die Ursache sei. Es ist nichts zu machen: füge dich dem väterlichen Willen, und was kommen muß, wird kommen.“

Natascha erwiderte kein Wort. Der Gedanke, daß das Geheimnis ihres Herzens dem Vater bekannt sei, wirkte stark auf ihre Einbildungskraft. Es blieb ihr nur eine Hoffnung: zu sterben, bevor die verhaßte Ehe vollzogen war. Dieser Gedanke tröstete sie. Mit schwacher und trauriger Seele fügte sie sich in ihr Los.

VII

Im Hause des Gawrila Afanassjewitsch befand sich ein enges Kämmerlein. In ihm stand ein einfaches Bett. Vor dem Bett stand ein Tischchen, auf dem ein Talglicht brannte und aufgeschlagene Noten lagen. An der Wand hing eine Uniform und ein Dreispitz. Über ihm war mit drei Nägeln ein Bildchen befestigt, das Karl den Zwölften darstellte. Die Töne einer Flöte erklangen. Sein einsamer Bewohner, der gefangene Tanzmeister, versüßte sich die Langeweile, indem er alte Märsche spielte. Nachdem er ganze zwei Stunden dieser Übung gewidmet hatte, nahm der Schwede seine Flöte auseinander, legte sie in den Kasten und begann sich auszukleiden ...

Die Geschichte des Pfarrdorfes Gorochino

Wenn mir Gott Leser schickt, so wird es sie gewiß sehr interessieren, zu erfahren, wieso ich mich dazu entschlossen habe, die Geschichte des Pfarrdorfes Gorochino zu schreiben. Dazu muß ich mich auf einige einleitende Einzelheiten einlassen.

Der Beruf eines Schriftstellers schien mir von jeher der am meisten beneidenswerte. Meine Eltern, ehrbare, aber einfache und nach der alten Art erzogene Leute, lasen nie etwas und in unserem ganzen Hause gab es gar keine Bücher außer der für mich gekauften Fibel, dem Kalender und dem Neuesten Briefsteller. Die Lektüre des Briefstellers war lange Zeit hindurch meine liebste Übung. Ich konnte ihn auswendig und entdeckte trotzdem täglich neue unbemerkte Schönheiten. Nach dem General N. N., dessen Adjutant mein Vater einst gewesen war, schien mir Kurganow der größte Mann zu sein. Ich forschte jedermann nach ihm aus, aber leider vermochte niemand meine Neugierde zu befriedigen, niemand kannte ihn persönlich. Auf alle meine Fragen erhielt ich zur Antwort, daß Kurganow den Neuesten Briefsteller verfaßt habe, aber davon war ich ohnehin fest überzeugt. Das Dunkel der Unbekanntheit umgab ihn wie einen antiken Halbgott, und zuweilen zweifelte ich sogar an der Wirklichkeit seiner Existenz. Sein Name schien mir erfunden und die Sage von ihm ein leerer Mythos, harrend der Erforschung durch einen neuen Niebuhr. Dessenungeachtet beschäftigte er meine Phantasie immer weiter. Ich bemühte mich, dieser geheimnisvollen Persönlichkeit Gestalt zu verleihen und entschied endlich, daß er dem Landschaftsassessor, einem kleinen alten Mann mit roter Nase und blitzenden Augen, gleichen müsse.

Im Jahre 1812 brachte man mich nach Moskau und gab

mich in die Pension des Karl Iwanowitsch Meyer, wo ich nicht länger als drei Monate blieb, weil wir, bevor der Feind eingerückt war, beurlaubt wurden. Ich kehrte aufs Land zurück mit einer im Pensionat erworbenen großen Geschicklichkeit, freilich nur im Ballspiel, das ich bald sämtlichen Jungen des Hofgesindes beibrachte. Nachdem der vielzüngige Feind vertrieben war, wollte man mich wieder nach Moskau bringen und feststellen, ob Karl Iwanowitsch in sein früheres Heim zurückgekehrt sei, anderenfalls aber mich einer anderen Schule übergeben. Ich erwirkte jedoch bei meiner Mutter, daß man mich auf dem Lande ließ, da meine Gesundheit es mir nicht erlaubte, um sieben Uhr aufzustehen, wie es in allen Pensionaten üblich ist. Auf diese Weise erreichte ich das Alter von sechzehn Jahren, während ich auf meiner anfänglichen Bildungsstufe stehenblieb und mit meinen Gefährten Ball spielte.

In diesem Alter trat ich als Fähnrich in das Infanterieregiment ... ein, in dem ich bis zum vergangenen Jahr 18.. verblieb. Mein Leben beim Regiment hat mir wenig angenehme Erinnerungen hinterlassen, abgesehen von der Beförderung zum Offizier und dem Spielgewinn von zweihundertundvierzig Rubeln zu einer Zeit, da ich nur noch einen Rubel und sechzig Kopeken in der Tasche hatte. Der Tod meiner teuersten Eltern, der fast gleichzeitig erfolgte, zwang mich, meinen Abschied zu nehmen und nach meinem angestammten Gut zu reisen.

Diese Epoche meines Lebens ist von solcher Wichtigkeit für mich, daß ich die Absicht habe, mich darüber ausführlich auszulassen, bitte jedoch den geneigten Leser im voraus um Entschuldigung, wenn ich seine nachsichtige Aufmerksamkeit mißbrauchen sollte.

Es war ein herbstlicher, trüber Tag. Als ich auf der Station ankam, von der aus wir die Richtung nach Gorochino, so hieß unser Gut, nehmen sollten, mietete ich Pferde auf eigene Kosten und schlug den Seitenweg ein. Obwohl ich von Natur ruhigen Charakters bin, hatte doch die Ungeduld, die Orte bald wiederzusehen, wo ich meine besten Jahre verbracht hatte, von mir so stark Besitz ergriffen, daß ich meinen Kutscher fortwährend antrieb, indem ich ihm bald ein Trinkgeld, bald Schläge versprach. Und da es mir bequemer war, ihm Stöße in den Rücken zu versetzen als den Beutel zu ziehen und zu öffnen, muß ich gestehen, daß ich ihm drei Schläge versetzt habe, was mir Zeit meines Lebens nicht wieder passiert ist, da mir der Stand der Kutscher, ohne daß ich weiß warum, besonders lieb ist. Der Kutscher trieb sein Dreigespann an, mir aber schien es, als ob er nach Kutschergewohnheit den Pferden zwar gut zurede und mit der Peitsche knalle, aber dennoch die Zügel anziehe.

Endlich erblickte ich das Wäldchen von Gorochino und fuhr zehn Minuten später in den Herrenhof ein. Mein Herz schlug heftig, ich blickte um mich in ungewöhnlicher Erregung: acht Jahre hatte ich Gorochino nicht gesehen. Die Birken, die zu meiner Zeit am Zaun angepflanzt wurden, waren ausgewachsen und zu hohen, vielverzweigten Bäumen geworden. Der Hof, der mit drei regelmäßigen Blumenbeeten geschmückt war, zwischen denen ein weiter, mit Kies bestreuter Weg lief, war jetzt in eine ungemähte Wiese verwandelt, auf der eine braune Kuh weidete. Mein Wagen hielt an der vorderen Rampe. Mein Diener wollte die Tür öffnen, aber sie war vernagelt, obgleich die Fensterläden offen waren und das Haus bewohnt schien. Ein Bauernweib trat aus dem Gesindehaus und fragte mich nach meinem Begehr. Als sie erfuhr, daß ich der gnädige Herr sei, lief sie wieder ins Haus, und bald war ich vom ganzen Hofgesinde umringt. Ich war bis in die Tiefe des Herzens gerührt, als ich die bekannten und unbekannten Gesichter um mich erblickte und mich freundschaftlich mit ihnen allen küßte. Meine einstigen Spielkameraden waren jetzt Bauern, und die kleinen Mädchen, die einst auf dem Boden hockten und auf Befehle warteten, waren bereits verheiratete Frauen. Die Männer weinten. Den Frauen sagte ich ohne Umstände: „Wie bist du alt geworden!“ worauf mir „Wie sind Sie, Väterchen, häßlich geworden!“ gefühlvoll geantwortet wurde. Man führte mich auf die hintere Rampe. Meine alte Amme kam mir entgegen und umarmte mich weinend und schluchzend, wie den vielgeprüften Odysseus. Man lief, das Bad einheizen. Der Koch, der sich längst aus Untätigkeit einen Bart hatte stehen lassen, erbot sich, mir ein Mittag- oder richtiger ein Nachtmahl zu bereiten, da es bereits dämmerte. Sofort wurde das Zimmer, in dem die Amme mit den Mägden meiner seligen Mutter wohnte, instand gesetzt, und so fand ich mich in der bescheidenen väterlichen Behausung und schlief in demselben Zimmer ein, in dem ich vor dreiundzwanzig Jahren auf die Welt gekommen war.

Es vergingen ungefähr drei Wochen in Sorgen allerlei Art. Ich hatte mit Assessoren, Adelsmarschällen und allerhand Gouvernementsbeamten zu tun. Endlich konnte ich die Erbschaft übernehmen und in den Besitz meines Stammgutes eingeführt werden. Ich kam nun zur Ruhe, aber die Langeweile der Untätigkeit fing bald an, mich zu quälen. Ich war damals mit meinem guten, ehrwürdigen Nachbarn ... noch nicht bekannt. Die landwirtschaftliche Tätigkeit war mir fremd. Die Unterhaltung meiner von mir zur Beschließerin und Verwalterin ernannten Amme bestand ungefähr aus fünfzehn häuslichen Anekdoten, die mir zwar sehr interessant waren, die sie aber immer ganz gleich erzählte, so daß sie für mich zum zweiten Neuesten Briefsteller wurden, in dem ich jede Zeile kannte. Der wirkliche ehrwürdige Neueste Briefsteller aber war von mir in der Speisekammer zwischen allerlei Gerümpel in kläglichem Zustand aufgefunden worden. Ich brachte ihn wieder ans Licht und versuchte, ihn zu lesen, aber Kurganow hatte für mich seinen früheren Reiz verloren. Ich las ihn noch einmal durch und schlug ihn nie mehr auf.

In dieser Not fiel mir ein, es selber mit dem Verfassen zu versuchen. Der geneigte Leser weiß schon, daß meine Erziehung sozusagen nur Kupfermünzen kostete und daß ich später nicht die Möglichkeit hatte, das Vernachlässigte einzuholen, da ich bis zum sechzehnten Jahr mit Hofjungen spielte und nachher von einem Gouvernement ins andere, von Quartier zu Quartier zog, wobei ich die Zeit mit Juden und Marketendern verbrachte, auf zerschlitzten Billards spielte und im Kot marschierte. Außerdem erschien es mir so schwierig, so unerreichbar für uns Uneingeweihte, ein Verfasser zu sein, daß der Gedanke, die Feder zu ergreifen, mich erst erschreckte. Durfte ich es zu hoffen wagen, jemals in die Reihe der Schriftsteller zu gelangen, wenn schon mein heißester Wunsch, einen von ihnen kennenzulernen, nie in Erfüllung gegangen war? Dies aber erinnert mich an einen Vorfall, den ich zum Beweis meiner unablässigen Leidenschaft für die vaterländische Literatur zu erzählen die Absicht habe.

Einmal, im Jahre 1820, als Fähnrich noch, mußte ich in einer dienstlichen Angelegenheit in Petersburg weilen. Ich verlebte dort eine Woche, und obwohl ich keinen einzigen Bekannten hatte, verbrachte ich die Zeit außerordentlich ergötzlich. Ich ging jeden Tag heimlich auf die Galerie des vierten Ranges. Ich kannte alle Schauspieler beim Namen und verliebte mich leidenschaftlich in ..., die an einem Sonntag mit großer Kunst die Rolle der Eulalie in „Menschenhaß und Reue" spielte. Am Morgen pflegte ich gewöhnlich auf dem Heimweg aus dem Generalstab in einer kleinen Konditorei zur ebenen Erde einzukehren und dort bei einer Tasse Schokolade die literarischen Zeitschriften zu lesen. Einmal saß ich so, in einen kritischen Aufsatz des „Wohlgesinnten" vertieft; jemand in einem erbsenfarbenen Mantel trat zu mir und zog leise unter meinem Buch ein Hamburger Blatt hervor. Ich war so beschäftigt, daß ich nicht einmal meine Augen erhob. Der Unbekannte bestellte sich ein Beefsteak und setzte sich mir gegenüber. Ich las immer noch, ohne mich um ihn zu kümmern. Währenddessen aß er zu Ende, schalt ärgerlich den Bedienten wegen irgendeiner Nachlässigkeit, trank eine halbe Flasche Wein und ging. Zwei junge Leute frühstückten ebenfalls hier.

„Weißt du, wer das war?" sagte einer zum andern, „es war der Schriftsteller B."

„Schriftsteller", rief ich unwillkürlich, indem ich Zeitschrift und Tasse sein ließ, stürzte ans Büfett, um zu zahlen und lief, ohne abzuwarten, daß man mir den Rest herausgebe, auf die Straße.

Nach allen Seiten spähte ich und wurde in der Ferne den erbsenfarbenen Mantel gewahr und stürzte fast laufend den Newskij Prospekt ihm nach. Als ich einige Schritte gemacht hatte, fühlte ich, daß mich jemand anhielt. Es war ein Gardeoffizier, der mir den Verweis erteilte, daß ich ihn nicht auf dem Bürgersteig hätte stoßen, vielmehr vor ihm stramm hätte stehenbleiben sollen. Nach dieser Rüge wurde ich schon vorsichtiger. Zu meinem Kummer begegneten mir fortwährend Offiziere, ich mußte alle Augenblicke stehenbleiben, und der Schriftsteller entfernte sich immer mehr. Nie war mir meine soldatische Uniform so lästig, nie schienen mir Epauletten so beneidenswert. Endlich, schon dicht an der Anitschkow-Brücke, gelang es mir, den erbsenfarbenen Mantel einzuholen.

„Gestatten Sie die Frage“, sagte ich salutierend, „sind Sie der Schriftsteller B., dessen herrliche Aufsätze ich im ‚Bildungsbeflissenen‘ zu lesen das Glück hatte?“

„Durchaus nicht“, gab er mir zur Antwort, „ich bin nicht Schriftsteller, sondern Advokat. Aber ich kenne B. sehr gut, vor einer Viertelstunde bin ich ihm an der Polizeibrücke begegnet.“

Auf diese Weise hatte mich meine Verehrung für die russische Literatur dreißig Kopeken, einen dienstlichen Verweis und fast einen Arrest gekostet, und doch war alles umsonst gewesen.

Trotz der Einsprüche meines Verstandes kam mir der freche Gedanke, ein Schriftsteller zu werden, fortwährend in den Sinn. Endlich war ich nicht mehr imstande, dem Drang meiner Natur zu widerstehen, und machte mir ein dickes Heft. Ich war fest entschlossen, es womit auch immer zu füllen. Alle Arten der Poesie – denn an die bescheidene Prosa dachte ich nicht einmal – wurden von mir durchgenommen, und ich entschied mich unbedingt für ein Epos aus der vaterländischen Geschichte. Nicht lange suchte ich nach einem Helden. Ich wählte Rjurik und machte mich an die Arbeit.

In Versen hatte ich eine Art Fertigkeit erworben, indem ich die Hefte abschrieb, die unter unseren Offizieren zirkulierten, wie „Satiren auf den Moskauer Boulevard“, „Satiren auf die Teiche von Pressnja“, „Der gefährliche Nachbar“ und so weiter. Dessenungeachtet wollte mein Epos gar nicht voran, und ich gab es beim dritten Vers auf. Ich war nun der Meinung, daß die epische Gattung eben nicht die meine sei und begann eine Tragödie „Rjurik“. Die Tragödie kam nicht vom Fleck. Ich versuchte sie in eine Ballade umzuwandeln, aber auch die Ballade wollte mir nicht gelingen. Endlich wurde ich von einer Inspiration erleuchtet – ich begann eine „Inschrift zu einem Porträt von Rjurik“, die ich auch glücklich vollendete.

Obwohl meine „Inschrift“ der Beachtung gar nicht unwert war, zumal als das erste Werk eines jungen Dichters, fühlte ich doch, daß ich nicht zum Poeten geboren sei, und ließ es bei diesem ersten Versuch bewenden. Meine Versuche, zu schaffen, hatten mich jedoch so an die literarische Beschäftigung gewöhnt, daß ich mich von Heft und Tintenfaß nicht mehr trennen konnte. Ich wollte mich also zur Prosa herablassen. Fürs erste beabsichtigte ich, da ich keine Lust hatte, mich mit Vorstudien, Ausarbeitung eines Planes, Zusammenfügung der Teile zu befassen, einzelne Gedanken niederzuschreiben, ohne Zusammenhang, ohne jede Ordnung, in der Form, wie sie mir gerade einfielen. Zum Unglück wollten mir keine Gedanken in den Sinn kommen, und in ganzen zwei Tagen erdachte ich nur folgendes: „Der Mensch, der den Gesetzen der Vernunft nicht gehorcht und den Einflüsterungen der Leidenschaften zu gehorchen sich gewöhnt hat, irrt sich oft und setzt sich der späten Reue aus.“

Ein richtiger Gedanke natürlich, aber keineswegs ein neuer. Ich gab also die Gedanken auf und machte mich ans Erzählen, da ich aber aus Ungeübtheit das erfundene Ereignis nicht gestalten konnte, so wählte ich die bemerkenswertesten Anekdoten, die ich einst von allerhand Persönlichkeiten gehört hatte, und bemühte mich, die Wahrheit mit der Lebhaftigkeit der Erzählung und zuweilen auch mit den Blumen meiner eigenen Phantasie zu schmücken. Während ich diese Erzählungen verfaßte, bildete ich allmählich meinen Stil aus und lernte, mich richtig, angenehm und frei auszudrücken. Aber bald war mein Vorrat erschöpft, und ich begann wieder, nach einem Vorwurf für meine literarische Tätigkeit zu suchen.

Der Gedanke, statt kleinlicher und zweifelhafter Anekdoten lieber wahre und große Begebenheiten zu erzählen, erregte schon seit langem meine Phantasie. Richter, Beobachter und Prophet der Jahrhunderte und Völker zu sein, schien mir die höchste Stufe, die ein Schriftsteller erreichen kann. Aber welche Geschichte hätte ich mit meiner armseligen Bildung schreiben können? Worin haben hochgelehrte, gewissenhafte Männer mir nicht schon vorgegriffen? Welche Art von Geschichte ist von ihnen nicht schon erschöpft? Vorausgesetzt, ich wollte eine Weltgeschichte schreiben: gibt es nicht schon das unsterbliche Werk des Abbé Milot? Und wende ich mich der vaterländischen Geschichte zu: was vermöchte ich nach Tatistschew, Boltin und Golikow noch zu sagen? Und könnte ich in den Chroniken herumstöbern und in den verborgenen Sinn der veralteten Sprache eindringen, da ich mir doch nicht einmal die slawischen Zahlen hatte einprägen können? Ich dachte an eine Geschichte kleineren Umfanges, zum Beispiel an die Geschichte unserer Gouvernementstadt. Aber auch da erhoben sich wie viele für mich unüberwindliche Hindernisse! Die Fahrt in die Stadt, die Besuche beim Gouverneur und beim Bischof, die Bitte um Zulassung zu den Archiven und zu den Gewölbekammern der Klöster und so weiter. Die Geschichte unserer Kreisstadt wäre schon bequemer gewesen, aber sie war weder für den Philosophen noch für den Pragmatiker interessant und bot der Eloquenz wenig Nahrung. Die einzige unterhaltende, in ihren Annalen aufbewahrte Begebenheit ist der schreckliche Brand, der sich vor etwa zehn Jahren ereignet und den Markt und die öffentlichen Gebäude vernichtet hatte.

Ein Zufall löste meine Bedenken. Ein Bauernweib fand auf dem Boden beim Aufhängen der Wäsche einen alten mit Spänen, Kehricht und Büchern gefüllten Korb. Das ganze Haus kannte meine Lust zum Lesen. Ich kaute gerade an der Feder und dachte über den Versuch ländlicher Predigten nach, als meine Beschließerin mit Triumph den Korb in mein Zimmer schleppte, wobei sie freudig „Bücher, Bücher!“ ausrief.

„Bücher!“ wiederholte ich mit Entzücken und stürzte zum Korb. In der Tat erblickte ich einen ganzen Haufen Bücher in grünen und blauen Umschlägen. Es war eine Sammlung alter Kalender. Diese Entdeckung kühlte meine Begeisterung ab, dennoch war ich über meinen zufälligen Fund froh. Es waren doch immerhin Bücher, und ich belohnte freigebig den Eifer der Wäscherin mit einem halben Rubel in Silber.

Als ich allein geblieben war, vertiefte ich mich in die Kalender, und bald wurde meine Aufmerksamkeit von ihnen stark angezogen. Sie bildeten eine ununterbrochene Kette von Jahrgängen, von 1744 bis 1799, das heißt von rund fünfundfünfzig Jahren. Die blauen Blätter, die gewöhnlich in solche Kalender mit eingebunden werden, waren alle mit einer altertümlichen Schrift beschrieben. Ein Blick auf diese Zeilen zeigte mir zu meiner Überraschung, daß sie nicht nur Bemerkungen über Wetter, Wirtschaft und wirtschaftliche Rechnungen enthielten, sondern auch kurze historische Berichte über das Pfarrdorf Gorochino.

Unverzüglich machte ich mich an die Ordnung dieser kostbaren Notizen und fand bald, daß sie eine vollständige Geschichte meines Stammgutes im Verlaufe von fast einem ganzen Jahrhundert in strengster chronologischer Reihenfolge enthielten. Außerdem verbargen sie einen unerschöpflichen Vorrat an ökonomischen, statistischen, meteorologischen und anderen gelehrten Beobachtungen. Seitdem nahm mich das Studium dieser Aufzeichnungen ausschließlich in Anspruch, zumal ich die Möglichkeit sah, aus ihnen eine harmonische, interessante und belehrende Erzählung herauszuholen. Nachdem ich diese kostbaren Denkwürdigkeiten genügend kennengelernt hatte, begann ich nach neuen Quellen zu fahnden, und bald machte mich der Reichtum solcher staunen.

Nachdem ich ganze sechs Monate dem einleitenden Studium gewidmet hatte, ging ich endlich an die längst ersehnte Arbeit und vollendete sie mit Gottes Hilfe am 3. November 1827. Wie jener mir ähnliche Historiker, dessen Name ich vergessen habe, lege ich nach Vollendung meiner schweren Arbeit die Feder nieder und begebe mich traurig in den Garten, um zu überlegen, was ich geschaffen habe. Auch mir will es scheinen, daß ich, nachdem ich die Geschichte von Gorochino geschrieben habe, der Welt nicht mehr nötig bin, daß ich meine Pflicht erfüllt habe und es Zeit für mich sei, zu ruhen.

Hier füge ich ein Verzeichnis der Quellen bei, die mir bei der Zusammenstellung der Geschichte des Dorfes Gorochino dienten:

I. Eine Sammlung alter Kalender, 55 Teile. Die ersten zwanzig Teile sind in einer altertümlichen Schrift mit Titeln bedeckt. Diese Chronik ist von meinem Urgroßvater Andrej Stepanowitsch Belkin verfaßt. Sie zeichnet sich durch Klarheit und Kürze des Stils aus, zum Beispiel: „4. Mai Schnee, Trischka wegen Grobheit durchgeprügelt. 6., die braune Kuh krepiert. Senjka wegen Trunksucht durchgeprügelt. 8. – klares Wetter. 9. – Regen und Schnee. Trischka von Wetters wegen geschlagen. 10. – Trischka wegen Trunksucht geschlagen …“ und dergleichen mehr, ohne alle Reflexionen. „11. – Wetter klar, erster Schnee, drei Hasen angehetzt.“

Die übrigen fünfunddreißig Teile sind mit verschiedenen Schriften bedeckt, meistens mit einer sogenannten Kaufmannsschrift mit und ohne Titel, überhaupt furchtbar unzusammenhängend und ohne Beachtung der Regeln des Rechtschreibens, hie und da ist eine weibliche Hand festzustellen. Zu dieser Abteilung gehören die Aufzeichnungen meines Großvaters Iwan Andrejewitsch Belkin und seiner Gattin, meiner Großmutter Eupraksеja Alexejewna, außerdem die Aufzeichnungen des Verwalters Grobowitzkij.

II. Die Chronik des Mesners von Gorochino. Diese interessante Handschrift wurde von mir beim Popen entdeckt, der mit der Tochter des Chronisten verheiratet ist. Die ersten

Blätter waren herausgerissen und von den Kindern zu sogenannten Drachen verwendet worden. Einer von denselben stürzte mitten auf meinen Hof herab. Ich hob ihn auf und wollte ihn schon den Kindern zurückgeben, als ich bemerkte, daß er ganz beschrieben war. An den ersten Zeilen ersah ich, daß der Drache aus einer Chronik gemacht war. Zum Glück gelang es mir, das übrige zu retten. Diese Chronik, die ich für ein Maß Hafer erworben habe, zeichnet sich durch Tiefsinnigkeit und eine ungewöhnlich schöne Sprache aus.

III. Mündliche Überlieferungen. Ich verschmähte keine Nachrichten, besonders aber bin ich Agrafena Trifonowna verpflichtet, der Mutter Awdej des Schulzen, die, wie man sagte, die Geliebte des Verwalters Grobowitzkij war.

IV. Die Revisionslisten mit den Anmerkungen der früheren Schulzen über Moral und Verfassung der Bauern.

Sagenhafte Zeiten

Der Dorfschulze Trifon

Die Gründung von Gorochino und die ursprüngliche Einwohnerschaft sind in das Dunkel der Unbekanntheit gehüllt. Ungenaue Überlieferungen lauten, daß Gorochino einst ein reiches, weitläufiges Pfarrdorf war, daß alle seine Einwohner wohlhabend waren, daß die Abgaben einmal im Jahr gesammelt und auf einigen Fuhren, unbekannt an wen, abgeschickt wurden. Zu jener Zeit wurde alles billig eingekauft und teuer verkauft. Verwalter gab es keine. Die Schulzen pflegten niemand zu übervorteilen. Die Einwohner arbeiteten wenig und lebten sehr gut, und die Hirten hüteten die Herden in Stiefeln. Wir dürfen uns aber von diesem zauberischen Bild nicht verführen lassen. Der Gedanke an das goldene Zeitalter ist allen Völkern eigen und zeigt nur, daß die Menschen nie mit der Gegenwart zufrieden sind und, da sie aus der Erfahrung wenig Hoffnung für die Zukunft hegen, die unwiederbringliche Vergangenheit mit allen Blumen ihrer Phantasie schmücken. Nur eins steht fest: das Pfarrdorf Gorochino gehört seit uralten Zeiten dem berühmten Geschlecht der Belkin. Aber meine Ahnen, die viele andere Stammgüter besaßen, wandten diesem fernen Landstrich wenig Aufmerksamkeit zu. Gorochino zahlte einen kleinen Tribut und wurde von Gemeindeältesten regiert, die vom Volk in einer Volksversammlung gewählt zu werden pflegten.

Im Laufe jener Zeit aber wurden die Stammgüter der Familie Belkin mehr und mehr zerstückelt und gerieten in Verfall. Die verarmten Enkel des reichen Großvaters konnten ihre üppigen Gewohnheiten nicht ablegen und verlangten den früheren vollen Ertrag von Besitzungen, die sich ums Zehnfache verringert hatten. Strenge Vorschriften folgten eine der anderen. Der Schulze verlas sie jedesmal in der Volksversammlung; die Ältesten redeten schön, die Gemeinde geriet in Erregung, und die Herrschaft bekam anstatt der doppelten Abgaben langweilige Ausreden und demütige Klagen, die auf fettigem Papier geschrieben und mit einem Kupferheller versiegelt wurden.

Eine finstere Wolke lagerte über Gorochino, aber niemand dachte an sie. Es war am Kirchweihfest im letzten Jahr der Regierung des letzten vom Volk gewählten Dorfschulzen Trifon. Das ganze Volk war auf den Beinen, umringte zum Teil das Vergnügungsgebäude, in der Volkssprache Schenke genannt, zum Teil zog es untergefaßt in den Straßen herum und sang laut von Archip dem Kahlköpfigen verfaßte Lieder. Da kam ein geflochtener, gedeckter Mietwagen ins Dorf gefahren, von zwei kaum noch lebenden Gäulen gezogen. Auf dem Bock saß ein zerlumpter Jude. Aus dem Wagen sah ein Kopf in einer Schirmmütze und schien das lustige Volk mit Neugierde zu betrachten. Die Einwohner empfingen das Gefährt mit Lachen und grobem Gespött.

(NB. Eine Ecke ihres Gewandes zusammenrollend, verspotteten die Wahnsinnigen den jüdischen Fuhrmann und riefen Lachen erregend: „Jud, Jud, friß das Schweinsohr!" ... Chronik des Mesners.)

Wie erstaunt aber waren sie, als das Gefährt mitten im Dorf hielt, der Ankömmling heraussprang und mit befehlender Stimme nach dem Schulzen Trifon verlangte. Dieser Würdenträger befand sich im Vergnügungsgebäude, von wo ihn zwei Gemeindeälteste respektvoll unterm Arm herausführten. Der Unbekannte sah ihn streng an, reichte ihm einen Brief und befahl, ihn unverzüglich zu lesen. Die Schulzen von Gorochino hatten die Gewohnheit, nie selbst zu lesen. Man ließ den Semskij Awdej holen. Diesen fand man nicht weit entfernt in einem Seitengäßchen unter einem Zaun schlafend und brachte ihn vor den Unbekannten. Jedoch, sei es vor plötzlichem Schreck oder vor traurigen Ahnungen, die Buchstaben des deutlich geschriebenen Briefes erschienen ihm umnebelt, und er war nicht imstande, sie zu entziffern. Der Unbekannte schickte den Schulzen Trifon und den Semskij Awdej mit einem fürchterlichen Fluch schlafen, verschob die Verlesung des Briefes bis auf morgen und begab sich in das Verwaltungsgebäude, wohin ihm der Jude mit dem kleinen Koffer folgte. Die Bewohner von Gorochino sahen mit Staunen diesem ungewöhnlichen Ereignis zu. Bald aber waren Wagen, Jude und Unbekannter vergessen. Der Tag endigte laut und fröhlich, und Gorochino schlief ein, ohne zu ahnen, was ihm bevorstand ...

Mit dem Aufgang der Morgensonne wurden die Einwohner durch Pochen an den Fenstern und den Aufruf zur Volksversammlung geweckt. Die Staatsbürger erschienen einer nach dem andern im Hof des Verwaltungsgebäudes, der als Volksversammlungsplatz diente. Ihre Augen waren rot und trübe, die Gesichter geschwollen. Sie blickten gähnend und sich kratzend auf den Mann in der Schirmmütze und dem alten blauen Rock, der wichtig auf der Rampe des Verwaltungsgebäudes stand, und strengten sich an, sich an seine Züge zu erinnern, die sie schon irgendeinmal gesehen hatten. Der Dorfschulze Trifon und der Semskij Awdej standen neben ihm, barhaupt und mit dem Ausdruck der Unterwürfigkeit und tiefen Betrübnis.

„Sind alle zugegen?" fragte der Unbekannte.

„Sind alle zugegen?" wiederholte der Schulze.

„Alle!" antworteten die Staatsbürger, und der Schulze erklärte, daß vom gnädigen Herrn ein Schreiben gekommen sei, und befahl dem Semskij, es zu verlesen, damit die ganze Gemeinde es höre. Awdej trat hervor und verlas laut, was folgt.

(NB. Diese unheilverkündende Epistel habe ich beim Schulzen Trifon abgeschrieben; dieser bewahrte sie im Heiligenschrein auf, zusammen mit anderen Denkwürdigkeiten seiner Herrschaft über Gorochino.)

Trifon Iwanow!

Der Überbringer dieses Briefes, mein Bevollmächtigter ..., reist auf mein Stammgut Pfarrdorf Gorochino, um dessen Verwaltung anzutreten. Die Bauern sind unverzüglich nach seiner Ankunft zusammenzurufen, und es ist ihnen mein herrschaftlicher Wille zu verkünden, und zwar: den Befehlen meines Bevollmächtigten ... zu gehorchen, als wären sie meine eigenen, und alles, was er verlangt, widerspruchslos auszuführen. Im entgegengesetzten Fall hat Grobowitzkij mit ihnen mit der größten Strenge zu verfahren. Dazu hat mich ihr gewissenloser Ungehorsam und deine, Trifon Iwanow, gaunerische Hehlerei gezwungen.

Unterschrieben: N.N.

Da hielt Grobowitzkij, der seine Beine wie den Buchstaben X spreizte und die Arme in die Seiten stemmte, folgende kurze, aber eindrucksvolle Ansprache: „Gebt acht, klügelt mir nicht zu sehr, ihr seid, ich weiß, ein verwöhntes Volk, aber ich werde euch die Narretei schon aus den Köpfen austreiben, schneller als den gestrigen Rausch."

Den Rausch gab es schon in keinem Kopf mehr, und die Gorochinschen standen wie vom Donner gerührt, ließen die Köpfe hängen und verzogen sich schreckerfüllt in ihre Behausungen.

Die Regierung des Verwalters Grobowitzkij

Grobowitzkij hatte die Regierung angetreten. Er verlangte ein Verzeichnis der Bauern, teilte sie in Reiche und Arme ein und schritt an die Verwirklichung seines politischen Systems. Dieses verlangt eine besondere Betrachtung.

Die Hauptgrundlage dieses Systems war folgender Satz: Je reicher der Bauer, um so zuchtloser, je ärmer, um so demütiger. Infolgedessen war Grobowitzkij um die Demut bemüht, die er als Haupttugend der Bauern erkannt hatte. Die Abgabenrückstände wurden auf alle wohlhabenden Bauern verteilt und mit erdenklicher Schärfe eingetrieben. Die armen und faulenzenden Müßiggänger mußten Frondienst leisten. Wenn es sich aber in der Folge bei scinen Berechnungen herausstellte, daß ihre Arbeit ungenügend war, so gab er sie als Knechte zu anderen Bauern, wofür diese ihm freiwilligen Tribut zollten; doch die in Knechtschaft Geratenen hatten das

Recht, sich loszukaufen, indem sie außer den Rückständen noch die doppelte Jahresabgabe bezahlten. Alle Gemeindeabgaben fielen den wohlhabenden Bauern zur Last. Das Rekrutenwesen war der Triumph des geldgierigen Regenten, denn es kauften sich alle reichen Bauern los, bis das Los auf einen Taugenichts oder Heruntergekommenen fiel. Die Gemeindeversammlungen wurden aufgehoben. Die Abgaben trieb er allmählich und das ganze Jahr hindurch ein. Die Bauern zahlten scheinbar nicht viel mehr als früher, waren aber nicht mehr imstande, weder durch Arbeiten noch durch Sparen es zu etwas zu bringen. In drei Jahren war Gorochino vollkommen verarmt. Gorochino wurde niedergeschlagen, der Markt war leer, die Lieder von Archip dem Kahlköpfigen verstummten. Die eine Hälfte der Bauern mußte fronen, die andere diente als Knechte. Die Kinder bettelten – und das Fest der Kirchweih war, laut dem Chronisten, nicht mehr ein Tag der Freude und des Jubels, sondern ein Jahrestag der Trauer und des gramvollen Gedenkens.

Aus der Chronik von Gorochino

Der verdammte Verwalter fesselte den Anton Timofejew, der alte Timofej aber kaufte den Sohn für hundert Rubel los; der Verwalter ließ den Petruschka Jeremejew in Ketten schlagen, und auch den kaufte sein Vater für achtundsechzig Rubel los; ebenfalls wollte der Verdammte den Ljocha Tarassow fesseln, aber dieser flüchtete in den Wald, und der Verwalter ärgerte sich darüber und wütete mit der Zunge; in die Stadt aber abgeführt und zu den Rekruten gesteckt wurde Wanjka, der Trunkenbold.

Historische Zeiten

Das Land (nach seiner Hauptstadt Gorochino genannt; die Zahl der Einwohner erreichte dreiundsechzig Seelen) nimmt auf der Erdkugel mehr als zweihundert Deßjatinen ein. Gegen Norden grenzt es an die Dörfer Dernuchowo und Perkuchowo, deren Bewohner mager, klein von Wuchs sind und deren Besitzer sich der kriegerischen Ausübung der Hasenjagd ergeben. Gegen Süden trennt der Fluß Siwka es von den Besitzungen der Karatschajewschen freien Ackerbauern – unruhigen Nachbarn, die durch wütende Grausamkeit der Sitten bekannt sind. Im Westen wird es von den blühenden Fluren von Sacharjino, das unter der Regierung der weisen und gebildeten Gutsbesitzer glückliche Tage verlebt, eingefaßt. Im Osten grenzt es an wilde, unbewohnte Gegenden, an einen unwegsamen Sumpf, wo nur die Moosbeere wächst, das eintönige Quaken der Frösche ertönt und die abergläubische Überlieferung die Wohnstätte eines Geistes vermutet.

NB. Dieser Sumpf wird auch der Teufelssumpf genannt. Man erzählt, daß einst eine halbblöde Magd eine Schweineherde unweit dieses vereinsamten Ortes gehütet habe. Sie wurde schwanger, konnte aber diesen Vorfall auf keine Weise befriedigend erklären. Die Stimme des Volkes beschuldigte den Sumpfgeist; aber dieses Märchen ist der Aufmerksamkeit des Historikers nicht würdig, und nach Niebuhr wäre es unverzeihlich, daran zu glauben.

Seit uralten Zeiten war Gorochino wegen seiner Fruchtbarkeit und seines wohltemperierten Klimas berühmt. Auf seinen fetten Fluren gediehen: Roggen, Hafer, Gerste und Buchweizen. Ein Birkenwäldchen und ein Tannenwald versorgten die Bewohner mit Holz und Reisig für den Bau von Hütten und für den Hausbrand. An Nüssen, Moos-, Preisel- und Taubbeeren ist kein Mangel. Pilze wachsen da in ungewöhnlicher Menge; in Sahne gebraten geben sie eine angenehme, wenn auch ungesunde Nahrung. Der Teich wimmelt von Karauschen, und im Fluß Siwka gibt es Hechte und Aale.

Die Bewohner von Gorochino sind meist von mittlerem Wuchs und von festem, kräftigem Körperbau. Sie haben graue Augen und blondes oder rotes Haar. Die Frauen zeichnen sich durch nach oben gerichtete Nasen, vorstehende Backenknochen und Leibesfülle aus.

NB. Ein kerngesundes Weib. Dieser Ausdruck kommt in den Anmerkungen zu den Revisionslisten häufig vor.

Es gab außer dem Priester und dem Mesner stets Schriftkundige. Die Chronik erwähnt einen Schulzen Terentjitsch, der um das Jahr 1767 gelebt hat, und nicht nur mit der rechten, sondern auch mit der linken Hand schreiben konnte. Dieser ungewöhnliche Mann war in der Umgegend durch das Verfassen von allerhand Briefen, Bittschriften, Pässen und dergleichen mehr berühmt. Nachdem er für seine Kunst, Dienstfertigkeit und Teilnahme an allerlei außerordentlichen Geschehnissen des öfteren bestraft worden war, starb er in hohem Alter, gerade zu der Zeit, als er sich eingeübt hatte, auch mit dem Fuß zu schreiben; denn die Schreibweise seiner beiden Hände war schon zu sehr bekannt. Er spielt, wie der Leser später sehen wird, eine bedeutende Rolle in der Geschichte von Gorochino.

Die Musik war stets die Lieblingskunst der Gebildeten von Gorochino. Die Balalaika und der Dudelsack ertönen noch bis auf den heutigen Tag in ihren Behausungen, Gemüt und Herz ergötzend, namentlich aber im altertümlichen öffentlichen Gebäude, das mit einer Tanne und der Abbildung des doppelköpfigen Adlers geschmückt ist.

Die Poesie hatte einst im antiken Gorochino geblüht. Bis heute sind die Gedichte Archips des Kahlköpfigen im Gedächtnis der Nachfahren bewahrt geblieben. Diese Lieder sind meist den russischen, die von Soldaten-Schriftstellern und herrschaftlichen Dienern verfaßt wurden, entlehnt, aber sehr geschickt den Gorochinschen Sitten und den verschiedenen Umständen angepaßt. Wir bringen hier als Beispiel folgendes satirische Gedicht:

Auf den Herrenhof
Wandert der Schulze Akim.
Vor der Brust trägt er die Kerbstöcke,
Die er dem Herrn entgegenhält.
Dieser betrachtet sie
Ohne allen Verstand.
Ach Akim, du Schulze!
Du hast deinen Herrn bestohlen

Und das Dorf an den Bettelstab gebracht,
Aber die Frau Schulzin hast du beschenkt …

An Zartheit stehen sie den Hirtenliedern des berühmten Virgil nicht nach, an Schönheit der Phantasie aber übertreffen sie weit die Idyllen des Herrn Sumarokow. Und obschon sie an Eleganz des Stils hinter den neuesten Werken unserer Musen zurückbleiben, so gleichen sie ihnen, was Erfindung und Geist anbelangt.

Die Regierungsform von Gorochino hatte sich einige Male gewandelt. Es unterstand abwechselnd der Macht der von der Gemeinde gewählten Ältesten, der Verwalter, die der Gutsbesitzer einsetzte, und schließlich unmittelbar dem Gutsbesitzer selbst. Die Vorteile und Nachteile dieser verschiedenen Regierungsformen werden von mir im Laufe meiner Erzählung auseinandergesetzt werden.

Nachdem ich auf diese Weise den Leser mit dem ethnographischen und statistischen Zustand von Gorochino und mit den Sitten und Gebräuchen seiner Bewohner bekanntgemacht habe, will ich jetzt an die Erzählung selbst gehen …

Roslawljew

Aus den unveröffentlichten Aufzeichnungen einer Dame

Beim Lesen des „Roslawljew“ bemerkte ich mit Staunen, daß sein Inhalt auf einem wirklichen Geschehnis beruht, das ich nur allzu gut kannte. Ich war die Freundin jener unglücklichen Frau, die Herr Sagoskin zur Heldin seiner Erzählung gewählt hat. Er hat die Aufmerksamkeit des Publikums auf ein vergessenes Ereignis gelenkt, das Gefühl des Zornes, das von der Zeit eingeschläfert war, wieder entfacht und die Ruhe des Grabes gestört. Ich will die Verteidigerin des Schattens sein, und der Leser wird die Schwäche meiner Feder entschuldigen, wenn er den Antrieb des Herzens berücksichtigt. Ich werde gezwungen sein, viel von mir selbst zu sprechen, weil mein Schicksal lange Zeit mit dem Schicksal meiner armen Freundin verknüpft war.

Ich wurde im Winter 1811 in die Gesellschaft eingeführt. Ich will meine ersten Eindrücke nicht beschreiben. Man kann sich leicht vorstellen, was ein sechzehnjähriges Mädchen empfinden mußte, das das Leben im Elternhaus und die Lehrer mit ununterbrochen aufeinanderfolgenden Bällen und Visiten vertauscht hat. Ich gab mich dem Wirbel der Vergnügungen mit der ganzen Lebhaftigkeit meines Alters hin und dachte noch nicht nach. Schade: die damalige Zeit war der Beobachtung wert.

Unter den jungen Mädchen, die zusammen mit mir in die Gesellschaft eingeführt wurden, zeichnete sich die Prinzessin ... besonders aus – Herr Sagoskin nennt sie Pauline, ich lasse ihr diesen Namen –, deren Freundin ich bald aus folgendem Anlaß wurde.

Mein Bruder, ein zweiundzwanzigjähriger junger Mann, gehörte zu dem Stande der damaligen Salonlöwen: Er war dem auswärtigen Kollegium zugeteilt, lebte aber, tanzend und mutwillige Streiche vollführend, in Moskau. Er verliebte sich in Pauline und überredete mich, eine Annäherung unserer Häuser herbeizuführen. Mein Bruder war der Abgott unserer Familie, und mit mir konnte er machen, was er wollte.

Während ich mich Pauline genähert hatte, um meinem Bruder gefällig zu sein, empfand ich bald eine aufrichtige Zuneigung zu ihr. Es war sehr viel Seltsames und noch mehr Anziehendes an ihr. Ich verstand sie noch nicht und liebte sie bereits. Unversehens begann ich mit ihren Augen zu sehen und mit ihren Gedanken zu denken.

Paulines Vater war ein Mann von Verdiensten, das heißt, er fuhr mit einem Sechsgespann und trug Schlüssel und Stern, im übrigen aber war er leichtsinnig und einfältig. Ihre Mutter dagegen war eine gediegene Dame und zeichnete sich durch Vornehmheit und gesunden Menschenverstand aus.

Pauline zeigte sich überall, sie war von Anbetern umringt. Man machte ihr den Hof. Sie aber langweilte sich, und die Langeweile verlieh ihr den Ausdruck von Kälte und Stolz. Das stand außerordentlich gut zu ihrem griechischen Gesicht und den schwarzen Augenbrauen. Ich triumphierte, wenn meine spöttischen Bemerkungen auf diesem regelmäßigen und gelangweilten Gesicht ein Lächeln hervorriefen.

Pauline las ungewöhnlich viel und ganz wahllos. Der Schlüssel der väterlichen Bibliothek befand sich bei ihr. Die Bibliothek bestand hauptsächlich aus Werken des 18. Jahrhunderts. Die französische Literatur von Montesquieu bis zu den Romanen von Crébillon war ihr bekannt. Rousseau kannte sie auswendig. In der Bibliothek gab es kein einziges russisches Buch, mit Ausnahme der Werke von Sumarokow, die Pauline nie aufschlug. Sie sagte mir, daß sie die russische Sprache schwer entziffere, und las wahrscheinlich nichts Russisches, nicht einmal die Verse, die ihr von den Moskauer Versemachern überreicht wurden.

Hier erlaube ich mir eine kleine Abschweifung. Seit bald dreißig Jahren werden wir Armen beschuldigt, daß wir nicht russisch lesen und uns angeblich in der Sprache unseres Vaterlandes nicht ausdrücken können. Es ist eine Sünde, daß der Autor des „Jurij Miloslawskij“ diese platten Beschuldigungen wiederholt, denn wir haben ihn alle gelesen, und die Übersetzung seines Romans ins Französische verdankt er auch einer von uns. Die Sache ist aber die, daß wir froh wären, Russisches zu lesen, unsere Literatur jedoch ist, wie ich glaube, nicht älter als Lomonossow und noch ungemein arm. Gewiß bietet sie einige ausgezeichnete Dichter, aber man kann doch vom Leser kein ausschließliches Interesse für Verse verlangen. An Prosa haben wir nur die Geschichte von Karamsin. Die ersten zwei, drei Romane sind erst vor wenigen Jahren erschienen, während in Frankreich, England und Deutschland fortwährend Bücher erscheinen, eins schöner als das andere. Wir bekommen nicht einmal Übersetzungen zu sehen, und gibt es sie – man mag sagen, was man will – ich ziehe die Originale doch vor. Unsere Zeitschriften sind nur für unsere Literaten von Interesse. Wir sind gezwungen, alles, Nachrichten und Begriffe, aus ausländischen Büchern zu schöpfen. So kommt es, daß wir auch in einer fremden Sprache denken – diejenigen von uns wenigstens, die überhaupt denken und die Gedanken des Menschengeschlechts verfolgen. Dies haben mir unsere bekanntesten Literaten eingestanden. Die ewigen Klagen unserer Schriftsteller über die Vernachlässigung der russischen Bücher gleichen den Klagen jener russischen Handelsfrauen, die darüber empört sind, daß wir unsere Hüte bei der Sichler kaufen und uns nicht mit den Erzeugnissen der Modistinnen aus Kostroma begnügen ... Aber ich wende mich wieder meinem Gegenstande zu.

Die Erinnerungen aus dem Leben der großen Welt sind gewöhnlich blaß und nichtig, selbst die aus einer historischen Epoche. Dennoch hinterließ das Erscheinen einer Reisenden in Moskau einen tiefen Eindruck in mir. Diese Reisende war Madame de Staël.

Sie kam im Sommer, als die meisten Moskauer auf ihre Güter verreist waren. Die russische Gastfreundlichkeit wurde rege, man übertraf sich in Bemühungen, der berühmten Ausländerin einen würdigen Empfang zu bereiten. Selbstverständlich wurden ihr zu Ehren Festessen gegeben. Die Herren und Damen kamen, um sie zu begaffen, und waren meist unzufrieden mit ihr. Sie sahen in ihr nur ein dickes fünfzigjähriges Frauenzimmer, ihre Reden schienen ihnen viel zu lang und die Ärmel viel zu kurz. Paulines Vater, der Madame de Staël noch aus Paris kannte, gab ihr zu Ehren ein Festmahl, zu dem er alle klugen Köpfe Moskaus zusammengetrommelt hatte. Hier sah ich zum erstenmal die Verfasserin der „Corinna". Sie saß auf dem Ehrenplatz, die Ellenbogen auf den Tisch gestützt, und rollte mit den schönen Fingern ein Papier zu einem Röhrchen zusammen, das sie wieder aufrollte. Sie schien verstimmt. Einige Male nahm sie einen Anlauf zum Sprechen, konnte aber in keine Unterhaltung kommen. Unsere Klugen aßen und tranken wie gewohnt und schienen von der Fischsuppe des Fürsten viel mehr befriedigt zu sein als von der Unterhaltung mit Madame de Staël. Die Damen zierten sich. Sowohl die einen als die anderen unterbrachen nur selten das Schweigen, von der Nichtigkeit ihrer Gedanken überzeugt und von der Anwesenheit der europäischen Berühmtheit eingeschüchtert. Während des Essens saß Pauline unausgesetzt wie auf Kohlen. Die Aufmerksamkeit der Gäste war zwischen dem Stör und Madame de Staël geteilt. Man wartete beständig auf ein Bonmot von ihr. Schließlich entfuhr ihr eine Zweideutigkeit, eine ziemlich kühne sogar. Sie wurde sofort von allen aufgegriffen, man begann zu lachen, es erhob sich ein Flüstern des Staunens. Der Fürst war außer sich vor Freude. Ich sah zu Pauline hinüber: ihr Gesicht flammte, und Tränen waren in ihre Augen getreten. Die Gäste erhoben sich, mit Madame de Staël vollkommen ausgesöhnt, von der Tafel. Sie hatte ein Wortspiel gemacht, das man jetzt in der ganzen Stadt herumzutragen davonsprengte.

„Was hattest du, ma chère?" fragte ich Pauline. „Hat dich denn dieser ein wenig freie Witz dermaßen aus der Fassung gebracht?"

„Ach, meine Liebe“, antwortete Pauline, „ich bin verzweifelt! Wie nichtig mußte unsere große Welt dieser ungewöhnlichen Frau erscheinen! Sie ist gewohnt, von Menschen umgeben zu sein, die sie verstehen, bei denen eine glänzende Bemerkung, eine starke Regung des Herzens, ein beschwingtes Wort nie verlorengehen. Sie ist an die hinreißende Unterhaltung der höchsten Bildung gewöhnt. Hier aber ... o Gott! Kein einziger Gedanke, kein bemerkenswertes Wort im Laufe von drei geschlagenen Stunden! Stumpfe Gesichter, stumpfsinnige Vornehmheit ... und sonst nichts! Wie hat sie sich gelangweilt! Wie hat sie müde ausgesehen! Sie sah, was sie brauchten, was diese Affen der Bildung zu verstehen imstande sind, und hat ihnen dieses Wortspiel hingeworfen. Und sie haben sich darauf gestürzt ... Ich bin vor Scham fast verbrannt und war dem Weinen nahe ... Aber“, fuhr Pauline mit Feuer fort, „mag sie vom Pöbel unserer höchsten Gesellschaft die Meinung mitnehmen, die er verdient, sie hat wenigstens unser gutes einfaches Volk gesehen und versteht es. Hast du gehört, was sie meinem Onkel, diesem unerträglichen Narren, geantwortet hat, der der Ausländerin zu Gefallen über die russischen Bärte herzuziehen begann? ‚Ein Volk, das vor hundert Jahren seinen Bart zu verteidigen verstanden hat, wird in unserer Zeit seinen Kopf zu verteidigen wissen!‘ – Wie lieb sie ist! Wie ich sie liebe! Wie ich ihre Verfolger hasse!“

Aber nicht nur ich allein hatte Paulines Erregung bemerkt. Ein anderes durchdringendes Augenpaar war in diesem Augenblick an ihr haften geblieben: die schwarzen Augen der Madame de Staël selbst. Ich weiß nicht, was sie dachte, aber nach dem Essen trat sie auf meine Freundin zu und kam in ein Gespräch mit ihr. Nach einigen Tagen schrieb ihr Madame de Staël folgendes Billett:

„Ma chère enfant, je suis tout malade. Il serait bien aimable à vous de venir me ranimer. Tâchez de l’obtenir de Madame votre mère et veuillez lui présenter les respects de votre amie De S.“

Dieses Briefchen ist in meinem Besitz. Pauline hatte mich

trotz meiner großen Neugierde nie über ihre Beziehungen zu Madame de Staël aufgeklärt. Sie war ganz von Sinnen von dieser trefflichen Frau, die ebenso gütig wie genial war.

Wohin die Lust am Klatsch führt! Vor kurzem erzählte ich dies alles in einer sehr anständigen Gesellschaft. „Vielleicht", bemerkte man, „war Madame de Staël nichts anderes als eine Spionin Napoleons, und die Prinzessin ... lieferte ihr die nötigen Nachrichten."

„Um Gottes willen!" sagte ich, „Madame de Staël, die sich mit Mühe und Not unter den Schutz des russischen Kaisers geflüchtet hatte, Madame de Staël, die Freundin Chateaubriands und Byrons, Madame de Staël sollte eine Spionin gewesen sein!"

„Es ist sehr wohl möglich", erwiderte mir die spitznäsige Gräfin B., „Napoleon war eine große Bestie und Madame de Staël ein ganz raffiniertes Frauenzimmer."

Alle sprachen von dem bevorstehenden Krieg, und zwar ziemlich leichtsinnig, soweit ich mich erinnere. Die Nachahmung des französischen Tones aus den Zeiten Louis XV. war damals Mode. Die Liebe zum Vaterland galt als Pedanterie. Die damaligen klugen Köpfe priesen Napoleon mit fanatischer, kriecherischer Ehrfurcht und spotteten über unsere Mißerfolge. Zum Unglück waren die Vaterlandsverteidiger etwas einfältig, sie wurden ziemlich witzig verspottet und hatten gar keinen Einfluß. Ihr Patriotismus beschränkte sich auf die harte Verurteilung des Gebrauchs der französischen Sprache in der Gesellschaft, der Einführung von Fremdwörtern, auf strenge Ausfälle gegen die Kusnjetzki-Brücke mit ihren ausländischen Geschäften und dergleichen mehr. Die jungen Leute sprachen von allem, was russisch war, mit Verachtung oder mit Gleichgültigkeit und prophezeiten Rußland das Schicksal des Rheinischen Bundes. Mit einem Wort, die Gesellschaft war ziemlich widerwärtig.

Da erschütterte uns alle die Nachricht von dem Einfall der Franzosen und der Aufruf des Kaisers. Moskau geriet in Erregung. Es erschienen die volkstümlichen Aufrufe des Grafen

Rastoptschin. Das Volk war empört. Die Witzbolde aus der Gesellschaft wurden kleinlaut, die Damen bekamen Angst. Die Verfolger der Kusnjetzki-Brücke und der französischen Sprache gewannen in der Gesellschaft entschieden die Oberhand, und die Salons füllten sich mit Patrioten. Der eine leerte aus seiner Tabakdose den französischen Tabak und begann russischen zu schnupfen, der andere verbrannte ein Dutzend französischer Broschüren. Ein andrer wieder entsagte dem französischen Lafitte und aß nur noch saure Kohlsuppe. Alle schworen der französischen Sprache ab, alle beriefen sich mit einemmal auf Minin und Poscharskij und predigten den Volkskrieg, während sie im Begriff waren, sich langsam auf ihre Saratowschen Güter zurückzuziehen.

Pauline konnte ihre Verachtung nicht verbergen, wie sie früher ihren Zorn nicht verbarg. Diese flinke Veränderung und eine solche Feigheit brachten sie außer sich. Auf dem Boulevard, an den Preßnjenskischen Teichen sprach sie geflissentlich französisch. Bei Tisch, in Gegenwart der Dienerschaft, stritt sie absichtlich gegen die patriotische Prahlerei, sprach von der Überlegenheit der Napoleonischen Heere und von seinem Feldherrngenie. Die Anwesenden erbleichten aus Angst vor Denunziation und beeilten sich, ihr Anhänglichkeit an den Feind des Vaterlandes vorzuwerfen. Pauline lächelte verächtlich.

„Gebe Gott", sprach sie, „daß alle Russen ihr Vaterland so liebten, wie ich es liebe."

Sie setzte mich in Erstaunen. Ich kannte Pauline als stets bescheiden und schweigsam und verstand nicht, woher sie diese Kühnheit nahm.

„Ich bitte dich", sagte ich einmal, „warum mischst du dich in Angelegenheiten, die uns fremd sind. Mögen die Männer sich miteinander über Politik ereifern. Frauen ziehen nicht in den Krieg, und uns geht Bonaparte nichts an." Ihre Augen blitzten auf.

„Schäme dich!" sagte sie. „Haben denn die Frauen kein Vaterland? Haben sie keine Väter, Brüder und Männer? Ist das russische Blut uns fremd? Oder meinst du, daß wir nur dazu geboren sind, um auf Bällen herumgeschwenkt zu werden und zu Hause Hündchen auf Leinen zu sticken? Nein, ich weiß, welchen Einfluß die Frau auf die öffentliche Meinung haben kann. Ich erkenne die Erniedrigung, zu der wir verurteilt sind, nicht an. Denke nur an Madame de Staël! Napoleon hat mit ihr gekämpft wie mit einer feindlichen Macht ... Und mein Onkel wagt es, sich über ihre Ängstlichkeit beim Herannahen des französischen Heeres lustig zu machen: ‚Seien Sie unbesorgt, gnädige Frau. Napoleon kämpft gegen Rußland, nicht aber gegen Sie ...' Ja, wenn Onkelchen den Franzosen in die Hände gerät, dann läßt man ihn im Palais Royal herumspazieren. Madame de Staël aber würde in einem solchen Fall im Staatsgefängnis sterben müssen. Und Charlotte Corday? Und unsere Marfa Possadnitza? Und die Fürstin Daschkowa? Wodurch bin ich geringer als sie? Gewiß nicht was Kühnheit der Seele und Entschlossenheit anbelangt."

Ich hörte Pauline mit Staunen zu. Niemals hatte ich in ihr solchen Ehrgeiz vermutet. Ach, wohin haben sie die ungewöhnlichen Gaben der Seele und die kühne Erhabenheit des Geistes geführt! Recht hat mein Lieblingsschriftsteller: „Il n'est de bonheur que dans les voies communes."

Die Ankunft des Kaisers steigerte die allgemeine Erregung. Die patriotische Begeisterung ergriff endlich auch die höchste Gesellschaft. Die Salons verwandelten sich in Diskussionsklubs. Überall sprach man von patriotischen Opfergaben. Man wiederholte die unsterbliche Rede des jungen Grafen Mamonow, der sein ganzes Vermögen geopfert hatte. Einige Mütter bemerkten freilich, daß der Graf keine so beneidenswerte Partie mehr sei, aber wir alle waren von ihm hingerissen. Pauline schwärmte für ihn.

„Was werden Sie opfern?" fragte sie einmal meinen Bruder.

„Ich besitze mein Gut noch nicht", antwortete mein Wildfang, „aber ich habe alles in allem dreißigtausend Rubel Schulden, die opfere ich auf dem Altar des Vaterlandes."

Pauline wurde böse. „Für manche Leute", sagte sie, „sind

Ehre und Vaterland eine Bagatelle. Ihre Brüder sterben auf den Schlachtfeldern, sie aber treiben Unsinn in den Salons. Ich weiß nicht, ob sich eine Frau finden wird, die niedrig genug wäre, um solchen Possenreißern zu erlauben, ihr Liebe vorzuheucheln."

Mein Bruder flammte auf. „Sie sind zu anspruchsvoll, Prinzessin", sagte er. „Sie verlangen, daß alle in Ihnen eine Madame de Staël sehen und zu Ihnen in Tiraden aus Corinna sprechen sollen. So wissen Sie denn, wer einer Frau gegenüber scherzt, kann dennoch fähig sein, angesichts des Vaterlandes und seines Feindes nicht zu scherzen."

Mit diesen Worten wandte er sich fort. Ich dachte, daß sie sich für immer entzweit hätten, aber ich irrte mich. Pauline gefiel die Keckheit meines Bruders. Sie vergab ihm seinen unpassenden Scherz um der edlen Wallung des Zornes willen, und als sie eine Woche später erfuhr, daß er in das Mamonowsche Regiment eingetreten war, bat sie selbst mich, sie miteinander zu versöhnen. Mein Bruder war entzückt. Er bot ihr auf der Stelle seine Hand an. Sie willigte ein, verschob aber die Hochzeit bis nach Beendigung des Krieges. Am nächsten Tag begab sich mein Bruder zur Armee.

Napoleon rückte auf Moskau vor. Die Unsrigen wichen zurück. Moskau war in Unruhe, die Einwohner verließen es einer nach dem anderen. Der Fürst und die Fürstin überredeten meine Mutter, mit ihnen auf ihr Gut zu reisen.

Wir kamen in einem großen Pfarrdorf an, zwanzig Werst von der Gouvernementsstadt entfernt. In der Nähe gab es viele Gutsnachbarn, die meistenteils aus Moskau angekommen waren. Man kam täglich zusammen, und unser Landleben glich dem Leben in der Stadt. Briefe aus der Armee kamen fast jeden Tag. Die alten Damen suchten auf der Landkarte den Standort der Armee und ärgerten sich sehr, wenn sie ihn nicht fanden. Pauline befaßte sich nur noch mit Politik, las nichts als Zeitungen und die Aufrufe Rastoptschins und rührte kein Buch mehr an. Da sie von Menschen umgeben war, deren Begriffe beschränkt waren, da sie auf Urteile und Nachrichten angewiesen war, die unsinnig und unbegründet waren, verfiel sie in tiefe Niedergeschlagenheit. Sie begriff den Gedanken der damaligen Zeit nicht, der so groß war in seiner Ungeheuerlichkeit und dessen kühne Ausführung Rußland gerettet und Europa befreit hat. Ganze Stunden verbrachte sie über die Karte Rußlands gebeugt, sie berechnete die Entfernungen und verfolgte die rasche Bewegung der Heere. Seltsame Gedanken kamen ihr in den Sinn. Einmal eröffnete sie mir ihre Absicht, das Gut zu verlassen und zur Armee zu gehen. Es fiel mir nicht schwer, sie vom Wahnsinn eines solchen Unternehmens zu überzeugen.

Ihr Vater war, wie schon bekannt, ein ziemlich leichtsinniger Mann. Er dachte nur daran, auf dem Lande möglichst auf Moskauer Art zu leben, gab Festessen, gründete ein théâtre de société, in dem französische proverbes gespielt wurden, und bemühte sich, unsere Vergnügungen auf jede Weise abwechslungsreich zu gestalten. In der Stadt waren einige gefangene Franzosen angekommen. Der Fürst war froh über die neuen Gesichter und bat den Gouverneur um Erlaubnis, sie bei sich unterzubringen. Es waren vier; drei waren ziemlich unbedeutende Burschen, Napoleon fanatisch ergeben, unerträgliche Schreihälse, die ihre Prahlerei freilich durch recht beträchtliche Wunden wettmachten. Der vierte dagegen war ein außerordentlich bemerkenswerter Mann.

Er war damals sechsundzwanzig Jahre alt und stammte aus gutem Hause. Er hatte ein angenehmes Gesicht und ein gutes Benehmen. Er wurde von uns sofort ausgezeichnet. Die Freundlichkeiten nahm er mit edler Bescheidenheit hin. Er sprach wenig, aber seine Rede war gediegen. Pauline gefiel er dadurch, daß er ihr als erster die strategischen Handlungen und die Bewegungen der Heere auseinandersetzen konnte. Er beruhigte sie, indem er ihr versicherte, daß das Zurückweichen der russischen Armeen keine sinnlose Flucht war und daß es Napoleon ebenso beunruhigte wie es die Russen erbitterte.

„Aber Sie“, fragte ihn Pauline, „sind Sie denn nicht von der Unbesiegbarkeit Ihres Kaisers überzeugt?“

Sinecour – ich nenne auch ihn bei dem Namen, den ihm Herr Sagoskin gegeben hat – antwortete nach einem kurzen Schweigen, daß in seiner Lage Offenheit sehr schwierig sei. Pauline verlangte dringend Antwort. Sinecour gestand, daß das Vordringen der französischen Armee in das Herz Rußlands für sie selbst gefährlich werden könnte, daß der Feldzug des Jahres 1812 zu Ende sei, jedoch ohne ein entscheidendes Ergebnis.

„Zu Ende!“ erwiderte Pauline. „Aber Napoleon dringt immer noch vor, und wir weichen immer noch zurück.“

„Um so schlimmer für uns“, antwortete Sinecour und begann von einem anderen Gegenstand zu sprechen.

Pauline, die die feigen Prophezeiungen und die dummen Prahlereien der Gutsnachbarn satt hatte, hörte begierig die Urteile, die auf Sachkenntnis und Unparteilichkeit beruhten. Von meinem Bruder erhielt sie oft Briefe, aus denen man nicht viel erfahren konnte. Sie waren voller Scherze, kluger und dummer, sie enthielten Fragen über Pauline, fade Liebesbeteuerungen und dergleichen mehr. Sie ärgerte sich beim Lesen und zuckte mit den Achseln.

„Gesteh, daß dein Alexej ein recht leerer Mensch ist. Selbst unter den jetzigen Umständen bringt er es fertig, vom Schlachtfeld solche nichtssagenden Briefe zu schreiben. Was wird mir seine Unterhaltung im Laufe eines ganzen Lebens sein?“

Sie irrte sich. Die Leere in den Briefen meines Bruders entstammte nicht seiner eigenen Nichtigkeit, sondern einem Vorurteil, das übrigens für uns das allerbeleidigendste ist. Er glaubte, daß man im Verkehr mit Frauen eine Sprache gebrauchen müßte, die der Schwäche ihrer Begriffe angepaßt sei, und daß wichtige Sachen uns gar nichts angingen. Eine solche Meinung gilt überall als unhöflich, bei uns aber ist sie noch dumm dazu. Es besteht kein Zweifel darüber, daß die russischen Frauen gebildeter sind, mehr lesen und mehr nachdenken als die Männer, die Gott weiß mit was allem beschäftigt sind.

Dann verbreitete sich die Nachricht von der Schlacht bei

Borodino. Alle sprachen von ihr, jedermann hatte die gewissesten Nachrichten, jedermann hatte ein Verzeichnis der Toten und Verwundeten. Mein Bruder ließ nichts von sich hören. Wir waren außerordentlich besorgt. Endlich kam ein Allerweltsmensch zu uns, um uns allen mitzuteilen, daß er in Gefangenschaft geraten sei. Heimlich aber sagte er Pauline, er sei gefallen. Pauline war tief betrübt. Sie war nicht verliebt in meinen Bruder und hatte sich sehr oft über ihn geärgert, jetzt aber sah sie einen Märtyrer, einen Helden in ihm und beweinte ihn heimlich. Ich fand sie oft weinend. Das wunderte mich nicht, denn ich wußte, welchen schmerzlichen Anteil sie am Schicksal unseres leidenden Vaterlandes nahm. Ich vermutete damals noch nicht, was der Grund ihres Kummers war.

Einmal lustwandelte ich am Morgen im Garten. Neben mir ging Sinecour. Wir sprachen von Pauline. Ich hatte bemerkt, daß er ihre ungewöhnlichen Eigenschaften tief empfand und daß ihre Schönheit einen starken Eindruck auf ihn gemacht hatte. Ich gab ihm lachend zu verstehen, daß seine Lage eine sehr romantische sei ... Ein verwundeter Ritter verliebt sich in die edle Schloßherrin, rührt ihr Herz und erhält schließlich auch ihre Hand.

„Nein", sagte Sinecour, „die Prinzessin sieht in mir einen Feind Rußlands und wird nie einwilligen, ihr Vaterland zu verlassen."

In diesem Augenblick erschien Pauline am Ende der Allee. Wir gingen ihr entgegen. Sie nahte uns mit raschen Schritten. Ihre Blässe überraschte mich.

„Moskau ist genommen!" sagte sie, ohne Sinecours Gruß zu erwidern. Mein Herz preßte sich zusammen, und Tränen entflossen mir in Strömen. Sinecour schwieg mit gesenkten Augen.

„Die edlen, gebildeten Franzosen", fuhr sie mit einer Stimme fort, die vor Zorn bebte, „feiern ihren Triumph in einer würdigen Weise. Sie haben Moskau angezündet, Moskau brennt seit zwei Tagen."

„Was sagen Sie da!" rief Sinecour. „Es kann nicht sein!"

„Warten Sie die Nacht ab", antwortete sie trocken, „und Sie werden vielleicht den Feuerschein sehen."

„O, mein Gott, er ist verloren!" sagte Sinecour. „Sehen Sie nicht, daß der Brand Moskaus den Untergang für das ganze französische Heer bedeutet, daß Napoleon sich nirgends wird halten können, daß er gezwungen sein wird, auf dem verwüsteten, verlassenen Weg mit einem zerrütteten, unzufriedenen Heer zurückzugehen? Und Sie konnten denken, daß die Franzosen diese Hölle sich selber bereitet haben? Die Russen, die Russen haben Moskau angezündet! Jetzt ist alles entschieden. Ihr Vaterland ist außer Gefahr, aber was soll aus uns, was soll aus unserem Kaiser werden?"

Er verließ uns. Pauline und ich konnten kaum zur Besinnung kommen.

„Hat Sinecour wirklich recht und der Brand von Moskau ist unser Werk? Wenn dem so ist ... oh, dann darf ich auf den Namen einer Russin stolz sein! Das Weltall wird staunen über die Größe unseres Opfers! Jetzt ist mir selbst unser Untergang nicht mehr schrecklich. Nie mehr wird Europa es wagen, mit einem Volk zu kämpfen, das sich selbst die Hände abhaut und seine Hauptstadt in Brand steckt."

Ihre Augen glänzten, ihre Stimme hatte einen klingenden Ton. Ich umarmte sie, und wir vermischten in eins unsere Tränen der edlen Begeisterung und die glühenden Gebete fürs Vaterland.

„Weißt du", sagte Pauline mit einem Ausdruck der Inspiration zu mir, „dein Bruder ... er ist glücklich, er ist nicht in Gefangenschaft! Freue dich, er ist gefallen für Rußlands Errettung!"

Ich schrie auf und fiel bewußtlos in ihre Arme.

Ägyptische Nächte

I

„Quel est cet homme?"
„Ha, c'est un bien grand talent: il fait de sa voix tout ce qu'il veut."
„Il devrait bien, madame, s'en faire une culotte."

Tscharskij war ein alteingesessener Petersburger. Er war noch nicht dreißig Jahre alt und unverheiratet. Der Dienst beschwerte ihn nicht allzusehr. Sein seliger Onkel, der noch in der guten alten Zeit Vizegouverneur gewesen war, hatte ihm ein ansehnliches Gut hinterlassen. Sein Leben war sehr angenehm, aber er hatte das Unglück, Verse zu machen und sie drucken zu lassen. In den Zeitschriften wurde er ein Dichter, in den Gesindestuben ein Verfasser genannt.

Trotz der großen Vorteile, die Dichter genießen – ich gestehe allerdings, daß mir außer dem Vorrecht, sich bei der Verneinung des Akkusativs statt des Genitivs zu bedienen, und noch einigen sogenannten dichterischen Freiheiten irgendwelche besonderen Vorrechte der russischen Dichter nicht bekannt sind – aber wie dem auch sei, sind diese Menschen trotz der besagten Vorrechte großen Unannehmlichkeiten und Nachteilen ausgesetzt. Das bitterste aber, das für den Dichter unerträglichste Übel ist sein Stand und der Spitzname, mit dem er ein für allemal gebrandmarkt ist und den er nie loswird. Das Publikum betrachtet ihn als sein Eigentum. Seiner Meinung nach ist er nur zu seinem Nutzen und Vergnügen geboren. Kehrt er von seinem Gut zurück, fragt ihn der erste beste: „Was haben Sie uns Neues mitgebracht?" Ist er anläßlich seiner in Unordnung geratenen Angelegenheiten oder der Erkrankung eines ihm lieben Menschen in Gedanken versunken, schon begleitet ein fades Lächeln den Ausruf:

„Gewiß dichten Sie jetzt etwas!“ Verliebt er sich, sofort kauft sich seine Schöne im englischen Geschäft ein Album und wartet auf eine Elegie. Kommt er zu einem ihm fast unbekannten Menschen, um ein wichtiges Geschäft zu besprechen, schon ruft dieser sein Söhnchen herbei und läßt es Gedichte aufsagen, und der Knabe bewirtet den Dichter mit seinen eigenen entstellten Versen. Und das sind noch die Blüten des Handwerks! Wie sind erst die Früchte! Tscharskij gestand, daß die Begrüßungen, Fragen, Alben und Knaben ihm so lästig geworden waren, daß er sich fortwährend bemühen mußte, eine Grobheit zu unterdrücken.

Tscharskij gab sich jede Mühe, den unerträglichen Spitznamen von sich abzutun. Er mied die Gesellschaft seiner Zunftbrüder – der Literaten – und zog ihnen die Gesellschaft der Weltleute, selbst der oberflächlichsten, vor. Aber es half ihm nichts. Seine Unterhaltung war die allergewöhnlichste und berührte nie die Literatur. In seiner Kleidung beobachtete er die Vorschriften der allerletzten Mode mit der Ängstlichkeit und dem Aberglauben eines jungen Moskauers, der zum erstenmal in seinem Leben nach Petersburg gekommen ist. In seinem Arbeitszimmer, das wie das Boudoir einer Dame eingerichtet war, erinnerte nichts an den Schriftsteller. Weder auf den Tischen noch unter den Tischen trieben sich Bücher herum. Das Sofa war nicht mit Tinte befleckt. Es herrschte nicht jene Unordnung, welche die Anwesenheit der Musen und die Abwesenheit von Besen und Bürste verrät. Tscharskij war verzweifelt, wenn jemand von seinen Freunden aus der Gesellschaft ihn mit der Feder in der Hand antraf. Es ist kaum zu glauben, bis zu welcher Kleinlichkeit ein mit Talent und Seele begabter Mensch sich versteigen kann. Bald spielte er den leidenschaftlichen Pferdeliebhaber, bald den verzweifelten Spieler, bald den feinsten Gastronomen, obwohl er in Wirklichkeit einen Araberhengst nicht von einem anderen Pferd unterscheiden konnte, sich niemals die Trümpfe merkte und heimlich gebackene Kartoffeln allen Erfindungen der französischen Küche vorzog. Er führte ein Leben voller Zerstreuungen, trieb sich auf allen Bällen herum, aß sich auf allen diplomatischen Diners krank und war bei jeder geladenen Abendgesellschaft ebenso unvermeidlich wie das Eis von Resanow. Dennoch war er ein Dichter, und diese seine Leidenschaft war unüberwindlich. Wenn also das Übel – so nannte er die Inspiration – über ihn kam, schloß sich Tscharskij in seinem Arbeitszimmer ein und schrieb von morgens bis spät in die Nacht. Er gestand seinen wahren Freunden, daß er nur dann wirkliches Glück empfand. Die übrige Zeit trieb er sich herum, geziert und sich verstellend, und mußte sich jeden Augenblick die Frage gefallen lassen: „Haben Sie wieder etwas Neues geschrieben?"

An einem Morgen fühlte Tscharskij jene begnadete Stimmung, in der unsere Träume klar vor uns stehen und man, um seine Visionen zu verkörpern, lebendige, unerwartete Worte findet, in der die Verse sich unter die Feder legen und klingende Reime dem harmonischen Gedanken entgegeneilen. Tscharskijs Seele war in süße Vergessenheit versunken ... sowohl die Welt als auch die Meinung der Welt und seine eigenen Sonderlichkeiten existierten nicht für ihn. Er dichtete.

Plötzlich knarrte die Tür seines Arbeitszimmers, und der unbekannte Kopf eines Menschen erschien darin. Tscharskij fuhr auf und verfinsterte sich.

„Wer ist da?" fragte er ärgerlich und verfluchte im stillen seine Dienerschaft, die sich nie im Vorzimmer aufhielt.

Der Unbekannte trat ein. Er war von hohem Wuchs, mager und schien etwa dreißig Jahre alt zu sein. Die Züge seines braunen Gesichtes waren ausdrucksvoll. Die bleiche, hohe, von schwarzen Haarbüscheln umschattete Stirn, die schwarzen, blitzenden Augen, die Adlernase und der dichte Bart, der die eingefallenen gelbbraunen Wangen umrahmte, verrieten den Ausländer. Er trug einen schwarzen Frack, der an den Nähten bereits weiß war, dazu sommerliche Beinkleider, obschon draußen der tiefste Herbst herrschte. Unter dem schäbigen schwarzen Halstuch glänzte auf der gelblichen Chemisette ein falscher Diamant. Der rauhe Hut mochte manches gute und schlechte Wetter gesehen haben. Wenn Sie einem solchen

Menschen im Walde begegnen, halten Sie ihn für einen Räuber, in der Gesellschaft – für einen politischen Verschwörer, im Vorzimmer für einen Scharlatan, der verschiedene Elixiere und Arsenik feilbietet.

„Was wünschen Sie?“ fragte ihn Tscharskij auf französisch.

„Signor“, antwortete der Fremde unter tiefen Verbeugungen auf italienisch. „Lei voglia perdonar mi, se ...“ (verzeihen Sie mir großmütig, wenn ...)

Tscharskij bot ihm keinen Stuhl an, er erhob sich selbst. Das Gespräch wurde auf italienisch fortgesetzt. „Ich bin ein neapolitanischer Künstler“, sprach der Unbekannte, „die Umstände haben mich gezwungen, mein Vaterland zu verlassen. Ich bin nach Rußland gekommen, ermutigt durch mein Talent.“

Tscharskij dachte, daß der Italiener die Absicht habe, einige Konzerte auf dem Violoncello zu geben, und die Eintrittskarten in den Häusern selbst verkaufe. Er wollte ihm schon fünfundzwanzig Rubel überreichen und ihn möglichst schnell verabschieden, aber der Unbekannte fügte hinzu: „Ich hoffe, Signor, daß Sie einem Kollegen Ihre freundliche Hilfe erweisen und mich in die Häuser, zu denen Sie selber Zutritt haben, einführen werden.“

Man konnte Tscharskijs Eitelkeit unmöglich eine empfindlichere Beleidigung zufügen. Er sah hochmütig denjenigen an, der sich seinen Kollegen nannte.

„Gestatten Sie zu fragen, wer Sie sind und für wen Sie mich halten?“ fragte er, und es kostete ihn Mühe, seinen Zorn zu beherrschen.

Der Neapolitaner gewahrte seinen Ärger.

„Signor“, antwortete er stockend, „ho creduto ... ho sentito ... la vostra eccelenza ... mi perdonera ...“ (ich wagte es zu denken, daß Euer Exzellenz es nicht für eine Frechheit halten werden ...)

„Was wünschen Sie?“ wiederholte Tscharskij trocken.

„Ich habe viel von Ihrem wunderbaren Talent gehört. Ich bin überzeugt, daß die hiesigen Herrschaften es für eine Ehre halten, einem so ausgezeichneten Dichter alle mögliche Gönnerschaft angedeihen zu lassen“, antwortete der Italiener, „und darum habe ich es gewagt, zu Ihnen zu kommen ...“

„Sie irren sich, Signor“, unterbrach ihn Tscharskij. „Einen Stand von Dichtern gibt es bei uns nicht. Unsere Dichter genießen nicht die Gönnerschaft der Herren: unsere Dichter sind selber Herren, und wenn unsere Mäzene – der Teufel hole sie! – dies nicht wissen, um so schlimmer für sie. Bei uns gibt es keine abgerissenen Geistlichen, die ein Musiker zur Verfassung eines Libretto von der Straße aufliest. Bei uns gehen die Dichter nicht zu Fuß von Haus zu Haus, um sich eine Unterstützung zusammenzubetteln. Übrigens hat man Ihnen gewiß im Spaß gesagt, daß ich ein großer Dichter bin. Es ist wahr, ich habe früher einmal einige schlechte Epigramme gemacht, aber mit den Herren Dichtern habe ich Gott sei Dank nichts gemein und möchte es auch nicht.“

Der arme Italiener wurde verlegen. Er sah um sich. Bilder, Marmorstatuen, Bronzen, kostbare Nippes auf gotischen Wandbrettern verblüfften ihn. Er begriff, daß zwischen dem hochmütigen Dandy, der in einem buschigen, goldgewirkten Käppchen, in einem goldgleißenden chinesischen Schlafrock mit türkischem Schal vor ihm stand, und ihm, dem armen wandernden Artisten im schäbigen Halstuch und abgegriffenen Frack, nichts Gemeinsames war. Er brachte einige undeutliche Entschuldigungen vor, verneigte sich und wollte gehen. Sein klägliches Aussehen rührte Tscharskij, der trotz der Kleinlichkeiten seines Charakters ein gutes und edles Herz hatte. Er schämte sich der Gereiztheit seiner Eitelkeit.

„Wo wollen Sie denn hin?“ fragte er den Italiener. „Warten Sie ... Ich wollte nur diesen unverdienten Titel eines Dichters zurückweisen und Ihnen gestehen, daß ich kein Dichter bin. Jetzt aber wollen wir über Ihre Angelegenheit sprechen. Ich bin bereit, Ihnen zu dienen, womit ich nur kann. Sind Sie ein Musiker?“

„Nein, eccelenza!“ antwortete der Italiener. „Ich bin ein armer Improvisator.“

„Improvisator!“ rief Tscharskij, indem er der ganzen Grausamkeit seiner Behandlung innewurde. „Warum haben Sie denn nicht gleich gesagt, daß Sie ein Improvisator sind?“ Und Tscharskij drückte ihm die Hand mit dem Gefühl der aufrichtigen Reue.

Sein freundlicher Ausdruck ermutigte den Italiener. Er bekannte freimütig seine Absichten. Sein Äußeres hatte nicht getäuscht. Er brauchte Geld und hoffte, in Rußland auf irgendeine Weise seine Verhältnisse zu verbessern. Tscharskij hörte ihm aufmerksam zu.

„Ich hoffe“, sagte er zu dem armen Künstler, „daß Sie Erfolg haben werden. Die hiesige Gesellschaft hat noch nie einen Improvisator gehört. Die Neugierde wird erregt sein. Freilich ist die italienische Sprache bei uns nicht geläufig, man wird Sie nicht verstehen. Aber das ist nicht schlimm. Wichtig ist, daß Sie in Mode kommen.“

„Aber wenn bei Ihnen niemand die italienische Sprache kennt“, sagte der Improvisator nachdenklich, „wer wird kommen, um mich zu hören?“

„Man wird kommen, fürchten Sie sich nicht. Die einen kommen aus Neugierde, die anderen, um den Abend irgendwie totzuschlagen, die dritten, um zu zeigen, daß sie Italienisch verstehen. Ich wiederhole, es ist nur nötig, daß Sie in Mode kommen. Und Sie werden in Mode kommen, darauf gebe ich Ihnen meine Hand.“

Tscharskij trennte sich freundlich vom Improvisator, nachdem er sich seine Adresse hatte geben lassen, und machte noch am selben Abend eine Ausfahrt, um für ihn etwas auszurichten.

II

Ich bin ein Fürst, ein Sklav', ein Wurm, ein Gott.
Dershawin

Am nächsten Tag fand Tscharskij im dunklen und unsauberen Korridor des Gasthauses das Zimmer Nummer fünfunddreißig. Er blieb an der Tür stehen und pochte. Der Italiener von gestern machte ihm auf.

„Sieg!" sagte Tscharskij zu ihm, „Ihre Sache ist gemacht. Die Fürstin ... stellt Ihnen ihren Saal zur Verfügung. Auf einer Abendgesellschaft gestern habe ich halb Petersburg gewonnen; drucken Sie die Billetts und die Anzeigen. Ich garantiere Ihnen, wenn nicht für einen Triumph, so doch mindestens für eine volle Kasse ..."

„Und das ist die Hauptsache", rief der Italiener, indem er seiner Freude in lebhaften Bewegungen Ausdruck verlieh, wie sie seiner südländischen Rasse eigen sind. „Ich wußte, daß Sie mir helfen werden. Corpo di Bacco! Sie sind ein Dichter, ebenso wie ich. Und was man auch sage, die Dichter sind famose Kerle! Wie soll ich Ihnen meinen Dank bezeugen? Warten Sie ... wollen Sie eine Improvisation hören?"

„Eine Improvisation? Können Sie ohne Publikum, ohne Musik und ohne den Donner des Beifalls auskommen?"

„Unsinn, Unsinn! Wo könnte ich ein besseres Publikum finden? Sie sind ein Dichter, Sie werden mich verstehen, besser als sie, und Ihre stille Zustimmung ist mir teurer als ein ganzer Sturm von Beifall. Setzen Sie sich irgendwohin und geben Sie mir ein Thema."

Tscharskij setzte sich auf einen Koffer – von den zwei Stühlen, die sich im engen Zimmer befanden, war der eine zerbrochen und der andere mit Papieren und Wäsche bedeckt. Der Improvisator nahm eine Gitarre von der Wand und stellte sich vor Tscharskij auf, wobei er die Saiten mit seinen knöchernen Fingern berührte und auf die Aufgabe wartete.

„Da haben Sie ein Thema", sagte Tscharskij zu ihm. „Der

Dichter wählt selbst die Vorwürfe für seine Lieder. Die Menge hat nicht das Recht, sein Schaffen zu bestimmen."

Die Augen des Italieners begannen zu leuchten. Er griff einige Akkorde, hob stolz das Haupt, und leidenschaftliche Verse – der Ausdruck des augenblicklichen Gefühls – entströmten harmonisch seinen Lippen ...

Der Italiener verstummte ... Tscharskij schwieg erschüttert und gerührt.

„Nun?" fragte der Improvisator.

Tscharskij ergriff seine Hand und drückte sie fest.

„Nun?" fragte der Improvisator, „wie finden Sie es?"

„Erstaunlich!" sagte der Dichter. „Ein fremder Gedanke hat Ihr Ohr kaum gestreift, und schon ist er Ihr Eigentum geworden, als wenn Sie ihn mit sich herumgetragen, gehegt und unaufhörlich weiterentwickelt hätten. Für Sie gibt es also weder Arbeit noch Ermüdung, noch jene Unruhe, die der Inspiration vorangeht? Wunderbar, wunderbar!"

Der Improvisator erwiderte: „Jedes Talent ist unerklärlich. Wieso sieht der Bildhauer in dem Stück karrarischen Marmors den verborgenen Jupiter und bringt ihn zur Welt mit Meißel und Hammer, indem er seine Hülle zerstückelt? Warum entspringt der Gedanke dem Kopf des Dichters schon mit vier Reimen bewaffnet und im harmonischen Gleichmaß? Niemand, außer dem Improvisator selbst, kann diese Raschheit der Eindrücke verstehen, diesen engen Zusammenhang zwischen eigener Inspiration und dem äußeren fremden Willen. Vergeblich würde ich es selbst zu erklären versuchen. Dennoch ... müssen wir an meinen ersten Abend denken. Was meinen Sie? Zu welchem Preis könnte man die Eintrittskarten verkaufen, daß es dem Publikum nicht allzu schwerfällt und daß ich keinen Nachteil habe? Man sagt, la signora Catalani habe fünfundzwanzig Rubel genommen. Ein angemessener Preis ..."

Es war Tscharskij unangenehm, von der Höhe der Poesie plötzlich unter die Kontorbank zu stürzen. Aber er verstand sehr gut die Notwendigkeiten des Alltags und ließ sich mit dem

Italiener in merkantile Berechnungen ein. Bei dieser Gelegenheit zeigte der Italiener eine so wilde Gier, eine so einfältige Gewinnsucht, daß er Tscharskij widerlich wurde, und er beeilte sich, ihn zu verlassen, um nicht ganz das Gefühl des Entzückens zu verlieren, das die glänzende Improvisation in ihm hervorgerufen hatte. Der besorgte Italiener gewahrte diese Veränderung gar nicht und begleitete Tscharskij durch den Korridor und auf die Treppe hinaus unter tiefen Verbeugungen und Versicherungen ewiger Dankbarkeit.

III

Eintritt zehn Rubel, Beginn sieben Uhr.
Anzeige

Der Saal der Fürstin ... wurde dem Improvisator zur Verfügung gestellt. Ein Podium wurde errichtet. Stühle in zwölf Reihen aufgestellt. Am anberaumten Tag war der Saal von sieben Uhr an erleuchtet. An der Tür vor einem Tischchen saß ein altes, langnasiges Frauenzimmer und verkaufte die Eintrittskarten. Sie trug einen grauen Hut mit geknickten Federn, und an allen Fingern glänzten Ringe. An der Auffahrt standen Gendarmen. Das Publikum begann sich zu versammeln. Tscharskij kam als einer der ersten. Er nahm am Erfolg des Unternehmens großen Anteil und wollte den Improvisator sprechen, um zu erfahren, ob er mit allem zufrieden sei. Er fand den Italiener in einem Seitenzimmer, wo dieser voll Ungeduld fortwährend auf die Uhr blickte. Der Italiener war theatralisch angezogen. Er war von Kopf bis zu den Füßen in Schwarz. Der Spitzenkragen seines Hemdes war zurückgeschlagen, und der bloße Hals hob sich in seiner seltsamen Weiße vom dichten, schwarzen Bart grell ab. Das Haar, in Strähnen heruntergekämmt, beschattete Stirn und Augenbrauen. Das alles mißfiel Tscharskij sehr, dem es unangenehm war, einen Dichter in der Kleidung eines hergelaufenen Gauklers zu sehen. Nach einem kurzen Gespräch kehrte er in den Saal zurück, der sich immer mehr füllte. Bald waren alle Sesselreihen mit glänzenden Damen besetzt. Die Männer nahmen vor dem Podium, an den Wänden und hinter den letzten Reihen Platz. Die Musikanten saßen vor ihren Pulten zu beiden Seiten des Podiums. Auf dem Podium stand auf einem Tisch eine Schale aus Porzellan. Das Publikum war zahlreich. Alle warteten mit Ungeduld auf den Beginn. Um halb acht endlich wurden die Musikanten geschäftig, zückten ihren Bogen und begannen die Ouvertüre zu „Tankred". Alles setzte sich zurecht und verstummte. Die letzten Töne der Ouvertüre verrauschten ... Der Improvisator, von betäubendem Beifall, der sich von allen Seiten erhob, begrüßt, näherte sich unter tiefen Verbeugungen dem Rande des Podiums.

Tscharskij hatte mit Unruhe auf den Eindruck des ersten Moments gewartet. Aber er merkte nun, daß der Anzug, der ihm so unpassend erschienen war, auf das Publikum keineswegs diesen Eindruck machte. Tscharskij selbst fand nichts Lächerliches an dem Italiener, als er ihn mit dem blassen, von den vielen Lampen und Kerzen beleuchteten Gesicht auf dem Podium erblickte. Der Beifall verstummte, die Unterhaltung hörte auf ... Der Italiener bat in schlechtem Französisch die anwesenden Herrschaften, ihm einige Themen vorzuschlagen und sie auf kleine Zettel aufzuschreiben. Bei dieser unerwarteten Aufforderung sahen alle einander schweigend an, und niemand erwiderte etwas. Der Italiener wiederholte nach kurzem Warten mit schüchterner, demütiger Stimme seine Bitte. Tscharskij stand unmittelbar vor dem Podium. Unruhe ergriff ihn. Er fühlte, daß die Sache ohne ihn nicht zustande kommen und daß er gezwungen sein werde, ein Thema anzugeben. In der Tat, einige Damenköpfchen wandten sich zu ihm und riefen ihn, erst halblaut, dann immer lauter. Als der Improvisator Tscharskijs Namen hörte, suchte er ihn mit den Augen und fand ihn zu seinen Füßen. Er reichte ihm mit freundlichem Lächeln einen Bleistift und einen Zettel. Eine Rolle in dieser

Komödie zu spielen, dünkte Tscharskij sehr unangenehm. Aber es war nicht zu vermeiden. Er nahm Bleistift und Papier aus den Händen des Italieners und schrieb einige Worte. Der Italiener nahm die Schale vom Tisch, trat vom Podium herunter und reichte sie Tscharskij, der seinen Zettel hineinlegte. Sein Beispiel wirkte. Zwei Journalisten fühlten sich in ihrer Eigenschaft als Schriftsteller verpflichtet, jeder sein Thema anzugeben. Der Sekretär der neapolitanischen Gesandtschaft und ein junger Mann, der kürzlich, für Florenz schwärmend, von einer Reise zurückgekehrt war, legten ihre zusammengerollten Zettelchen in die Urne. Endlich schrieb ein häßliches junges Mädchen auf Befehl ihrer Mutter einige Zeilen auf italienisch und reichte sie, wobei sie bis über die Ohren errötete, dem Improvisator, während die Damen sie schweigend mit kaum merklichem Lächeln musterten. Auf das Podium zurückgekehrt, stellte der Improvisator die Schale auf den Tisch und holte ein Zettelchen nach dem anderen hervor, indem er jedes laut verlas:

„La famiglia Cenci. L'ultimo giorno di Pompeia. Cleopatra e i suoi amanti. La primavera veduta da una prigione. Il triomfo di Tasso."

Dann fragte der demütige Italiener: „Was befiehlt das verehrte Publikum? Will es selbst einen von den vorgeschlagenen Vorwürfen bestimmen oder überläßt es die Entscheidung dem Los?"

„Losen!" rief eine Stimme. „Losen! Losen!" wiederholte das Publikum.

Der Improvisator stieg mit der Urne in der Hand wieder vom Podium herab und fragte, wer so gefällig sein möchte, das Thema zu ziehen. Er streifte mit einem flehenden Blick die ersten Sesselreihen. Keine von den glänzenden Damen, die dort saßen, rührte sich. Der Improvisator, der an die nordische Gleichgültigkeit nicht gewöhnt war, schien zu leiden ... Plötzlich bemerkte er an der Seite eine erhobene Hand in einem weißen, kleinen Handschuh. Er wandte sich lebhaft dorthin und trat zu einer jungen, vornehmen Schönen, die an der Ecke der zweiten Reihe saß. Sie erhob sich ohne jede Verlegenheit, versenkte mit der möglichsten Schlichtheit ihre aristokratische Hand in die Urne und nahm ein Röllchen heraus.

„Bitte es zu öffnen und zu lesen“, sagte der Improvisator zu ihr.

Die Schöne rollte den Zettel auf und las: „Cleopatra e i suoi amanti.“ Diese Worte wurden mit leiser Stimme ausgesprochen, aber im Saal war es so still, daß alle sie hörten. Der Improvisator verneigte sich mit dem Ausdruck des tiefen Dankes vor der schönen Dame und kehrte auf das Podium zurück.

„Meine Herrschaften“, wandte er sich an das Publikum, „das Los bestimmt mir zum Gegenstand der Improvisation Kleopatra und ihre Liebhaber. Ich bitte untertänigst die Person, die dieses Thema gewählt hat, mit ihren Gedanken zu erklären: von welchen Liebhabern ist hier die Rede, perchè la grande regina aveva molto ...?“

Bei diesen Worten begannen mehrere Herren laut zu lachen. Der Improvisator wurde ein wenig verlegen.

„Ich möchte wissen, auf welches historische Ereignis die Person, die dieses Thema gewählt hat, anspielen wollte? Ich wäre sehr dankbar, wenn sie geruhen wollte, sich zu erklären.“

Niemand beeilte sich zu antworten. Einige Damen wandten ihre Blicke zu dem unschönen Mädchen, das ein Thema auf Befehl seiner Mutter aufgeschrieben hatte. Das arme Mädchen bemerkte diese ungnädige Aufmerksamkeit und wurde so verwirrt, daß Tränen auf ihre Wimpern traten ... Tscharskij konnte dies nicht ertragen, wandte sich zum Improvisator und sagte zu ihm in italienischer Sprache: „Dieses Thema habe ich vorgeschlagen. Ich hatte das Zeugnis des Aurelius Victor im Sinn, der schreibt, daß Kleopatra den Tod als den Preis ihrer Liebe bestimmt habe und daß sich Verehrer gefunden hätten, die auch das nicht abschreckte. Übrigens scheint mir das Thema schwierig zu sein ... Wollen Sie nicht lieber ein anderes wählen?“

Aber schon fühlte der Improvisator das Nahen des Gottes ... er gab den Musikanten das Zeichen zum Spiel. Sein Gesicht erbleichte schrecklich, er zitterte wie im Fieber. In seinen Augen glänzte ein wunderbares Feuer. Er streifte mit der Hand sein schwarzes Haar zurück, trocknete mit einem Tuch die hohe Stirn, die mit Schweißtropfen bedeckt war ... Plötzlich machte er einen Schritt nach vorwärts, verschränkte die Hände auf der Brust ... Die Musik verstummte ... die Improvisation begann ...

Hymnischer Chor zu Flötenspiel und Leier
Erklang im glänzenden Palast der Fürstin,
Das Schönste, Größte aber bei der Feier
Das war ihr Blick, ihr Wort und Zaubersinn.
Und weil sie wußte, daß ein jedes Herz
Zum Throne drängte, dem verehrten,
Kam ein Gedanke plötzlich über sie wie Schmerz.
Und schwebend über einer Schale Rand
Hält sie das Haupt, ersinnt, was keiner noch gekannt.
Da senkt sich Stille über alle rings,
Der Chor verstummt, kein Wort erschallt.
Da hebt sie ihre Stirn empor zum Licht,
Und alle lauschen, wenn sie ruhig spricht:
„In meiner Liebe seht ihr höchstes Glück!
So werdet Käufer, kauft euch meine Liebe.
Ich dachte mir, ein jeder könne werben,
Um meiner Wollust einmal Herr zu werden.
Nun kommt und hört wie hoch der Liebe Preis:
Für eine Nacht in meinen Armen
Verlang das Leben ich vom Käufer ohn' Erbarmen."

Sie endet, und Entsetzen packt die Gäste,
Und wilde Leidenschaft durchpulst ihr Blut,
Ein Durcheinander auf dem Fest der Feste,
Sie aber prüft mit kalten, frechen Blicken,
Ob wirklich einer, der noch brennt vor Glut.
Da wirklich kommt der erste schon gerannt,
Ein zweiter folgt, ein dritter wie gebannt.

Sie blicken klar und schreiten kühn entgegen
Der Fürstin, die ihr Wort gegeben:
Drei Nächte sind, drei Särge auch vergeben.

Der Priester Bittgesang verhallt.
Und aus dem schicksalsdunklen Grund der Urne
Greift eine schreckensstarre Hand
Der Lose drei. Nun weiß man, wer der erste sei.

Der erste war ein alter, würdiger Krieger
Mit Namen Flavius, er haßte Weiberhohn,
Er war in römischer Legion ein Sieger,
besiegte Feigheit nun bei solchem Lohn.
Wie sonst die Feinde ihn erzürnten,
So loderte Verachtung jetzt und Wut
Der Frau entgegen, der zu kühnen,
Die ihre Liebe wähnte höchstes Gut.
Der zweite war der junge, weise Krito,
Er lernte früh den Wert der Lust bei Epikur
Und sang zur Lyra Aphrodite seinen Schwur.
Der dritte war der namenlose Schöne,
Dem jedes Herz voll Lust entgegenschlug.
Er war noch jung, noch halb ein Knabe,
Er wandte zu der Fürstin sich als Labe.
In zarten Flaum gehüllt war noch sein Antlitz,
Die Augen glühten hell vor Lust,
Und seiner Jugend sinnliches Verlangen,
Es hat dem Tod geweiht die junge Brust.
Als dieser Jüngling sprach: Hier bin ich!
Da wurden auch der Herrin Blicke innig.

„O, Mutter aller Lüste, hör den Schwur!
Ich will mich dir in Demut beugen,
Will mich erniedrigen zu tiefster Lüsternheit,
Wie eine Dirne meine Künste zeigen.
So hör mich, Mächtige, o Kypris!

Hör, Unterirdische der Nacht mein Wort,
Vernimm auch du mich, Fürst des Hades:
Ich hab geschworen, daß ich bis zum Morgen
Den Käufern meiner Liebe jede Lust erfülle
Und sie in Seligkeit und Wonnen hülle,
Bis ihre Zärtlichkeit in Schlaf versinkt.
Doch sehe ich am Rand des Himmels
Der ewigen Aurora frühes Licht,
Dann sollt ihr wissen, hört, ich schwöre,
Die Häupter fallen, und das Auge bricht!"

Der Abend senkt sich, und am Himmel wacht
Der goldgehörnte Mond und leuchtet
Auf Zinnen, Dächer der Paläste,
Und Schatten spielen zart im Schoß der Nacht.
Die Ampeln brennen, und Fontänen springen,
Und schwere Düfte ziehen himmelan,
Sie kräuseln sich, um Lust zu bringen
Den Menschen, wenn die Nächte nahn.
In einer prunkbeladnen Kemenate
Entfaltet goldenglänzend sich die Pracht,
Und mit dem purpurnen Brokate
Lädt sie zur Nacht ...

Bruchstücke aus einem Roman in Briefen

Lisa, Gesellschafterin in einem reichen Hause, an ihre Freundin Sascha, eine glänzende Erscheinung aus der Gesellschaft

Liebe Saschenjka, gewiß warst Du über meine unverhoffte Abreise aufs Land sehr erstaunt. Ich beeile mich, alles ganz genau zu erklären. Die Abhängigkeit meiner Lage hat mich stets bedrückt. Freilich hat mir Awdotja Andrejewna dieselbe Erziehung wie ihrer Nichte angedeihen lassen. Aber in ihrem Hause war ich doch die Pflegetochter, und Du kannst Dir gar nicht vorstellen, wie viele kleinliche Kümmernisse dieser Stand mit sich bringt. Ich mußte vieles ertragen, in vielem nachgeben und vieles nicht bemerken, während doch meine Eigenliebe jede Schattierung der Geringschätzigkeit mitbekam. Selbst der Umstand, daß ich mit der Prinzessin gleichgestellt war, bedrückte mich. Wenn wir auf einem Ball in gleicher Toilette erschienen, verdroß es mich, wenn sie ihre Perlen zu Hause gelassen hatte. Ich fühlte, daß sie lediglich darum sie nicht trug, um sich von mir nicht zu unterscheiden. Vermutet man wirklich Neid in mir, dachte ich, oder sonst ein kindliches, kleinmütiges Gefühl? Das Benehmen der Männer mir gegenüber, so höflich es auch war, verletzte fortwährend meine Eigenliebe. Ihre Kühle oder Freundlichkeit, beides schien mir Mißachtung zu sein. Mit einem Wort, ich war ein überaus unglückliches Geschöpf, und mein von Natur zartes Herz verhärtete sich mehr und mehr. Ist es Dir nicht aufgefallen, daß alle jungen Mädchen in der Eigenschaft als Pflegetöchter, entfernte Verwandte, demoiselles de compagnie und dergleichen, häufig niedrige Dienerinnen oder unerträgliche Grillenfängerinnen sind? Die letzteren achte und entschuldige ich von ganzem Herzen.

Genau vor drei Wochen bekam ich einen Brief von meiner armen Großmutter. Sie klagte über ihre Einsamkeit und rief mich zu sich aufs Land. Ich beschloß, diese Gelegenheit auszunützen. Mit Mühe gelang es mir, von Awdotja Andrejewna die Erlaubnis zur Reise zu erhalten, und ich mußte ihr versprechen, im Winter nach Petersburg zurückzukehren; aber ich habe nicht die Absicht, Wort zu halten. Großmutter hat sich über meine Ankunft sehr gefreut: sie hat mich durchaus nicht erwartet.

Ihre Tränen rührten mich unbeschreiblich. Ich habe sie herzlich liebgewonnen. Sie hat einst in der großen Welt gelebt und sehr viel von der damaligen Liebenswürdigkeit bewahrt. Jetzt lebe ich zu Hause und als Hausherrin – und Du wirst mir nicht glauben, was für ein Genuß das ist. Ich habe mich sofort eingelebt und empfinde die Abwesenheit des Luxus gar nicht. Unser Gut ist sehr lieblich. Ein altes Haus auf einem Hügel, ein Garten, ein See, ein Tannenwäldchen, alles das ist im Herbst ein wenig trist, dafür muß es wohl im Frühling und im Sommer als Paradies erscheinen. Wir haben wenig Nachbarn, und ich habe noch niemand gesehen. Die Einsamkeit gefällt mir.

Schreib mir, mein Engel! Deine Briefe werden mir ein Trost sein. Was machen Eure Bälle, unsere gemeinsamen Bekannten? Obschon ich eine Einsiedlerin geworden bin, habe ich den Eitelkeiten der Welt nicht entsagt. Nachrichten über sie sind für mich unterhaltend.

Pfarrdorf Pawlowskoje.

Sascha an ihre Freundin auf dem Lande

Liebe Lisa, stell dir mein Erstaunen vor, als ich von Deiner Abreise aufs Land erfahren habe. Als ich Prinzessin Olga allein erblickte, dachte ich, Du seist unpäßlich, und wollte ihren Worten nicht glauben. Ich beglückwünsche Dich, mein Engel, zu Deiner neuen Lebensweise.

Ich freue mich, daß sie Dir gefällt. Deine Klagen über Deine frühere Lage haben mich bis zu Tränen gerührt, erschienen mir aber zu bitter. Wie kannst Du Dich mit anderen Pflegetöchtern vergleichen? ... Alle wissen, daß Olgas Vater dem Deinigen alles zu verdanken hat und daß ihre Freundschaft ebenso heilig war wie die Bande der Blutsverwandtschaft. Du warst mit Deinem Los zufrieden; nie hätte ich in Dir so viel Gereiztheit vermutet. Gestehe, daß es noch einen anderen geheimen Grund für Deine so eilige Abreise gibt! Ich vermute einen, aber Du bist nicht aufrichtig zu mir, und ich fürchte, Dich aus der Entfernung mit Vermutungen zu erzürnen.

Was soll ich Dir von Petersburg erzählen? Wir sind noch in unserem Landhaus, die anderen sind fast alle schon fort. Die Bälle werden erst in zwei, drei Wochen beginnen. Das Wetter ist herrlich. Ich gehe sehr viel spazieren. Dieser Tage waren Gäste bei uns zu Mittag, und einer von ihnen hat sich erkundigt, ob ich Nachrichten von Dir habe. Er sagte, daß Deine Abwesenheit sich bemerkbar mache wie eine gesprungene Saite in einem Klavier. Ich bin mit ihm völlig einer Meinung. Ich hoffe noch immer, daß dieser Anfall von Misanthropie von kurzer Dauer sein wird, sonst werde ich diesen Winter niemanden haben, um meine unschuldigen Beobachtungen und meine Herzensergießungen mitzuteilen. Leb wohl, Liebe, denke nach und überlege es Dir.

Krestowskische Insel.

Lisas Brief

1. November

Dein Brief hat mich außerordentlich getröstet; er hat mich so lebhaft an Petersburg erinnert. Mir war, als höre ich Dich. Wie lächerlich sind Deine ewigen Vermutungen! Du vermutest in mir irgendwelche tiefen, heimlichen Gefühle, eine unglückliche Liebe, nicht wahr? Beruhige Dich. Ich gleiche einer Heldin nur dadurch, daß ich in einer Einöde auf dem Lande lebe und Tee einschenke, wie Clarissa Harlowe.

Du sagst, Du wirst diesen Winter niemand haben, dem Du Deine satirischen Beobachtungen mitteilen könntest. Aber wozu ist der Briefwechsel da? Schreib mir alles, was Du beobachtest. Ich wiederhole Dir, ich habe keineswegs der Welt entsagt, und mich interessiert alles, was sie betrifft. Zum Beweis dafür bitte ich Dich, mir zu schreiben, wem meine Abwesenheit aufgefallen ist. Alexej P.? Ich bin überzeugt, daß ich es erraten habe. Meine Ohren standen ihm immer zur Verfügung, und er braucht nur das.

Ich habe hier die Familie ... kennengelernt. Der Vater ist sehr gastfreundlich, die Mutter ein dickes, fröhliches Frauenzimmer, große Liebhaberin des Whist, die Tochter Mascha ein schlankes, melancholisches Mädchen von etwa siebzehn Jahren, in Romanen und frischer Luft aufgewachsen. Sie verbringt den ganzen Tag im Freien, mit einem Buch in der Hand und von Hunden umgeben, spricht vom Wetter in singendem Tonfall und bewirtet gefühlvoll mit eingemachten Früchten. Ich fand bei ihr einen ganzen Schrank mit alten Romanen. Ich habe beschlossen, das alles zu lesen, und habe mit Richardson angefangen. Man muß schon auf dem Lande leben, um die Möglichkeit zu haben, die vielgepriesene Clarissa auszulesen. Nach einem Anlauf begann ich mit der Einleitung des Übersetzers, und als ich in ihr die Versicherung fand, daß, obwohl die ersten sechs Teile langweilig seien, die anderen sechs die Geduld des Lesers um so mehr belohnen, ging ich tapfer an die Arbeit. Ich las einen Band, den zweiten, langweilig, schließlich kam ich bis zum sechsten. Nun, denke ich, jetzt kommt die Belohnung für meine Mühe. Aber gefehlt! Ich lese den Tod Clarissas, den Tod Lovelacens – und Schluß. Ich habe den Übergang vom Langweiligen zum Nichtlangweiligen nicht einmal bemerkt.

Die Lektüre Richardsons gab mir Anlaß zum Nachdenken. Welch ein ungeheurer Unterschied zwischen den Idealen der Großmütter und der Enkelinnen! Was haben Lovelace und Adolf miteinander gemein! Die Rolle der Frau ändert sich indessen nicht. Clarissa gleicht, abgesehen von den zeremoniellen Knicksen, dennoch einer Heldin aus den neuesten Romanen. Das kommt vielleicht daher, daß beim Mann die Mittel, zu gefallen, von der Mode, vom augenblicklichen Einfluß abhängen, bei der Frau aber auf Gefühl und Natur gründen, und die sind ewig.

Du siehst, ich bin mit Dir geschwätzig, wie gewohnt. Geize also Du auch nicht mit Gesprächen aus der Ferne. Schreib mir möglichst oft und viel. Du kannst Dir nicht vorstellen, was die Erwartung des Posttages auf dem Lande bedeutet. Die Erwartung eines Balles ist nichts dagegen.

Saschas Antwort

Du hast Dich geirrt, liebe Lisa. Um Deine Eigenliebe zu dämpfen, melde ich Dir, daß Alexej P. Deine Abwesenheit gar nicht bemerkt. Er hat sich an die Lady Pelham, eine zugereiste Engländerin, gehängt und weicht nicht von ihr. Auf seine Reden erwidert sie mit dem Ausdruck des unschuldigen Staunens und mit einem kleinen Ausruf „Oh!“, und er ist entzückt. So wisse denn, gefragt nach Dir hat und Deine Abwesenheit von ganzem Herzen bedauert Dein ständiger Admirateur Wladimir Z. ... Bist Du zufrieden? Ich denke, sehr, und wage meiner

Gewohnheit gemäß zu vermuten, daß Du es auch ohne mich erraten hast.

Spaß beiseite. Z. ist sehr mit Dir beschäftigt. An Deiner Stelle würde ich ihn weit führen. Er ist ein herrlicher Freier. Warum ihn nicht heiraten? Du würdest am Englischen Kai wohnen, an den Samstagen Abende geben und jeden Morgen mich abholen kommen. Genug der Dummheiten, mein Engel, laß das Landleben, komm zu uns zurück und heirate Z.

Vorgestern war Ball beim Fürsten K., es waren eine Menge Leute da, wir tanzten bis um fünf Uhr. Prinzessin W. war sehr einfach angezogen: ein weißes Kreppkleidchen, ohne garnitures sogar, auf dem Kopf aber und um den Hals vielleicht für eine halbe Million Brillanten. Nur S. war ihrer Gewohnheit nach zum Totlachen angezogen. Woher nimmt sie diesen Putz? Auf ihrem Kleid waren nicht Blumen aufgenäht, sondern etwas wie getrocknete Pilze. Hast Du, mein Engel, sie ihr vom Lande geschickt? Wladimir Z. tanzte nicht; er reist auf Urlaub. Die Damen S. erschienen (als erste wahrscheinlich), blieben die ganze Nacht, ohne zu tanzen, und sind als letzte weggefahren. Die Ältere, glaube ich, war rot geschminkt: es ist Zeit! Der Ball war sehr gut gelungen. Die Männer waren mit dem Nachtmahl unzufrieden, aber sie müssen doch stets mit irgend etwas unzufrieden sein. Ich habe mich sehr gut unterhalten, obwohl ich mit dem unerträglichen Diplomaten Str. tanzte, der außer seiner natürlichen Dummheit noch eine aus Madrid mitgebrachte Zerstreutheit besitzt.

Ich danke Dir, mein Herz, für den Bericht über Richardson. Jetzt habe ich einen Begriff von ihm – ihn zu lesen hege ich bei meiner Ungeduld keine Hoffnung, auch bei Walter Scott finde ich überflüssige Seiten. Nebenbei, der Roman Helene N.s mit dem Grafen L. nähert sich dem Ende; jedenfalls ist er so niedergeschlagen und sie so obenauf, daß die Heirat wahrscheinlich beschlossen ist. Bist Du mit meiner heutigen Plauderei zufrieden?

Lisas Brief

Nein, meine liebe Heiratsvermittlerin, ich denke nicht daran, das Gut zu verlassen und zu Euch zu Hochzeiten zu kommen. Ich gestehe aufrichtig, daß Wladimir Z. mir gefallen hat, aber ich hatte nie die Absicht, ihn zu heiraten. Er ist ein Aristokrat, und ich bin eine bescheidene Kleinbürgerin. Ich beeile mich, mich zu erklären und, wie eine wahre Romanheldin, mit Stolz zu bemerken, daß ich zum alten russischen Adel gehöre, mein Ritter aber der Enkel eines bärtigen Millionärs ist. Aber wie dem auch sei, Z. ist ein Weltmann; ich mag ihm vielleicht gefallen, aber er wird meinetwegen weder auf eine reiche Braut noch auf einflußreiche Verwandtschaft verzichten. Wenn ich einmal heirate, wähle ich hier irgendeinen vierzigjährigen Gutsbesitzer: er wird sich mit seiner Zuckerfabrik befassen, und ich werde glücklich sein, ohne auf dem Ball beim Fürsten K. zu tanzen und ohne Samstage am Englischen Kai zu geben.

Bei uns ist Winter. Auf dem Land ist das ein Ereignis. Es ändert die Lebensweise ganz. Die einsamen Spaziergänge hören auf, es ertönt Schellengeläute, die Jäger fahren mit den Hunden hinaus – alles wird vom ersten Schnee heller und heiterer. Ich habe es durchaus nicht erwartet. Der Winter auf dem Lande schreckte mich. Aber alles auf der Welt hat seine gute Seite.

Ich habe Maschenjka … näher kennengelernt und sie liebgewonnen. Es ist viel Gutes und Originelles an ihr. Vor kurzem habe ich erfahren, daß Wladimir Z. mit ihr nahe verwandt ist. Sie hat ihn seit sieben Jahren nicht gesehen, ist aber von ihm entzückt. Er hat bei ihnen einen Sommer verbracht – und Mascha erzählt mir unaufhörlich Einzelheiten aus seinem damaligen Leben. Wenn ich von ihr geliehene Romane lese, finde ich seine mit dem Bleistift blaß hingeschriebenen Randbemerkungen; man sieht, daß er damals noch ein Kind war. Es haben ihn Gedanken und Gefühle bewegt, über die er jetzt gewiß lachen würde. Aber man sieht immerhin ein frisches und empfindsames Gemüt. Ich lese sehr viel, Du kannst Dir nicht vorstellen, wie seltsam es ist, im Jahre 1825 einen Roman zu lesen, der im Jahre 1775 geschrieben wurde. Es ist, als wenn man plötzlich aus seinem Salon in einen altertümlichen, mit Stoff tapezierten Saal tritt; Du siehst neben Dir seltsame und dennoch bekannte Gewänder und Gesichter und erkennst Deine Onkel und Großmütter, nur in verjüngter Gestalt. Meistens haben diese Romane keinen anderen Wert: die Handlung ist unterhaltend, der Knoten ist gut geschürzt, aber Belcourt spricht schief und Charlotte antwortet quer. Ein kluger Mensch könnte hier den fertigen Plan, die fertigen Charaktere entlehnen, den Stil verbessern, die Sinnlosigkeiten ausmerzen, das nicht Ausgesprochene vervollständigen, und es würde daraus ein herrlicher, origineller Roman werden. Sag das von mir meinem undankbaren Alexej P. Er soll aufhören, die Zeit in Gesprächen mit Engländerinnen unnütz zu verschwenden! Er braucht nur auf dem alten Tuch neue Muster zu sticken und uns im kleinen Rahmen ein Bild der Welt und der Menschen zu geben, die er so gut kennt.

Mascha kennt die russische Literatur gut. Überhaupt befaßt man sich hier mehr mit Literatur als in Petersburg. Hier bezieht man Zeitschriften, nimmt Anteil an ihrem Geplänkel, glaubt überzeugt beiden Parteien und ärgert sich, wenn ein Lieblingsschriftsteller eine schlechte Kritik bekommt. Jetzt verstehe ich, warum Wjasemskij und Puschkin die jungen Mädchen in der Provinz so gern haben: sie sind ihr wahres Publikum. Auch ich habe in die Zeitschriften hineingeblickt ... Es ist komisch, zu sehen, wie viele Werke der Unmoral und der Unschicklichkeit geziehen werden, die wir feinen Petersburger alle gelesen haben.

Ein zweiter Brief Lisas

Liebe! Es ist mir unmöglich, mich zu verstellen, ich brauche Hilfe und den Rat der Freundschaft. Der, vor dem ich geflohen bin, den ich wie das Unglück fürchte, Z. ist hier! Was soll ich tun? Mein Kopf dreht sich, ich verliere die Fassung; um Gottes willen – entscheide, was ich tun soll. Ich erzähle Dir alles.

Du hast vorigen Winter bemerkt, daß er nicht von mir wich. Vergeblich wappnete ich mich mit Kälte, sogar mit Geringschätzung – ich konnte ihn durch nichts loswerden. Auf den Bällen verstand er es, ewig einen Platz neben mir zu finden, auf dem Korso ist er uns immer begegnet, im Theater war sein Lorgnon immer auf unsere Loge gerichtet. Er kam nicht zu uns ins Haus, aber wir sahen uns überall.

Erst schmeichelte es meiner Eigenliebe. Ich ließ es ihn vielleicht zu sehr merken. Wenigstens eignete er sich immer mehr Rechte an, sprach zu mir von seinen Gefühlen, war eifersüchtig und beklagte sich. Mit Schrecken dachte ich, wohin das führen soll, und erkannte voll Verzweiflung seine Macht über meine Seele. Ich verließ Petersburg in der Hoffnung, dem Übel gleich am Anfang Einhalt zu gebieten. Meine Entschlossenheit und die Überzeugung, daß ich meine Pflicht erfüllt habe, hatten mein Herz fast beruhigt. Ich begann schon, gleichgültiger und mit weniger Gram an ihn zu denken. Plötzlich erblicke ich ihn.

Ich erblicke ihn. Gestern war der Namenstag von Maschenjkas Mama. Ich kam zum Mittagessen; ich trete in den Salon, finde eine Menge Gäste, Ulanenuniformen – und die Damen umringen mich. Ich küsse mich mit ihnen allen, ohne etwas zu bemerken, setze mich neben die Hausfrau und erblicke vor mir Z.. Ich war starr. Er sagte mir einige Worte mit dem Ausdruck so zärtlicher, aufrichtiger Freude, daß ich nicht die Kraft hatte, meine Verwirrung und meine Zufriedenheit zu verbergen.

Wir gingen zu Tisch. Er setzte sich mir gegenüber. Ich wagte es nicht, ihn anzusehen, merkte aber, daß alle Augen auf ihn gerichtet waren. Er war schweigsam. Zu einer anderen Zeit hätten mich die Unruhe der jungen Mädchen, der allgemeine Wunsch, die Aufmerksamkeit des zugereisten Gardeoffiziers auf sich zu lenken, die Verlegenheit der Männer, ihr lautes Lachen bei ihren eigenen Scherzen und die völlige Unaufmerksamkeit, die höfliche Kühle des Gastes unterhalten ...

Nach dem Essen trat er zu mir. Da ich fühlte, daß ich etwas sagen mußte, fragte ich ihn ganz ungeschickt, ob er in Geschäften in unsere Gegend gekommen sei. „In einem Geschäft, von dem das Glück meines Lebens abhängt", antwortete er halblaut und entfernte sich. Er setzte sich mit drei alten Damen (darunter meine Großmutter) zum Boston, und ich ging zu Mascha hinauf, wo ich unter dem Vorwand von Kopfschmerzen bis zum Abend liegen blieb. In der Tat, ich war mehr als krank. Maschenjka wich nicht von mir. Sie ist von Z. begeistert. „Er wird einen ganzen Monat bei uns bleiben oder noch länger." Fürwahr, sie ist verliebt. Gebe Gott, daß auch er sich in sie verliebt. Sie ist gut gewachsen und schlank – die Männer brauchen nur das.

Was soll ich tun? Hier habe ich keine Möglichkeit, seinen Verfolgungen zu entgehen. Er hat schon Zeit gefunden, meine Großmutter zu bezaubern. Er wird zu uns ins Haus kommen. Wieder Geständnisse, Klagen, Schwüre – und wozu? Er wird meine Liebe, mein Geständnis erringen, sich dann aber die Unvorteilhaftigkeit der Heirat überlegen, unter irgendeinem Vorwand wegfahren und mich verlassen – ich aber? Welch eine schreckliche Zukunft! Um Gottes willen, reich mir die Hand, ich ertrinke.

Saschas Antwort

Ist es nicht besser, das Herz durch eine vollständige Beichte zu erleichtern? Es war schon längst Zeit, mein Engel! Warum wolltest Du mir das vorenthalten, was ich schon längst wußte: Z. und Du, Ihr seid ineinander verliebt. Was ist das für ein Unglück! Wohl bekomm's Euch! Du hast eine Gabe, die Dinge weiß Gott von welcher Seite zu sehen. Du forderst das Unglück heraus – nimm Dich in acht, daß Du es nicht heraufbeschwörst. Warum solltest Du Z. nicht heiraten? Was sind da für unüberwindliche Hindernisse? Er ist reich und Du arm – Unsinn! Er ist reich für Euch beide – was wollt Ihr noch mehr? Er ist ein Aristokrat, und bist Du nicht dasselbe durch Namen und Erziehung? Vor kurzem hat er erklärt, daß er entschieden für die Aristokratinnen sei, weil sie besseres Schuhwerk tragen. Folglich ist es doch klar, daß Du eine Aristokratin vom Kopf bis zu den Füßen bist. Verzeihe mir, mein Engel, aber Dein pathetischer Brief hat mich zum Lachen gebracht. Z. ist aufs Land gekommen, um Dich zu sehen. Wie schrecklich! Du gehst zugrunde, forderst freundschaftlichen Rat ... Hier ist mein Rat – dich möglichst bald trauen zu lassen und zu uns zu kommen, um in den lebenden Bildern aufzutreten, die bei S. geplant werden. Die Handlung Deines Ritters hat mich gerührt, Scherz beiseite. Gewiß, in alten Zeiten pflegte ein Liebhaber eines freundlichen Blickes wegen drei Jahre in Palästina herumzustreichen, aber in unserer Zeit sich fünfhundert Werst weit von Petersburg zu entfernen, um die Gebieterin seines Herzens zu sehen – das bedeutet viel! Z. ist einer Belohnung würdig.

Brief des Wladimir Z. an einen Freund in Petersburg

Tu mir den Gefallen und verbreite das Gerücht, daß ich todkrank sei. Ich habe die Absicht, meinen Urlaub zu überschreiten, und möchte die möglichste Schicklichkeit wahren. Es sind schon zwei Wochen, daß ich auf dem Lande lebe und nicht merke, wie die Zeit fliegt. Das Land nicht zu lieben, ist nur einer jungen Klosterschülerin, die eben aus dem Käfig entlassen ist, oder einem zwanzigjährigen Kammerjunker zu verzeihen. Petersburg ist das Vorzimmer, Moskau die Mädchenstube, das Land aber unser Arbeitszimmer. Ein anständiger Mensch durchschreitet aus Notwendigkeit das Vorzimmer, sieht selten in die Mägdestube hinein und bleibt in seinem Arbeitszimmer. Damit werde ich auch enden – ich werde meinen Abschied nehmen, heiraten und mich auf dem Lande niederlassen. Der Beruf eines Gutsbesitzers ist auch ein Dienst. Sich mit dreitausend Seelen, deren Wohl ausschließlich von uns abhängt, zu befassen, ist wichtiger, als eine Kompanie zu befehligen oder diplomatische Depeschen abzuschreiben.

Die Fahrlässigkeit unseren Bauern gegenüber ist unverzeihlich. Je mehr Rechte wir über sie haben, desto mehr Pflichten haben wir ihnen gegenüber. Wir überlassen sie der Willkür des Gauners von einem Verwalter, der sie unterdrückt und uns bestiehlt; wir verbrauchen im voraus unsere künftigen Einnahmen und ruinieren uns; das Alter überrascht uns inmitten von Not und Sorgen. Das ist der Grund des raschen Verfalls unseres Adels: Der Großvater war reich, der Sohn leidet Not, der Enkel geht betteln. Die uralten Familien geraten in Bettelarmut, neue kommen herauf und verschwinden in der dritten Generation wieder. Wohin führt ein solcher Materialismus? Ich weiß es nicht, aber es ist Zeit, dem Einhalt zu gebieten. Indem ich für die Aristokratie plädiere, spiele ich keinen englischen Lord: meine Herkunft, obschon ich mich ihrer nicht schäme, gibt mir gar kein Recht darauf, aber ich konnte nie ohne Betrübnis die Erniedrigung unserer „historischen“ Geschlechter mit ansehen. Niemand bei uns weiß ihren Wert zu schätzen, angefangen von denen, die selbst zu ihnen gehören. Und welchen Stolz der Erinnerungen soll man von einem Volk erwarten, das auf seinen Denkmälern „Dem Bürger Minin und dem Fürsten Posharskij" schreibt. Welcher Fürst Posharskij? Wer ist der Bürger Minin? Es hat bei uns einen Würdenträger Fürst Dimitrij Michailowitsch Posharskij gegeben und einen Kosjma Minin Suchorukoj, den Abgeordneten des Russischen Landes. Aber das Vaterland hat sogar die richtigen Namen seiner Befreier vergessen. Die Vergangenheit existiert nicht für uns. Klägliches Volk!

Der gebildete Franzose oder Engländer legt großen Wert auf jede Zeile eines alten Chronisten, in dem der Name seines Vorfahren, des ehrlichen Ritters, der in der und der Schlacht gefallen oder in dem und dem Jahr aus Palästina zurückgekehrt ist, erwähnt wird. Die Kalmücken aber haben weder Adel noch Geschichte; Wildheit, Gemeinheit und Ignoranz achten nicht die Vergangenheit, kriechen einzig vor der Gegenwart, und bei uns legt mancher Nachkomme Rjuriks mehr Wert auf den Stern seines Onkels zweiten Grades als auf die Geschichte seines Hauses, das heißt auf die Geschichte seines Vaterlandes. Und man rechnet es ihm noch als Verdienst an! Gewiß, es gibt Werte, die höher sind als die Vornehmheit des Geschlechts – eben der persönliche Wert. Ich habe den Stammbaum Suworows gesehen, den er selbst aufgezeichnet hat. Suworow hat seine adelige Herkunft nicht verachtet. Die Namen Minins und Lomonossows überwiegen vielleicht zweimal alle unsere alten Stammbäume. Aber wäre es wirklich lächerlich, wenn ihre Nachkommen stolz auf ihren Namen wären?

Dieses alles habe ich mir ausgedacht, während ich auf einem fremden Gut lebe und der Verwaltungstätigkeit der kleinbegüterten Adligen zusehe ... Diese Herren dienen nicht, und sie befassen sich selbst mit der Verwaltung ihrer Dörflein; aber ich wünschte, daß sie sich ruinierten, Gott gebe es, wie unsereins! Welche Wildheit! Für sie ist die Zeit Vonwisins noch nicht vorbei, unter ihnen blühen noch die Prostakows und Skotinins.

Das bezieht sich übrigens nicht auf den Verwandten, bei dem ich jetzt zu Gast bin. Er ist ein sehr guter Mensch, seine Frau ein sehr gutes Wesen und die Tochter ein sehr gutes kleines Mädchen. Du siehst, daß ich sehr gut geworden bin. In der Tat, seitdem ich auf dem Lande bin, bin ich ganz besonders wohlwollend und nachsichtig. Das ist die Wirkung der patriarchalischen Lebensweise und der Anwesenheit Lisas, die ich hier fand. Ich habe mich ohne sie ernstlich gelangweilt. Ich bin hergekommen, um sie zur Rückkehr nach Petersburg zu bewegen. Unser erstes Wiedersehen war prachtvoll. Meine Tante hatte Namenstag, die ganze Nachbarschaft war versammelt, auch Lisa erschien und – traute ihren Augen nicht, als sie mich sah. Sie konnte nicht umhin, sich einzugestehen, daß ich nur ihretwegen gekommen sei. Wenigstens bemühte ich mich, sie das fühlen zu lassen. Hier hat mein Erfolg die Erwartungen übertroffen (was viel bedeutet). Die alten Weiblein sind von mir entzückt, die Damen kleben nur so an mir, weil ... Die Männer sind besonders unzufrieden mit meiner Art des Auftretens, was hier noch eine Neuheit ist. Sie sind um so aufgebrachter, weil ich außerordentlich höflich und wohlanständig bin. Sie können durchaus nicht verstehen, worin meine Frechheit eigentlich bestehe, obschon sie fühlen, daß ich ein Frechling bin. Leb wohl. Was machen die Unsrigen? Schreib mir nach dem Pfarrdorf ...

Die Antwort des Freundes

Dein Auftrag ist erfüllt. Gestern im Theater erklärte ich, daß Du an einem Nervenfieber daniederliegst und daß Du wahrscheinlich schon nicht mehr auf dieser Welt seist. Also genieße das Leben, bis Du von den Toten auferstehst. Gebe Gott, daß Dich Dein Aufenthalt im Pfarrdorfe ... in der Tat an das Landleben gewöhnt. Deine moralischen Betrachtungen, die Verwaltung der Güter betreffend, freuen mich Deinetwegen, aber meiner Meinung nach besteht der beneidenswerteste Zustand in etwas anderem: Titel und Würden sind in Rußland notwendig. Ein junger Edelmann muß dienen, schon allein der Poststationen wegen, wo man ohne Titel keine Pferde bekommt ...

Indem ich mich in wichtige Erörterungen einließ, vergaß ich vollkommen, daß Du jetzt gar nicht darauf eingestellt bist. Du bist mit Deiner Lisa beschäftigt. Warum willst Du Dich nur immer und ewig mit Frauen abgeben! In dieser Beziehung bist Du gegen Dein Zeitalter zurückgeblieben und erinnerst an einen ehemaligen Garde-Schreier von Anno 1807. Vorläufig ist diese Gewohnheit ein Mangel, bald wird sie eine Lächerlichkeit sein. Wäre es nicht besser, sich rechtzeitig an die Strenge des reifen Alters zu gewöhnen und freiwillig auf die dahinwelkende Jugend zu verzichten? Ich weiß, daß ich vergeblich predige, aber das ist eben meine Bestimmung.

Alle Deine Freunde grüßen Dich und bedauern sehr Dein vorzeitiges Ableben, unter anderen auch Deine frühere Freundin, die in den Papst verliebt aus Rom zurückgekehrt ist. Wie ist es ihr ähnlich und wie muß es Dich entzücken! Wirst Du nicht zurückkehren, um mit dem Diener Gottes zu rivalisieren? Es sähe Dir ähnlich. Ich werde Dich jeden Tag erwarten.

Zweiter Brief des Wladimir Z. an seinen Freund in Petersburg

Deine Vorwürfe sind vollkommen ungerecht. Nicht ich, sondern Du bist dem Zeitalter gegenüber zurückgeblieben, und zwar um ein ganzes Jahrzehnt. Deine komischen und wichtigen Betrachtungen gehören in das Jahr 1818. Damals war Strenge der Maximen und politische Ökonomie in Mode. Wir erschienen auf den Bällen, ohne den Degen abzulegen; es schickte sich für uns nicht, zu tanzen, und wir hatten keine Zeit, uns mit Damen abzugeben. Nun habe ich die Ehre, Dir zu melden, daß alles anders geworden ist. Die französische Quadrille hat Adam Smith verdrängt. Jeder schneidet die Cour, so gut er kann. Ich folge dem Geist der Zeit, Du aber bist starr, ein ewig Ehemaliger. Was macht es Dir für Vergnügen, als ein Lafayette auf der Oppositionsbank zu sitzen und nach allen Seiten zu schauen. Ich hoffe, daß Frau X. Dich auf den wahren Weg bringen wird: ich überantworte dich ihrer vatikanischen Koketterie.

Was mich betrifft, so habe ich mich dem patriarchalischen Leben vollkommen hingegeben: ich gehe um zehn Uhr schlafen, mache mit den hiesigen Gutsnachbarn Pirschgänge, spiele mit den alten Weiblein Boston, um eine Kopeke die Partie, und ärgere mich, wenn ich verliere. Lisa sehe ich täglich und verliebe mich von Stunde zu Stunde mehr in sie. Es ist so viel Hinreißendes an ihr. Diese stille, edle Harmonie im Benehmen – der Hauptreiz der Petersburger höchsten Gesellschaft – und dazu noch etwas Weibliches, Nachsichtiges, Gutartiges (wie ihre Großmutter sagt). In ihren Urteilen ist nichts Schroffes, Hartes. Sie verzieht nicht das Gesicht vor den Eindrücken, wie ein Kind, wenn es Rizinusöl einnimmt. Mich haben oft sonst sehr liebenswürdige Damen durch die Stumpfheit ihrer Begriffe und die Unreinheit ihrer Phantasie in Staunen versetzt. Oft fassen sie die feinste, poetischste Begrüßung entweder als eine Keckheit oder als eine unschickliche Flachheit auf. In solchem Fall ist der kühle Ausdruck, den sie annehmen, derart tödlich widerwärtig, daß die glühendste Liebe nicht standhält. Das habe ich mit Helene ... erlebt, in die ich sinnlos verliebt war; ich sagte irgendeine Zärtlichkeit, sie nahm sie als Grobheit und beklagte sich über mich bei ihrer Freundin.

Außer Lisa habe ich hier noch zur Zerstreuung ein sehr liebes junges Mädchen, meine Verwandte. Dieses Mädchen, aufgewachsen unter Apfelbäumen, erzogen inmitten von Getreide, Natur und Kinderfrauen, ist viel liebenswerter als unsere eintönigen Schönen, die bis zur Hochzeit die Meinung ihrer Mütter und nach der Hochzeit die ihrer Gatten vertreten. Leb wohl, mein Lieber. Was gibt es Neues in der Welt? Sage allen, daß ich endlich zu den Dichtern gegangen bin; neulich habe ich zum Porträt der Prinzessin Olga einen Vers verfaßt: dumm, langweilig usw. (wofür Lisa mich sehr lieb ausgescholten hat). Bitte W., mir den ersten Vers zu schicken und von heute ab mich für einen Dichter zu halten.

Aus dem Französischen

Mein Schicksal ist entschieden, ich heirate ... Die Frau, die ich ganze zwei Jahre liebte, die meine Augen überall zuerst suchten, mit der die Begegnung mir eine Seligkeit schien – mein Gott, sie ist fast mein! Das Warten auf die entscheidende Antwort war das schmerzlichste Gefühl meines ganzen Lebens. Die Erwartung der letzten verzögerten Karte im Spiel, Gewissensbisse, die Nacht vor einem Zweikampf – alles das ist nichts im Vergleich damit.

Die Sache ist die, daß ich nicht nur eine Absage fürchtete. Einer meiner Freunde pflegte zu sagen: „Ich verstehe nicht, wie man freien kann, wenn man sicher ist, daß keine Abweisung kommt." Heiraten – das ist leicht gesagt! Die meisten Menschen sehen in der Heirat nur auf Kredit gekaufte Schals, einen neuen Wagen und einen rosa Schlafrock; die anderen – eine Mitgift und ein solides Leben, die dritten heiraten einfach so, weil alle heiraten, weil sie dreißig Jahre alt sind. Fragen Sie, was die Ehe sei, geben sie als Antwort ein abgeschmacktes Sprüchlein zum besten.

Ich heirate, das heißt, ich opfere meine Unabhängigkeit, meine sorglose, launenhafte Unabhängigkeit, meine luxuriösen Gewohnheiten, die Wanderungen ohne Ziel, die Einsamkeit und Unbeständigkeit. Also verdopple ich mein ohnehin nicht erfülltes Leben, ich werde von nun an denken: wir. Das Glück ist das Ziel des Lebens, aber ich bemühte mich nie um Glück; ich konnte auch ohne es auskommen. Jetzt brauche ich es für zwei, und wo soll ich es hernehmen?

Solange ich nicht verheiratet bin, was sind meine Pflichten? Ich habe einen kranken Onkel, den ich fast nie sehe. Wenn ich ihn besuche, freut er sich sehr; wenn nicht, entschuldigt er mich: „Mein Wildfang ist noch jung, er hat anderes vor."

Ich stehe mit niemandem im Briefwechsel; meine Schulden zahle ich jeden Monat. Morgens stehe ich auf, wann ich will; empfange, wen ich will; fällt es mir ein, einen Spazierritt zu machen, dann sattelt man mir meine kluge, folgsame Jenny; ich fahre durch die Seitengäßchen, blicke in die Fenster der niedrigen Häuser: hier sitzt eine Familie um den Samowar, dort kehrt ein Diener die Zimmer, weiter weg übt ein kleines Mädchen auf dem Klavier, neben ihr sitzt der professionelle Musikant. Es wendet das zerstreute Gesicht mir zu, der Lehrer schilt es – ich fahre im Schritt vorbei. Komme ich nach Hause, dann ordne ich meine Bücher und Papiere, räume meinen Toilettentisch auf; ziehe mich nachlässig an, wenn ich einen Besuch vorhabe; mit möglichster Sorgfalt, wenn ich im Restaurant essen will, wo ich entweder einen neuen Roman oder Zeitschriften lese. Wenn aber Walter Scott oder Cooper nichts Neues geschrieben haben und die Zeitungen keinen Kriminalprozeß enthalten, dann verlange ich eine Flasche Champagner, sehe zu, wie das Glas vor Kälte beschlägt, trinke langsam, freue mich, daß mich das Mittagessen siebzehn Rubel kostet und daß ich mir diesen Spaß erlauben darf. Am Abend fahre ich ins Theater, finde in irgendeiner Loge eine besonders bemerkenswerte Toilette, schwarze Augen; zwischen uns beginnt ein Verkehr, ich bin bis zum Schluß beschäftigt. Den Abend verbringe ich entweder in männlicher Gesellschaft, wo alles zusammenkommt und wo ich alles und alle sehe, mich aber niemand bemerkt, oder in einem liebenswürdigen Kreis, wo ich über mich spreche und man mir zuhört. Ich kehre spät heim und schlafe bei der Lektüre eines guten Buches ein; am nächsten Tag reite ich wieder durch die Seitengassen am Hause vorbei, wo das kleine Mädchen Klavier spielt ... es übt auf dem Klavier die gestrige Aufgabe. Es sieht mich wie einen Bekannten an und lacht. Ich grüße und fahre vorüber. So ist mein Junggesellenleben – Glück braucht man dabei nicht.
12. Mai.

„Wenn man mich aber abweisen wird“, dachte ich, „dann reise ich in die fremden Länder“ – und sah mich schon auf dem Dampfschiff. Um mich herum ist Trubel, man verabschiedet sich, trägt Reisetaschen, sieht auf die Uhr – das Schiff setzt sich in Bewegung; der frische Seewind weht mir ins Gesicht; ich blicke lange dem davonfliehenden Ufer nach. My native land, adieu! Neben mir beginnt einer jungen Frau übel zu werden; das gibt ihrem blassen Gesicht den Ausdruck matter Zärtlichkeit. Sie bittet mich um Wasser. Gott sei Dank! Bis Kronstadt habe ich eine Beschäftigung!

In diesem Augenblick reicht man mir ein Billet – eine Antwort auf meinen Brief. Der Vater meiner Braut lädt mich freundlich zu sich ein ... Kein Zweifel, mein Antrag ist angenommen. Nadenjka, mein Engel, ist mein! Alle traurigen Zweifel verschwinden vor diesem paradiesischen Gedanken. Ich werfe mich in den Wagen, ich jage, da ist ihr Haus – ich trete ins Vorzimmer, schon aus dem hastigen Empfang der Diener sehe ich, daß ich verlobt bin. Es macht mich verwirrt: diese Menschen kennen mein Herz!

Der Vater und die Mutter saßen im Salon. Ersterer empfing mich mit offenen Armen. Er wollte Rührung zeigen, zog das Taschentuch und beschloß, sich zu schnäuzen. Die Mutter hatte rote Augen. Nadenjka wurde gerufen – sie erschien bleich und verlegen. Der Vater ging hinaus und brachte das Bild des Wundertätigen Nikola und der Muttergottes von Kasanj herbei. Es wurde uns der Segen erteilt. Nadenjka reichte mir stumm ihre kalte Hand. Die Mutter begann von der Aussteuer, der Vater vom Saratowschen Gut zu sprechen – und ich war verlobt.

Also ist es nicht mehr das Geheimnis zweier Herzen. Heute ist es eine Neuigkeit im Hause, morgen auf dem Markt. So wird ein Poem, das in der Einsamkeit der Sommernächte, beim Mondschein erdacht worden ist, in der fettigen, schmierigen Druckerei gedruckt und dann in der Buchhandlung verkauft und in den Zeitschriften von Dummköpfen besprochen.

13. Mai.

Alle freuen sich über mein Glück, alle beglückwünschen mich, alle haben mich auf einmal so gern. Jeder bietet mir seine Dienste an: Der eine sein Haus, der andere Geld, der dritte empfiehlt mir einen ihm bekannten Schalverkäufer aus Buchara.

Wieder andere sind um den großen Zuwachs meiner zukünftigen Familie besorgt und bieten mir zwölf Dutzend Handschuhe mit dem Porträt von Mlle. Sonntag an.

Die jungen Leute beginnen, sich in meiner Gegenwart nicht mehr unbefangen zu fühlen, sie achten in mir nicht mehr ihren Kameraden; das Benehmen der jungen Mädchen ist einfacher geworden. Die Damen loben mir ins Gesicht meine Wahl, hinter meinem Rücken aber bedauern sie meine arme Braut. „Die Arme! Sie ist so jung, so unschuldig, er aber ist so leichtsinnig, so unmoralisch."

Ich gestehe, das beginnt mir schon lästig zu werden. Mir gefällt mehr die Sitte, die bei irgendeinem tüchtigen Volk herrschte: der Bräutigam raubte heimlich seine Braut und stellte sie am nächsten Tag den städtischen Klatschbasen als seine Gattin vor. Bei uns wird man auf das Familienglück mit gedruckten Anzeigen und Geschenken, die die ganze Stadt kennt, mit offiziellen Briefen, Visiten, mit einem Wort, mit jeglicher Art von Ärgernis vorbereitet.

M.V.
BIBLIOTHEK
DER WELT-
LITERATUR

GUY DE MAUPASSANT

BEL AMI

»Bel ami«, auch bekannt unter dem Titel »Schöner Freund«, gilt als der beste der sechs Romane, die Maupassant verfaßte, der erfolgreichste ist er ohnehin.
Band V einer illustrierten Gesamtausgabe der Romane und Novellen von Maupassant mit sämtlichen Illustrationen der französischen Ausgaben von 1901–1906.
382 Seiten, DM 14,80.

ISBN 3-8118-0103-1

AUGUST STRINDBERG

HISTORISCHE MINIATUREN

In seinen »Historischen Miniaturen« streift Strindberg die Weltgeschichte, von der Knechtschaft des Volkes Israel bis zur Französischen Revolution. Er behandelt dabei weniger die sogenannten „großen Ereignisse", die in direkter Folge Veränderungen mit sich brachten, sondern vielmehr die End- und Übergangszeiten, scheinbar unbedeutende Ereignisse am Rande, die einen Wandel jedoch ahnen lassen.

256 Seiten, DM 8,80.

ISBN 3-8118-0028-0

Nathaniel Hawthorne

Der Garten des Bösen

Als Nathaniel Hawthorne erstmals dem deutschen Leserpublikum vorgestellt wurde, erkannte kaum einer seine genialen Fähigkeiten. Heute jedoch wird ihm die Würdigung zuteil, die ihm als erstem amerikanischen Schriftsteller, der seine psychologischen Romane auf weltliterarisches Niveau brachte, gebührt. 288 Seiten, DM 9,80.

ISBN 3-8118-0026-4

M.V.
BIBLIOTHEK
DER WELT-
LITERATUR

LUDWIG ANZENGRUBER

DIE HERZFALTE

Ludwig Anzengruber ging in die Literaturgeschichte ein als bedeutendster Dramatiker des ausgehenden Realismus und letzter großer Klassiker des absteigenden Wiener Volksstückes. In seinen antiklerikalen, liberalen Tendenzstücken trat er den Kampf an gegen Engherzigkeit, Scheinfrömmigkeit und Intoleranz. Seine Dorfkomödien und bäuerlichen Dramen, teilweise in österreichisch gefärbtem Dialekt, sind von kraftvoller Urwüchsigkeit, befreiendem Humor und bunter Situationskomik.

224 Seiten, DM 7,80.

ISBN 3-8118-0019-1